身代わりで結婚した邪魔者のオメガは、年下魔法士のアルファに溺愛される

Ringo Taga

多賀りんご

Ruby collection

Contents

身代わりで結婚した邪魔者のオメガは、年下魔法士のアルファに溺愛される 7

番外編1　はじまりの日 307

番外編2　聖火祭 323

番外編3　月と星々の下 359

あとがき 395

登場人物紹介
エドワード・ウォルトグレイ
ある特別な力を持つウォルトグレイ家の次期当主で、父と同じく王宮魔法士団の一員として働く優秀なアルファ。セシルの妹であるシリーンの元婚約者だが、今回の婚姻には思惑があって…？
セシル・スチュアート
幼い頃から虐げられてきた名家出身の未亡人オメガ。駆け落ちした妹の代わりにウォルトグレイ家に嫁ぐことになるが、歓迎されていない結婚におけるエドワードの立場を強く懸念している。

エレノア
セシルの亡き母。その血筋には何やら秘密があるようで…？
ルーウィン
ウォルトグレイ家の家令。冷たい雰囲気ながらも平等な人物で一家を支えてきた。
シリーン・スチュアート
エドワードの元婚約者。スチュアート家のなかで唯一セシルを愛していた人物だったが、駆け落ちのため家を出る。
ローガン・ウォルトグレイ
王宮魔法士団長であり、一家繁栄に邁進するウォルトグレイ家の現当主。エドワードの父。
ジョージ・スチュアート
スチュアート家の現当主。セシルの父。狡猾な人物でセシルをただの駒としか思っていない。

身代わりで結婚した邪魔者のオメガは、年下魔法士のアルファに溺愛される

1．身代わりの婚約者

「まだ子供は産めるな？」

冷たく言い放った父親に、セシルは小さく「はい……」と答えるしかなかった。

執務机の上で手を組んだスチュアート家の当主は、亜麻色の髪を一分の隙もなくなでつけ、何の感情のこもらない緑色の瞳《ひとみ》でセシルを見据えている。

父親に呼び出された時点で、悪い予感はしていた。

普段別館で過ごすセシルにとって、本館の父親の執務室に来ることは珍しく、呼び出されるのは必ず、セシルにとって大きく人生が変わるような命令が下される時のみだ。

「シリーンが〝死んだ〟のは知っているな」

セシルは小さく頷《うなず》いた。

年の離れた美しい妹のシリーンは、上質なサテンのような光沢を放つ豊かな亜麻色の髪と、父親と同じ緑色の瞳を持つ十七歳のオメガで、一目見れば誰もが振り返るような、春の新緑のように若々しく艶《つや》やかな魅力に溢《あふ》れていた。

シルバーの髪に、灰色の目をした色彩のない自分の見た目とは大違いだ。

しかしその妹が、一週間前忽然《こつぜん》と姿を消した。

家族に残された置き手紙には、疑いようのない妹の筆跡で、想い人と行方をくらませること、そして探さないでほしい旨が書かれていた。

セシルとシリーンは母親が違うが、同じオメガというのもあり、仲が良かった。そんなセシルに向けても、シリーンはこっそり手紙を置いていった。「セシル、優しいあなたが、どうか幸せになりますように」と。

妹は、その日のうちに表向きは死んだことにされた。

逃げたという事実は婚約した先方にとっては大問題で、死んだことにした方が今後のためにはまだまし、との判断だったのだろう。

「お前は、エドワード・ウォルトグレイと結婚しろ。今日の午後にでも顔合わせをするから、その貧相な格好を少しでもましにしておけ」

父親の圧迫感のある物言いに、思わず身を固くする。

「……はい、父上の仰せのままに」

お辞儀をして、執務室を出ると、セシルは驚きと戸惑《とまど》いで背中に嫌な汗が噴き出した。

——僕が、妹の婚約者の、エドワードと結婚……？

ウォルトグレイ家は王家の側近である三大貴族のひとつで、スチュアート家より家格が上だ。通常なら格上の貴族との婚約は難しいが、父親が異国から機密情報を持ち帰った際、それと引き換えになんとか得た婚約だった。まだほんの子供だった妹のシリーンと年の近いウォルトグレイ家嫡男のエドワードを婚約させ、両家は定期的に交流を続けてきた。

その妹の婚約者に、家で唯一となってしまったオメガである自分を嫁がせるという。

セシルは、それを思うと、顔から血の気が引いていくのを感じた。

別邸の自室に戻ると、すでに侍女たちが慌ただしく準備を始めていた。

用意された男性オメガの正装である絹の長チュニックの上から、細身で張りのあるウールの上着を被《かぶ》る。妹の喪に服すための真っ黒な衣装は、ただでさえ色彩のないセシルのシルバーの髪と白い肌に合わせると僅《わず》かな生気すら消え失せるようだった。

首に巻いたオメガ用のチョーカーも同じく黒い牛革で、正面に付いた接続部の金具だけが鈍い光を放つ。セシルは姿見で自分の姿を確認してため息をついた。

——まるで、死人のようだ。

自分では、何もかも釣り合わない。

エドワードは、代々国の魔法士団長を務めるウォルトグレイ家の優秀なアルファで、将来のある十八歳の若者だ。

歳《とし》が十一も上で、出戻りの、特に美しくもない自分と結婚しなければならないなんて。

しかもオメガとはいえ、自分は男だ。

セシルはかつて異国の王族に側室の一人として嫁いだものの、夫はセシルを一目見て興味を失った。その時の夫の、喜びと期待に溢れた顔が一瞬で失望の色に染まった瞬間をセシルは今でも忘れられない。この記憶は、ことあるごとにセシルの頭に浮かんでは苦しめ続けてきた。

夫は高齢だった事もあり、そのまま番《つが》うことはおろか一度も契りを交わすことなく逝ってしまった。

十年以上も婚姻期間があったにもかかわらず、子沢山だった夫との間に子供をもうけられなかったセシルは世間では不妊と噂《うわさ》されていたが、セシルの父は未《いま》だセシルが清い身であることを知っていて、子供を産むことは可能だと考えていた。跡継ぎさえできれば、ウォルトグレイ家との繫《つな》がりを保つ事ができる。セシルが相手でも十分というわけだ。

しかしこの国は、結婚相手に対して殊に若さを重視する。普通は十代のうちに結婚し、そのまま子を産む。二十代前半に入ると行き遅れとされ、半ばを過ぎればほぼ結婚は絶望的となる。

若く美しい妹に代わって、年増《としま》で傷物の自分と政略結婚をしなければならないエドワードが不憫《ふびん》でならなかった。

しかし、どんなに相手を気の毒に思おうとも、現在この家の単なる穀潰《ごくつぶ》しであるセシルには、この結婚に拒否権などなかった。

婚約の顔合わせの日は、暗い雲が空を覆いつくし冷たい雨が降っていた。冬の到来にはまだ早い時期にもかかわらず、外套《がいとう》なしでは震えるほどに寒い。

王都の一角に位置するスチュアート家の屋敷は、門からエントランスまでは石畳の道で、周りをぐるりと庭園が取り囲んでいる。

屋敷の入り口の前でセシルは父親の後ろに控え、複数の使用人とともに整列し、不安な面持ちで門の方角を見つめていた。

妹の喪が明け切っていないため、一同は皆真っ黒な衣装を纏《まと》っており、まるで葬儀のようだとセシルは思う。

しとしとと降り続く雨で、傘からはみ出した肩が濡《ぬ》れていたが、かまうことはなかった。静寂を切り裂くように、一台の馬車が濡れた石畳の上を規則的に蹄鉄《ていてつ》の音を響かせながら入ってくる。馬車の正面には、五芒星《ごぼうせい》を抱いた竜の紋章が見える——ウォルトグレイ家のものだ。

入り口の前で止まると、濡れた外套から水を滴らせながら御者が扉を開けた。

セシルはそれに合わせて頭を下げてお辞儀の体勢をとる。視線の先には濡れた地面が広がっている。馬車から降りてきた人物は視界から外れるため、その表情を窺《うかが》い知《し》ることはできない。

「ようこそお越しくださいました。ウォルトグレイ公、エドワード殿。さあ、雨に濡れてしまいますので、早速中へ」

父親が外面のいい明るい声をあげ、三人は屋敷の中に入っていく。その後をセシルと使用人たちが続いた。

後ろから見る正装に身を包んだ二人の人物は、セシルより頭ひとつ程に背が高く、よく似た艶のある漆黒の髪が揺れていた。

応接室に入ると、ソファに座り、両家でテーブルを挟んで向かい合う。

緊張感の漂う中で、セシルは目の前の二人の人物と目を合わせることができず、ただ俯《うつむ》いていた。

すると向かい合った先の、父親であるウォルトグレイ公が口を開いた。

「セシル・スチュアートか」

「はい、ウォルトグレイ様。お初にお目にかかります、セシルと申します」

「妹と似ていないな」

冷たく言い放たれた言葉は、刃《やいば》のようにセシルの心を刺した。花のようにかわいらしかった妹の代わりに、自分がここにいるのが恥ずかしくてたまらない。

自分はまた、失望されてしまったのだ。

目の端に涙が浮かぶが、流れ出さないように必死に耐えた。

「スチュアート公、この者は、とうが立ちすぎているのでは？　子が産めなければ困る」

「以前、そちらの出された条件は〝オメガであること〟だけでした。セシルはオメガですし、子もまだ産めます。噂の真偽は先日ご説明しましたね？」

「いくらオメガが多産とはいえ、仮に産めたとしてもあと何年可能だ？　なんとしてもアルファを産んでもらう必要がある。しかも、王もこの結婚には難色を示していて……」

話しながら、ウォルトグレイ公は突然セシルを見て目を見開き、固まった。

不自然な間に、セシルは違和感を覚える。

「失礼」

そう言うと、隣にいる息子《むすこ》のエドワードに何やら耳打ちした。それに対して、エドワードも小声で答える。

少しの間話し込んだ後、ウォルトグレイ公は、ごほん、と咳払《せきばら》いすると、セシルに向き直った。

「セシル殿、失礼なことを言って大変申し訳なかった。お詫《わ》び申し上げる。王は説得できる。この結婚をこのまま進めようと思うが、よろしいか」

突然の態度の変わりように、セシルは心の中で飛び上がるほどに驚いていた。

「僕で、よろしいのでしょうか……？」

思わず漏れてしまった本音を聞き、セシルの父親は一瞬眉間《みけん》に深いしわを寄せた。

しかしすぐさま笑顔に戻ると、パチン、と手をたたき、勢いよく立ち上がる。

「では、このまま婚約を進めましょう。ウォルトグレイ公は私の執務室までお越しいただけますか」

父親二人は、執事を伴ってそのまま部屋を退出していった。


残されたのは、エドワードとセシルの二人。

遠慮がちに顔を上げると、エドワードは感情を読み取れない表情でこちらを見つめていた。

セシルはその時、エドワードを初めて正面からきちんと見た。

――大きく、立派になった。

エドワードはまだ小さかったのでおそらくもう忘れていることだろうが、十年以上前、まだ嫁ぐ前にセシルはエドワードに会ったことがあった。

セシルの記憶の中でエドワードはまだその頃の小さな少年のままだったが、瞳や口の端に面影があり、やはりあの時の少年なのだと確信できる。

小さな声で一人泣いていた少年は、もう立派な大人の青年だった。

背が高く、姿勢のいいすらりとした体軀《たいく》。豊かな漆黒の髪の下には、神話の彫像のように整った顔立ちがあり、その中で深紅の瞳が輝く美しいアルファ。

これまで、さぞかしたくさんの女性の心を虜《とりこ》にしてきたことだろう。

セシルがエドワードをまじまじと見つめていたその時、エドワードが口を開いた。

「シリーン様のこと、お悔やみ申し上げます」

見惚《みと》れている場合ではなかったと、セシルは慌てて返答する。

「エドワード様も、長い間婚約し、親しくしていただいていたシリーンを失い、さぞかし気を落とされたことでしょう。しかも……」

セシルは言葉につまる。

「あの……相手が、その、僕になってしまい、大変申し訳ありません……」

深々と頭を下げた。自分で言っていて、泣きそうだ。思わず声が震えてしまう。

しかし、これは言わなければいけないことだ。

愛していた婚約者であるシリーンの代わりに、自分のような意に添わぬ相手をあてがわれて、彼の失望はどれほどのものだっただろうか。

「セシル様、顔をあげてください」

おずおずと顔をあげると、こちらを見つめる深紅の瞳とぶつかる。

「両家にとって、重要な婚姻であること、理解しております。この婚姻により、両家がより繁栄していけるよう努めます」

そのように話しながら自分を見据えるエドワードの表情からは、やはり何の感情も読み取れなかった。子供の頃はもう少し表情豊かだった気がするが、長い時を経て彼は大人になったのだ。そして、自らの意思よりも義務を優先することにより、嫡男としての責務を果たそうとしている。

もしも自分が、妹が消えたこのタイミングでこの家に戻ってきていなければ、エドワードは自分のような者と結婚する必要はなかった。

その見た目と家柄をもってすれば、どんな良家の令嬢とも結婚することは可能だったはず。

彼にとって自分は、さぞかし邪魔な存在だったことだろう。

絵に描いたような模範解答を用いて、エドワードも自らを必死に説得しようとしているのかもしれない。

「そう……ですね……」

貴族は結婚相手を選べない。彼のような高位貴族であればなおさらだ。それはセシルも同じだった。

外は冷たい雨が降り続き、雨粒が窓ガラスをたたく音が部屋に響いていた。

2. 贈り物

この世には、男性と女性という二つの性の他に、アルファ、ベータ、オメガというバース性と呼ばれる第二性が存在する。

アルファは生まれつき高い知性と恵まれた身体能力を持ち、容姿や能力などあらゆる面で他の性より優れているのが特徴だ。統率力に秀でこの国の支配階級を占めており、王はもちろん、小評議会の面々や名家の貴族の当主、騎士や魔法士に至るまで上層部はすべてアルファで、人口の僅か数パーセントであるにもかかわらず政治や経済の中枢を担っている。

ベータは平均的な能力を持つ性で、最も人口が多く国民の約九割を占めている。労働者階級はほぼベータであると言ってもよいほどで、アルファの指導者のもと様々な仕事に従事している。

オメガは三つの性の中で最も希少な「産む性」で、男性体でも妊娠、出産が可能とされている。発情期がありアルファを誘惑するフェロモンを首筋から放つため、その性的価値から娼館に身を置く者も多い。他の性より小柄で力が弱く、発情期のせいで他の性から疎まれ仕事にもつきにくいため、オメガは成人後もアルファの庇護《ひご》下に入ることが多い。

アルファがオメガの項《うなじ》を噛《か》むことにより「番《つがい》」となる。アルファとオメガは本能的にそれを求める一方で、相手のフェロモンしか感じられなくなったり、番としか子を持てなくなったりするなど互いを縛り付けるものでもあった。そのため地位が高く相手を複数持つ必要があるアルファからは、オメガとの番契約は敬遠されることも多いのが現状だ。

通常、十代前半の第二次性徴と共にバース性は判明するが、貴族の子女は早くから婚約することがあるため、特別な検査をすることにより幼少期にバース性を確定させることが多かった。

ウォルトグレイ家は、代々アルファの当主が魔法士として宮廷に仕えることによりその家を発展させてきた。アルファが孕《はら》ませたオメガからしかアルファは生まれないため、アルファである嫡男のエドワードの結婚相手は、必ずオメガである必要があった。

オメガは数ヶ月に一度、ヒートと呼ばれる発情状態になり、その間に行為を行うと高い確率で妊娠するとされている。そのオメガがアルファを産み、生まれたアルファのうちの誰かがまた家を継いでいく。オメガであることは、ウォルトグレイ家の次期当主の妻である必須《ひっす》の条件だった。

しかし、セシルは心配だった。自分は確かにオメガで、三ヶ月に一度という平均的な周期で発情期も来てはいる。

しかし、そもそも自分の身体《からだ》は子供を望めるのか？

オメガは確かに男性でも子供が産めるとされているが、自分は実際には産んだことがないので何の証明もできない。

しかも、この国では通常十代後半、遅くても二十代前半から子供を産み始めるが、それに比べるとセシル自身はだいぶ年齢を重ねている。その点も心配だった。

やったことがないことをできるかと聞かれても、全くわからなかった。

◆

婚約の顔合わせから二週間後、王都の大聖堂にて、妹のものだった結婚式は相手を自分にすげ替えて、近しい親族のみの参列に規模が縮小されながら滞りなく執り行われた。

夜、セシルは馬車に揺られ、ウォルトグレイ家の屋敷に到着した。

王都の中心部から少し離れた場所に位置する屋敷は広大で、入り口から見上げる古いレンガ造りの建物は、真っ黒な巨大な影となりセシルの前に不気味にそびえ立つ。元来た道は暗闇に呑《の》まれ、前の扉から滲《し》みだす僅《わず》かな明かりだけがセシルの行く先をぼんやりと照らしている。

入り口から屋敷に入った途端、セシルは息をつく間もなく湯に入れられて、様々な匂いのするクリームや香油をべたべたと塗りたくられ、まっさらな新品の寝着を身につけさせられた。

使用人たちの鬼気迫る様子に気おされて終始されるがままで、自分がどのような状態なのかこれからどこに行くのかもよくわからないまま、心を無にして一連の作業に身を任せる。

ほかほかと温まった状態で見知らぬ部屋に連れてこられ、ここでお待ちくださいと言われた一人掛けソファの上で、何だか普段よりつやつやとした自分の姿に気後れしつつおとなしく座って待っていると、ドアを開けてエドワードが入ってきた。

シャツにズボンというラフな衣服のエドワードの姿は、今まで格式ある衣装を身につけたところしか見たことがなかったセシルにとって新鮮に映った。

普段年齢より大人びて見えるエドワードだったが、前髪を下ろし、胸を少し開けたシャツ一枚という格好は、少し幼さの残る年相応の青年に見える。

エドワードは、一目セシルを見て息を呑むと、不自然に目を逸《そ》らした。

思えば自分も今は首から足首まである長い寝着一枚とオメガ用のチョーカーしか身につけておらず、このような軽装でエドワードに会うのは初めてだった。

見苦しい姿を見せてしまったと申し訳なさに苛《さいな》まれ、身体を斜めに傾けて腕組みをし、その身を少し隠した。

エドワードも俯《うつむ》いたまま、二人の間に気まずい沈黙が流れる。

婚約から結婚まではにちがあまりなく、準備に追われているあいだにあっという間に過ぎたため、婚約の顔合わせ以来、二人きりで会うのは初めてだった。

振り返ってみてもまともに話したことはほとんどなく、初対面に近い状態で何を話したらよいものかと途方にくれる。

沈黙に耐えかねて、何か声をかけなければと、セシルは口を開いた。

「エドワード様、お疲れ様でした。慣れない事をして、気疲れしませんでしたか？」

「ああ、大丈夫だ。セシルも、ご苦労だった」

「エドワード様のご家族にも、初めてお会いしました。ご兄弟がたくさんいらっしゃるのですね。皆さん、よく似ていらして」

セシルが言葉を切ると、俯いていたエドワードは顔を上げるとセシルをじっと見つめた。

意を決したように口を開く。

「セシル」

「はい？」

「セシルにこれから伝えなければならないことがある。俺は今から、よくわからない話をするから、なかなか信じるのは難しいかもしれない。しかし、できれば言葉そのままに、信じてくれるとありがたい」

「……？　はい。何でしょうか」

話の先が全く見えなかったため訳はわからないままだったが、とりあえずセシルは頷《うなず》いた。

「父と俺が、王宮魔法士団で働いているのは知っているな？　セシルは今日からこのウォルトグレイ家に住むが、魔法ゆえというか、うちは少々変わっていて、ごくたまにではあるが不思議な現象が起こると思う。おそらく、セシルの周りでは特に」

「不思議な現象、ですか……？」

「そう、不思議な現象だ。それで……」

エドワードは、ポケットを探ると、片手に収まるほどのベルベットの小箱を取り出した。

セシルに向かって蓋《ふた》を開けると、中には指輪が入っていた。細い銀色のアームの上には、控えめな赤い宝石が輝いている。

「これは、それらの現象からセシルを守るためのものだ。肌身離さずつけていて欲しい。眠る時や、湯浴みをする時も含めて、決して外さずに」

「魔除《まよ》け、のようなものですか？」

「そう思ってもらって構わない」

エドワードは小箱の台座から指輪を取り出した。少し躊躇《ためら》いながら、セシルをじっと見つめる。

「セシル、手を」

「……は、はい」

セシルは、エドワードに向かって左手を差し出した。

エドワードは跪《ひざまず》き、セシルの白く華奢《きゃしゃ》な手を取る。結婚式はお互いに手袋をしていたため、素肌に触れるのは初めてだ。彼の手は熱く、指先からぬくもりが伝わってくる。エドワードが薬指の先端から指輪を通すと、セシルの指にぴたりと嵌《は》まった。

「ありがとう、ございます」

エドワードは、安心したのか、ふっ、と小さく息を吐いた。手を握ったまま、その深紅の瞳で上目遣いにセシルを見つめる。

セシルは、自分の指に嵌められた指輪とエドワードの瞳をまじまじと見比べた。

「とても綺麗《きれい》ですね。指輪の石、エドワード様の瞳の色にそっくりです。エドワード様がご不在の時も、これを見れば、ずっと傍《そば》にいるような気持ちになれますね」

少しはにかみながらセシルは微笑《ほほえ》んだ。なんだかくすぐったい気持ちになりながら、エドワードの手を、きゅっと握り返す。

セシルを見つめるエドワードは僅かに驚いた表情を浮かべると、心なしか頬が紅潮し、瞳には優しい色が浮かぶ。

甘い雰囲気になんだか恥ずかしくなり、空気を変えようとセシルは別の話題を探した。

「あの、不思議な現象とは、どんなことなのでしょう？　差し支えなければ、教えていただけないでしょうか」

「そうか、言葉で言うより、見た方が早いか……」

そう言うと、エドワードは空になったベルベットの小箱を手のひらに載せた。

視線を少し上げると、小箱は宙に浮き、弧を描いて飛んでいく。寝台の横の棚の引き出しが開き、中にコトリと落ちると、引き出しが閉まった。

セシルは、驚いて口に手をあてる。

「すごい！　どうやったのですか？」

「おそらく、セシルの周りで起こる可能性が高いのはこういったことだ。物が勝手に動いたり、風が吹いたりもするかもしれない。でもその指輪をしていれば、危害を加えられる事はない。もしもこのようなことが傍で起こったら、すぐに俺に知らせてほしい」

目の前で信じられない光景を見せられてセシルは興奮していた。自分の手に嵌められた指輪をまじまじと見つめる。

「これに、そんな効果が……」

セシルの瞳は、好奇心でキラキラと輝く。

「エドワード様は素晴らしい能力をお持ちなのですね。僕は今、生まれて初めて魔法を見ました！

こんな力がこの世に存在するなんて、知りませんでした」

セシルは棚の方へ歩いていくと、先ほど勝手に飛んで行った小箱を引き出しから取り出し、いろいろな方向から角度を変え眺めた。

「箱は普通のものみたいなのに、魔法の力であんな風に動いて、本当に不思議です」

魔法に興奮するセシルがふと小箱から顔を上げると、目の前の光が遮られ暗く影になった。いつの間にか移動していたエドワードが、セシルの目の前に立っていた。

エドワードは、セシルより頭ひとつ程大きい。傍に立たれると胸板部分しか見えなかったが、見上げるとエドワードの整った顔がセシルを見下ろしていた。

——その時、ふわりと爽《さわ》やかな香りがセシルの鼻を掠《かす》めた。

晴れた日の新緑のような、温かく心地好《よ》い香り。その匂いを感じた途端、セシルの身体は反応し、腹の底がじわりと熱を持つ。匂いはエドワードの身体から発せられ、セシルを柔らかく包み込む。

これは、エドワードのフェロモンの匂いだ。

初めて感じるアルファの匂いに早くも反応してしまった自分が恥ずかしく、思わず顔を赤くする。

セシルは、二人の目の前にある重厚な造りの寝台を見て、今夜は初夜であることを思い出した。

大きく立派な寝台は新婚の床であることを主張するかのように、綺麗《きれい》にベッドメイクされ花びらまで散らしてある。

生まれて初めて見た魔法で、はしゃいでいる場合ではない。セシルもエドワードに言わなければならないことがあった。息をふう、と吐くと、躊躇いがちに告げた。

「あの、僕も、エドワード様にお伝えしたい事があります」

「寝台の上で聞こう」

心なしか顔を赤くしたエドワードは、早急にそのまま手を引いて寝台に連れて行こうとする。セシルは慌てて、その場で足を止めた。

「今日は、はじめての夜……ではあるのですが、大変申し訳ないことに、僕は今、発情期ではありません。ですから、その……せっかく、して、いただいても、御子を授かることができず……」

エドワードの動きがぴたりと止まる。

「それはつまり……？」

「……つまり、せっかく労力をさいていただいても、それが無駄になってしまうのが申し訳なく、エドワード様も、僕も、今夜はこのまま眠るのはどうかと」

エドワードは大きく目を見開いた。

しかし、一瞬その顔に現れた何らかの感情は瞬く間に消失し、すぐさま元の無表情に戻った。

そして次の瞬間、エドワードはセシルの脇に腕を入れると、ふわりと抱き上げた。

「な、何を？」

そのまま移動すると、セシルを素早く寝台に横たえた。目を丸くするセシルの耳元に顔を寄せると、小声で囁《ささや》く。

「あいにくだが、俺たちの今夜の動向は、漏れなく両家に伝わることだろう。俺の父、そしてあなたのお父上にも。俺たちは、義務を果たさねばならない」

「義務……」

「ああ、白い結婚などと揶揄《やゆ》されてはたまらない。この結婚を正式に成立させる。今夜」

そう言うと、エドワードは耳元から顔を離し、セシルを見下ろした。

寝台の上は薄暗いため、エドワードの顔は暗く影になり、ふたつの深紅の瞳《ひとみ》だけが、ぎょっとするほど美しい光を放っている。

セシルは、獰猛《どうもう》な捕食者に見据えられた獲物のように、射すくめられ、身体《からだ》を動かすことができなかった。

エドワードは、セシルの頬に手を添えると、ゆっくりと顔を近づけ、唇を重ねた。

3. はじめての夜

「ふ……」

熱い唇が、セシルの口を覆う。

頬に添えられた手で顔を引き寄せられ、お互いの口が密着すると思わず吐息が漏れた。

唇を割り開き、深く入り込もうとするエドワードの唇に抗《あらが》うように、セシルはエドワードの胸を両手で強く押した。

「すみません、この歳《とし》で、本当に恥ずかしいのですが……僕、初めてで……。あの、少し心の準備をしてもいいですか……?」

あまりに突然の口づけに、身体が緊張で強張《こわば》り小刻みに震え出す。

セシルは今まで、口づけすら経験がなかった。

自分の敏感な場所に他人が触れた初めての感触に、心臓がうるさいほどにドキドキと跳ねる。

深呼吸をし、気持ちを落ち着かせようとするが、なかなかうまくいかない。

「初めてというのは聞いていた。しかし、怖がらせてしまい、配慮が足りずすまなかった」

「いえ、怖いというわけではないのです。少々、驚いてしまいまして……」

セシルは身を起こし、深く息を吸って吐くを繰り返す。

駄目だ、緊張しすぎている、とセシルは思った。

今まで自分に向けられてきた、様々な人の失望の表情が頭に浮かんでくる。とりわけセシルを一目見た瞬間にがっかりした表情に変わった、元夫の顔が――。

反射的に、セシルの呼吸がヒュッと浅くなる。頭の中に浮かぶその顔に重なる、目の前のエドワードの顔。

しかし、セシルの想像とは違い、そこに浮かんでいたのは失望ではなく、気遣わしげにこちらを見つめる心配そうな表情だった。

「あ……」

「大丈夫か？」

「すみません……。エドワード様は、ずいぶんと落ち着いてらっしゃいますね。見習わないと」

「そう見えるか。俺も、こう見えて結構緊張している」

「そうなのですか？」

セシルは驚いた。全くそんな風には見えない。明らかに顔が上気しているセシルとは違い、エドワードは顔色ひとつ変わっていない。

あまりに平然としているので、自分に話を合わせてくれたに違いない、と思った。

エドワードは、長らく妹と婚約していたのだ。結婚前とはいえ、若い二人が待ちきれずに愛し合う事もあったかもしれない。

エドワードが愛《いと》しげに、妹のたおやかな肢体を抱く様を想像すると、セシルは自分の心が凪《な》いでいくのを感じた。

彼にとってはセシルとの行為は義務で、それは自分にとってもそうだ。結婚を成立させるための単なる作業に他ならないというのに、自分だけこんなに取り乱して、馬鹿みたいではないか。

「少し落ち着いたか？」

「はい、申し訳ありませんでした。たぶん、もう大丈夫です」

セシルは、ふう、と大きく深呼吸する。

「どうぞ……」

セシルは祈るように胸の前で手を組み、目を閉じる。

頭の後ろに、大きな手が添えられると同時に、唇にふわりと温かい感触がして、エドワードに触れるだけの口づけをされたのがわかった。

セシルの硬く組んだ指と指の隙間に、指が絡められ、柔らかく解きほぐされる。

唇が離れると、セシルはおずおずと目を開けた。ぼんやりと焦点を結んだその先にいるエドワードの表情は、眉根《まゆね》を少し寄せ、今までと違う色を浮かべている。セシルにはそれが、なぜだか泣きそうな表情をしているように見えた。

セシルの不安は増した。

本来ここにいるはずだったのは、若く美しい妹だ。愛する人の代わりにここにいるのが、こんな若くも美しくも愛してもいない自分なんかで、ただただ申し訳なかった。

そんな自分をこれから抱かなければならないエドワードの心情を思うと、胸が痛む。

「あ、あの……ごめんなさい。僕みたいなのじゃ、やっぱり難しいですよね……無理もないです」

セシルはいたたまれず目を伏せる。

エドワードは目を見開いた。セシルの手に絡めた指に力が籠《こ》もる。

「そんなんじゃない。セシルは、まだ少し、緊張しているようだから……。無理強いをしたくないし、痛い思いもさせたくなくて……」

「お気遣いいただいて、申し訳ありません。でも、あの、僕、大丈夫ですよ。エドワード様が、一番やりやすい方法でできたらと思っています。ええと、うつ伏せになった方がよろしいでしょうか？その方が、顔も見えませんし」

「そんな必要はない。そのままでいい……」

「……そうですか？　エドワード様がそれでよろしければ、もちろん……」

エドワードはセシルの寝着に手をかけると、胸元の結び目をほどく。エドワードの熱い手がひたりと胸に重なり、そのまま寝着はするすると足元まで下ろされた。

セシルの身体にはチョーカーと指輪があるのみで、それ以外はもう、何も身につけてはいない。

アルファやベータの男性とは違う、オメガ特有の筋肉の少ない丸みを帯びた肢体。骨格も小さめで、痩《や》せた肩や腰はひどく薄く頼りない。

エドワードにむき出しの身体をまじまじと見られて、顔から火が出そうだ。

「あの、そんなに見られると恥ずかしいです……。できればその、あまり見ないでいただきたく……」

腕と足を折り畳みながらずりずりとエドワードから距離をとろうとするも、手首をぱっと掴《つか》まれる。

「恥ずかしがることはない。セシルは美しい」

その言葉にセシルは驚く。美しいなんて、生まれて初めて言われたからだ。自分が今まで、決して向けられることが出来なかった言葉。

セシルの緊張をほぐすためのお世辞とはわかっていても、心の中にじわりと温かいものが広がる。エドワードの優しさが、素直に嬉《うれ》しいと思った。

エドワードは、セシルの手に唇を寄せる。

指や手のひらに触れるだけの口づけを落とし、全体に触れ終えると反対側に移った。

皮膚の表面にくまなく唇を這《は》わせる。手を終えると足に移動し、ふくらはぎから始まり、足の甲や裏、指の間まで慈しむように口を寄せた。

エドワードが唇で触れた場所から熱が生まれ、それは甘い疼《うず》きとなってセシルの全身に広がった。

普段自分では触れないような敏感な場所にまでエドワードの唇があたり、ぞわりと背筋が粟立《あわだ》つ。

降り注ぐような口づけはやがて、首、頭に移ると、髪の毛を掬《すく》い上《あ》げそこにも唇を落とした。セシルの全てに、時間をかけてエドワードの唇が触れた。

口づけながら、手でセシルの身体を撫《な》でる。熱い手のひらが身体を撫で上げるたびに、セシルの身体も内側から燃えるようだった。

素肌に触られる事が、こんなにも気持ちいいことだとセシルは知らなかった。全ての口づけが終わる頃には、セシルの目は潤み、肌は上気して、全身がとろけるようになっていた。

そんなセシルの様子を見つめ、エドワードは微笑《ほほえ》む。

「セシル……」

エドワードは、着ていたシャツを脱ぐと、セシルに覆いかぶさった。

熱い身体が直接触れ、二人の肌と肌がぴたりと重なる。強く押し付けられた皮膚の熱さにセシルは驚く。

荒い息を吐きながら、エドワードはセシルの首筋に顔を埋《うず》めた。鼻を近づけ、息を思い切り吸い込む音が聞こえた。

「セシル……いい匂いだ……とても甘い……」

そのままべろりと首筋を舐《な》めあげると、貪《むさぼ》るように激しく唇と舌を首に這わせる。興奮した息遣いが耳のすぐ傍《そば》から聞こえてくる。

セシルは、自分の首筋に他人の舌が触れる初めての感触に、ぞくぞくと頭の奥が痺《しび》れるようだった。

先程身体にしていたような触れるだけの口づけとは違い、首ごと咬《か》みつかれるような激しい口づけ。

自分は今、エドワードから強い欲望を向けられている。

快感でぼんやりとする頭の片隅で、セシルは密《ひそ》かに安堵《あんど》した。このような身でも、自分はまだ誰かの欲望の対象になることができるのだ、と。

エドワードの手は、セシルの後孔へと伸びる。表面をまさぐったあと、入り口から指を、つぷ、と僅《わず》かに入れた瞬間、柔らかく沈み込む感触にはっと息を呑《の》む音がした。

「これは？　初めてなのでは……」

「……あ、それは……、念のため準備は、婚約が決まってから、少しずつですが……」

「準備？　誰が？」

「ええと、自分で……です……」

セシルは、恥ずかしさに顔を赤くした。そこを夜な夜な一人で広げていたなどと、ふしだら以外の何物でもない。そのような秘め事を白状し、耳の先まで羞恥心《しゅうちしん》で沸騰するようだった。

「そうか……」

エドワードは、真っ赤になったセシルの頬を撫でると、深く安堵の息を吐く。

遠慮がちに添えられた指は、そのままずぶずぶと体内に侵入する。

明らかに自分のものとは違う、長く、硬いアルファの指が、未《いま》だ何も届いた事のない、閉じていた身体の奥まで入ってくる。

中を押し広げるように、指の腹が蠢《うごめ》く。奥深くから、浅い場所まで、ゆっくりと移動するその道すがら、ある箇所を掠《かす》めた瞬間、突然激しい快感がセシルを襲った。

「っ、あっ……！」

「ん？　痛かったか？」

「い、いえ、なんでもないです……申し訳ありません」

「痛かったら、教えてくれ。あと、できれば気持ちがいい時も」

セシルが黙っていると、エドワードはセシルの僅かな表情の変化を頼りに、中の指を探るように内壁に添わせた。ぐるりと撫で回すと、先程の敏感な箇所を探し当てる。僅かな膨らみの感触を確かめた後、指の腹でぐっと押しつぶした。

「んんっ……！」

その途端、セシルの中で溜《た》まっていた何かが勢いよく弾《はじ》ける。耐えがたい疼きが駆け抜け内壁がびくびくと痙攣《けいれん》すると同時に、目の前が白くなり、チカチカと光の粒が目の端に浮かんだ。

雄膣がじわりと弛緩《しかん》すると、腹の奥から何かどろりとした熱い液体が流れ、後孔から溢《あふ》れ出すのがわかった。

未知の感覚に不安が押し寄せ、思わずエドワードの身体《からだ》にしがみつく。

「も、申し訳ありません。身体が、おかしくて……」

エドワードは指を引き抜くと、達した余韻と戸惑《とまど》いで細かく震えるセシルに腕を回し、優しく頭を撫でた。

「大丈夫だ。何もおかしくない」

「取り乱してしまって……すみません。さっきから、中断してしまって、ご迷惑をおかけして」

「セシルは、さっきからずっと謝っているが、謝るようなことなんて、何もしていない」

「でも、何ひとつうまくできないので……」

「そんなことはない、十分すぎるくらいだ」

「いえ、そんな……あっ」

エドワードは、セシルをゆっくりと押し倒し、ごろりと仰向けに寝転がらせた。セシルの銀色の髪は、白いシーツの上に波紋のように煌《きら》めきながら広がる。

その姿を見つめながら、エドワードは身体を起こし、下穿《したば》きを脱いだ。

セシルは、先ほどエドワードが指を入れた場所に、熱い塊が押し付けられるのを感じた。

ぴたりとあてられた塊がそのままずぶずぶと中に押しこまれてくると、セシルは信じられない気持ちになった。

若さとはすごいものだ。愛してもいない自分のようなものに対してさえも、このように身体を反応させることができるとは……。

そのまま硬い杭《くい》に穿《うが》たれ、無理矢理後孔が今までにないほどに押し広げられていく。その圧迫感に、セシルの口から自分のものではないような声が漏れる。

「ああ……あ……」

開けていく内壁が快感に震え、生理的な涙がじわりと浮かんでくる。

「うっ……」

苦しげな声を耳にし、潤んだ瞳《ひとみ》でエドワードを見上げると、目に映るエドワードは、眉間《みけん》に皺《しわ》を寄せて目を固く閉じ、整った顔を歪《ゆが》ませている。

その表情に、セシルはショックを受ける。やはり自分を抱くことは、エドワードにとって苦痛を伴うものなのだ、と。

強い責任感から最大限に務めを果たそうとしてくれているエドワードの強い意志に、何か報いなければと思う。けれど……。

そのつらそうな表情を見ていられず、セシルはエドワードの顔から思わず目を逸《そ》らせた。視界に何も入れないために、自身もぎゅっと瞼《まぶた》をきつく閉じる。

しかし、そのようなセシルの気持ちに反して、エドワードから与えられる刺激にセシルの身体は悦びに震え続けている。

我慢していても、きつく噛《か》んだ唇の端からは、耐えきれずに甘やかな声が漏れ出る。

押し込まれた屹立《きつりつ》を待ち望んでいたかのように雄膣が強く締め上げ、ぴたりと吸い付いたお互いの粘膜が密着するたびに強い快感が身体中に広がる。

――気持ちがいい。

こんな快感は初めてだった。とろけるような心地好《よ》さに頭の中が痺れて、目の前が白くぼやけていく。

アルファに抱かれると、オメガはこのようになるのか。

腹の中いっぱいに広がる質量に、ずっと欠けていた何かが満たされるような感覚。オメガとしての動物的な本能が、セシルの理性を押し流していく。

エドワードの赤い瞳に獰猛《どうもう》な光が灯《とも》ったかと思うと、セシルの腰を摑み自らにぐっと引き寄せ、思い切り奥を突き上げる。

ガツガツと律動を開始すると、寝台が軋《きし》む音が部屋中に響き、エドワードの僅かに湿った漆黒の髪が目の端で揺れた。

繰り返し硬い陰茎が内壁を擦《こす》り、何とも言えない疼きがセシルの腹の底に溜まっていく。

「ああ、ああ……っ」

繰り返す強い刺激に、目の前が白く弾け、雄膣が陰茎を逃すまいと搾り上げるようにぎゅうぎゅうと収縮する。その最中もエドワードは激しく奥に腰を打ち付け続けるため、セシルは達しながら押し寄せる快感の波からなかなか降りてくることができない。

エドワードがセシルの中に最も深く差し入れた瞬間、ぐっ……と苦しげに呻《うめ》くと同時に、先端から熱い飛沫《ひまつ》をドクドクと放出した。


「……はあっ……はあ、はあ……」

荒い息を吐きながら、エドワードはそのままセシルの上に倒れ込む。汗をかいたお互いの熱く湿った身体がひたりと密着し、ドキドキと大きく脈打つ二つの心臓の音が混ざり合うかのようだ。

セシルは身体に力を入れることができず、そのまま放心したように快感の波が過ぎ去るのを待つ。

——知らなかった。こんな気持ちになるなんて。

セシルのオメガとしての本能は、中に放出されたアルファの種の存在に悦びに震えている。

それに加えて、外側からは濃厚なエドワードのフェロモンに包み込まれ、内と外両方からのアルファの存在に身体いっぱい満たされたまま、これ以上ないほどの幸せな感情が湧き上がる。

しかし、多幸感でぼんやりした頭の片隅でふと我に返ると、徐々に悲しみが押し寄せてくる。

もしもこれが、本当に愛を伴った行為であったならば、どんなによかっただろうか。

義務で抱いてもらい、妹の身代わりで単にここにいるに過ぎない自分が、不相応にもこんなにも感じてしまっているのが滑稽《こっけい》だ。その虚《むな》しさに、思わず涙が滲《にじ》む。

その涙が溢れ出さないよう、セシルはそっと瞼を閉じた。

エドワードは、荒い呼吸を繰り返しながら、自分の下で力なく横たわるセシルの柔らかい身体に腕を回し、ぎゅう、と強く抱きしめた。

「これでやっと、君は、俺のものだ……」

小さな声でエドワードが呟《つぶや》き、僅かに口の端に笑みを浮かべる。

しかし、その声はセシルには届かなかった。セシルは事後のまどろみの中で意識を手放し、深い眠りに落ちていた。

4．取り残されて

翌朝、セシルが目を覚ますとエドワードはいなくなっていた。

カーテンの隙間から朝の光が差し込み、部屋の中を明るく照らしている。

手を伸ばしシーツを撫でると、表面のひやりとした冷たさが手のひらに伝わってくる。寝具に残るかすかな香りはあるものの、この場所からエドワードが離れてだいぶ時間が経《た》っているようだ。

一人寝台に取り残されてしまった寂しさに、ちくりと胸の奥が痛む。

不意に心を支配しようとした悲しい気持ちを振り切るようにセシルは身体を起こそうとしたが、うまく力を入れることができずに愕然《がくぜん》とする。これでは起き上がれない。

昨夜緊張で身体が強張《こわば》り変に力を入れすぎたせいか、身体中の筋肉が弛緩《しかん》しているような感覚。何より、下腹部が重だるく、尻《しり》に強烈な違和感がある。

――昨夜の余韻。

思い出して急に恥ずかしくなり、思わず顔が熱くなる。

まだほとんど話したこともないエドワードの前で、あられもない姿を見せ、大きな声で啼《な》いてしまった。はしたなく感じすぎている自分を前にして、呆《あき》れられはしなかっただろうか。

義務、とエドワードは言っていた。

しかし、昨夜の行為は、そのような義務感だけからくるものとは、程遠いものに感じた。

セシルはゆっくりと長い時間をかけて撫《な》でられ、擦られ、徐々に溶けていき、柔らかく開かれた。

目的を達成するだけなら、もっと早く終わる簡単な方法があったはずだ。セシルが多少痛みを伴うその手段を、エドワードは取らなかった。

たとえ義務的な行為であっても、常にセシルの反応を窺《うかが》い、うろたえる様子にも嫌な顔ひとつせずに、ずっと優しく気遣ってくれていた。

他人にほとんど触れられた事のないセシルにとって、その気遣いはありがたいと思うと同時に、無用に気を遣わせてしまった自分が不甲斐《ふがい》なく罪悪感が募る。

昨夜の記憶は途中から途切れ、身繕いすらせずそのまま眠ってしまったにもかかわらず、なぜかしっかり寝着を身に着けていることに気付く。自分で着た記憶が一切ないので、エドワードがおそらく眠り込む自分を起こさないようにわざわざ着せてくれたのだろう。どこまでも責任感の強い人だ。

なんとか腕を持ち上げ、身体を支えながら上半身を起こそうと腹に力を入れる。

その時、どろりとした生暖かい液体がセシルの後孔から漏れ、寝着の中に染み込んでいった。ツンとした雄の香りが鼻を刺すと同時に、湿った感触が尻の下にじわじわと広がり、布に吸いきれず溢れた分がセシルの腿《もも》を伝う。

セシルは、自身の薄い腹の上にそっと手をあてた。

昨夜放たれたエドワードの子種が確かに今、ここにある。

たとえ愛のない行為だったとしても、このように種を授けてくれたエドワードはもうセシルの夫で、その事実は動かしようがないものとなった。

この結婚は、名実ともに成立したのだ。

いつまでも寝てはいられないと、ギシギシと軋《きし》む身体《からだ》に耐えながら起き上がり、寝台からなんとか降りる。

ここはおそらく夫夫《ふうふ》の寝室だが、方向感覚を失ったまま連れてこられたこの部屋がどこに位置するのかわからない。わかるのは階段を上ったのでおそらく二階だということぐらいだ。

その時、ガチャリとドアが開き、一人のメイドが部屋に入ってきた。

無言で部屋の入り口から壁際に移動すると、手に持ったバケツや箒《ほうき》をガシャン、と音をたてて床に置いた。無表情のままその場にかがむと、きびきびと道具を揃《そろ》え始める。

セシルはそのメイドの背中に、おはよう、と声をかけ、恐る恐るエドワードの行方を尋ねた。

するとメイドはセシルの方に振り返り、広いおでこの上の片眉《かたまゆ》を不快そうに吊《つ》り上《あ》げると、「だいぶ前に仕事に行かれました」と呆れたように答えた。

そして洗濯と掃除をするのでこの部屋から退《ど》いてほしいと言い、セシルに向かって自室に繋がるドアを指差した。

セシルは礼を言い、その指の先のドアを開け隣の部屋に移る。夫夫《ふうふ》の寝室とセシルの部屋は続き間になっており、自由に行き来ができるようになっていた。

自室をぐるりと見回すと、開いたドアの向こうに簡易的な浴室が見え、ありがたいと思いつつ中に入り、浴槽に張られたぬるい湯でタオルを濡《ぬ》らしべたべたとした身体を拭《ふ》いた。

浴室を出て肌着と下穿《したば》きを身に着けると、クローゼットにかけられた衣服を手に取る。それは実家から持ってきた着慣れた男性オメガ用の普段着で、裾《すそ》の広がった薄地のズボンを穿くと、ゆったりとした上着に腕を通し、革製のベルトで余った布を身体に合わせ軽く留めた。

セシルの自室となった部屋には、実家から送られてきたセシルの私物がすでに運び込まれており、ばらばらと床や机の上に乱雑に置かれていた。

荷物の間をぬって、夫夫《ふうふ》の間の豪奢《ごうしゃ》な寝台よりこぢんまりとした寝台に腰掛けると、昨夜の出来事に思いを巡らせた。

エドワードが寝台から抜け出した事にまるで気付かなかった。仕事に向かったというのに、挨拶《あいさつ》も見送りも出来なかったことにセシルは申し訳ない気持ちになる。

そしてやはりエドワードにとって、昨夜の行為は意に添わぬものであったに違いない、と思う。

自分が気を失うように眠りに落ちた後、おそらく一人寝室から去ったのだ。事は成ったので、不本意に長居する必要はまるでないと。

昨夜のエドワードのつらそうな表情を思い出す。

好きでもない自分のような相手にこんなことをこれから続けていかねばならないなんて、エドワードにとっては大変な苦痛だろう、と思う。

自分が彼のためにできることと言えば、一刻も早く彼を解放することだけなのではないかと思えてくる。自分がいなくなれば、彼は自由になる。

運良く子を産むことができたら、家同士の繋《つな》がりは保たれ自分の役目は終わりになるかもしれない。

結婚式での親族の顔合わせの時間に知ったことだが、ウォルトグレイ家では貴族としては珍しく、正嫡や庶子にかかわらず、皆ウォルトグレイの姓を名乗り、分け隔てなく扱われるようだった。

式にはウォルトグレイ家の子供たち全員が列席しており、兄弟同士で気安く笑い合い、服装にも差がなかった。席も年齢順で一部の子供が差別されているような様子もない。

このような家ならば、たとえ自分がいなくなってもエドワードの血を継いだ子供は大切にされるはずだ。

ここはスチュアート家ではない。自分が実家で受けてきたような扱いには絶対にならない。

彼はまだ若い。今すぐは無理でも、いずれは本当の想い人と出会い、結ばれたいと思う時が必ず来るはずだ。妹を愛したように、心から愛することのできる、彼の隣にいるに相応《ふさわ》しい相手が。

昨夜の、自分を見つめるエドワードの顔が頭をよぎる。

エドワードは、めったに感情を表に出さない。

しかし昨夜、ふとした瞬間、エドワードの深紅の瞳は穏やかな優しいまなざしを向けてくれた。自分に都合よく解釈しているだけかもしれないと思いながらも、その視線を思い出すたび、セシルは泣きたくなるようなたまらない気持ちになった。

自分のような者に対してさえこうなのだ。エドワードの心は愛情深く、優しさに溢《あふ》れている。

けれど本来それを受けとれるのは、エドワードが真実の愛を向けることができる相手だけだ。

おそらく近い将来、エドワードはそのような人と出会うことになるだろう。

それまでに、早く離縁してこの家を出なければならない。

もしも子が産まれなくても、自分は子が産めないことを理由に早々に離縁すればいいのではないか。

いずれにしても、自分は長くここにいるべきではない。

自分さえいなければ、あの美しく優しい人は心から愛する人と結ばれ、これからの長い人生の中で幸せを摑《つか》むチャンスはいくらでもあるのだ。

◆

その夜、エドワードは帰ってこなかった。

ウォルトグレイ家の執事に理由を聞きに行くと、今朝《けさ》王宮魔法士団に緊急の出動要請がありそのまま魔獣討伐の任務に赴いたためしばらく戻らないとのことだった。このようなことはよくあるらしい。

セシルも隣国にいた際、魔族や魔獣の被害について話に聞いたことがあった。

ぐるりと城壁に囲まれた王都の外、隣国までの舗装された長い道の外側にはいくつかの大きな森が点在している。

魔族や魔獣は、そのいずれかの森の中から神出鬼没に現れては、道ゆく人や家畜を襲い、農作物を荒らしていく。魔族は言葉を話し、欺きながら魔法を使い、人を容易《たやす》く殺《あや》めいたずらに連れ去った。

魔獣も他の動物と比べ桁外《けたはず》れに動きが早く力も強いため、普通の猟師や兵士などでは太刀《たち》打《う》ちできなかった。

被害の拡大を防ぐために、各国は魔族と魔獣専門の討伐部隊を持っていた。

そしてこの国――ハイライル王国の持つ討伐部隊のひとつが、ウォルトグレイ家が所属する王宮魔法士団だ。

彼らは魔力の高い者たちで構成された討伐のスペシャリストで、その活躍は国内外に広がり人々の尊敬と憧《あこが》れの的となっていた。

しかし、昼夜を問わず始まる討伐任務には常に命の危険が伴い、無事に帰って来られる保証はない。

セシルは噂《うわさ》に聞いていた危険な任務に向かうエドワードを思い、その身を案じた。国や人々を守るためにその身を捧《ささ》げてなんと立派なのだろう。

それと同時に、セシルの脳裏をほんの一瞬掠《かす》めたのは、エドワードからセシルに言伝《ことづて》など何の連絡もないということだった。胸の中に仄暗《ほのぐら》い不安が広がっていく。

けれど今はそんなことを自分本位に気にしている場合ではないと、浮かんできた気持ちを無理矢理打ち消した。仕方ないことだ。彼は忙しいのだから。

今、一番大変なのはエドワードで、そんなことは些末《さまつ》な問題だと自分に言い聞かせる。

その夜は、どこか遠くの暗い森の中にいるエドワードのことを想った。昨夜はあんなに近くにいたのに、今はこんなにも遠い。

左手をかざし指輪を見つめると、エドワードの瞳《ひとみ》によく似た深紅の石が、窓から漏れる月の光を反射して僅《わず》かに煌《きら》めいた。その石にそっと顔を寄せる。

今夜もこの指輪の距離ほどに、近くにいられたらよかったのに。

自分だけが、何もせずにこのような安全な場所にいるのが申し訳なかった。

エドワードの無事を祈りながら、自室の寝台の上で一人丸くなって眠る。

しかしエドワードが帰ってこなかった翌日から、セシルの周りの状況は一変し、奇妙な事態に陥っていく。

ウォルトグレイ家での、苦悩の日々の始まりだった。

5. 邪魔者

エドワードが帰ってこなかった翌日、最初に気付いたのは、使用人たちの態度の変わりようだった。

使用人たちが皆、セシルを無視するようになった。

セシルの存在が、あたかも今ここにないかのように。

もともとセシルが何かを頼むとため息をついたり、嫌そうな顔をしたりはしていたのだが仕事はしてくれていた。しかし、日を追うごとになぜかそれさえもなくなってしまったのだ。

まず、誰も部屋に来なくなったため、衣服などの洗濯や掃除をしてくれなくなった。廊下にいるメイドに尋ねても、自分の仕事ではないのでできないとつっぱねられる。

執事に聞きに行くと、「わたくしは、指示を出しておりますが？」と心外そうな顔。再度使用人たちに確認するように伝えたが、一向に変わる気配はない。

洗濯や掃除は、実家や以前の嫁ぎ先でもたびたび自分でしていたのでそれほど問題はなかった。

一番困ったのは食事だ。

料理人やキッチンメイドに食事をもらえないか頼んでも、「もう作って配膳《はいぜん》した」との返事だが、もちろんセシルの元には届いていない。余った食事を分けてもらえないか聞いても、「そのようなものはない」と言う。頼み込んでいたら、最終的には話しかけること自体を無視されるようになってしまった。

食べるものがないこの状況に、セシルは困り果てた。

食事を抜くことはたびたびあったが、さすがに抜きすぎると貧血や頭痛で動くのがつらくなることを経験的に知っていたので、早く手を打たなければまずいと思った。

セシルはまだ身体が動くうちにと、薄手の外套《がいとう》を羽織り、初めて一人で屋敷を出た。

使用人たちからいないように扱われるということは、逆に考えれば行動に制限がないということで、この際自由に外出してしまおう、と思ったのだ。

しかし、馬車を出してはもらえなかったので、ウォルトグレイ家の屋敷は街の中心部から少し離れていたのもあり、朝出発したにもかかわらず街に辿《たど》り着《つ》いたのは太陽が真上に昇った後だった。これほど時間がかかるとなると、そう頻繁には来られない。

食堂に寄ろうか迷ったが入り方がわからない上にお昼時で満員だったため、諦《あきら》めて街で一番に見つけた商店で硬いパンや野菜や干し肉など日持ちする食材を買うことにした。手持ちの少ない自分の財産で数日分の食糧を購入すると、持ち手が肩に食い込むほどにバッグは膨らんだ。

街からの道は舗装されてはいたものの、重い荷物を持ちながら長時間歩くのには骨が折れた。昼間出発したにもかかわらず、帰宅した頃にはもう空が暗くなり始めていた。

硬いパンや干し肉はなんとかそのまま食べることができそうだが、野菜を食べるためには火を通す必要がある。

キッチンは使用人たちが出入りする明るい時間は使わせてくれないため、寝静まった深夜のキッチンのかまどの残り火でスープを作り、それを鍋《なべ》ごと自室に持ち帰って数日かけて食べることにした。

今日初めて食べる食事は、普段より質素なものではあったが、空腹だったため身体《からだ》に染み渡るように美味《おい》しく感じた。

セシルは今の状況で自分が生き延びるにはどうしたらいいかを考え、淡々と対応することに努めた。使用人から完全に無視されているという、通常の貴族ならば屈辱でくじけてしまうような状況下に置かれてセシルが冷静に対応できたのは、このようなことが初めてではなかったからだ。

むしろ、今までセシルが置かれていたのと似た状況に戻った、と言った方がいいかもしれない。


セシルの子供時代は孤独だった。

セシルは、現在のスチュアート家当主であるジョージ・スチュアートの第一子として生まれたが、母親はセシルを産んですぐに産褥《さんじょく》で亡くなってしまった。

その後、スチュアート家に後妻として入ったのが、現在のレディ・スチュアート、シリーンの母親のエリザだ。

エリザはジョージのいとこで、子供の頃から婚約していたジョージのことを愛し、妻になる日を心待ちにしていた。

しかし結婚が秒読みとなっていたある日、突然王からスチュアート家に別の女性との結婚の命令が下される。その女性こそがセシルの母親だった。

王に貸しを作りたい前スチュアート公とジョージは、この結婚を迷いなく承諾した。

それを聞き、エリザは絶望すると同時に激しく恨んだ。自分のことをあっさり捨てたジョージではなく、エリザが本来得ていたはずのものを、何の努力もせずにすべて奪っていった憎い女のことを。

セシルの母親が死んだ後も、その激しい恨みはそのままセシルに向けられた。

セシルの見た目が母親によく似ていたこともよくなかった。セシルの姿を視界にすら入れたくないとばかりに、自分がいる空間にセシルを呼ぶことを許さなかったのだ。

自分が産んだ子供たちとセシルを徹底的に区別し、食事の席を分け、部屋からなるべく出さず、教育も将来嫁いだ際に笑われない程度に基本的なものしか受けさせなかった。

そして、父親であるジョージもその状態を黙認した。

セシルも幼い頃は、なぜ自分だけがと悲しい思いをしていたが、成長しだんだん周りの状況がわかってくると、使用人たちが噂する話を繋《つな》ぎ合わせていくことで、どうして自分がこんなに疎まれるのかという理由に辿り着くことになった。

自分は、この家ではいらない子なのだ、と。

他の兄妹たちとは違い、スチュアート家に自分の居場所はない。

いつも見えないように隅に追いやられ、声が聞こえないよう話すことを禁じられ、静かにひっそりと、いない者のように息をひそめて生活することを余儀なくされていた。

オメガの自分はここでそれなりに生かされて、きっと年頃になったら売られるようにどこかに嫁がされるのだろう。

兄妹が増えるたびに、その扱いの差を目の当たりにしセシルの孤独は深くなっていった。

しかし、そのような孤独な状況の中で、末の妹のシリーンは成長するにつれ、信じられないほどにセシルに懐いてくれた。同じオメガだからだろうか、年が十二も離れているにもかかわらず、活発な彼女はよく家人の監視をすり抜けてセシルに会いに来て「おにいさま、あそぼ」と膝《ひざ》に乗ってくるのだった。そんなシリーンを、セシルはとてもかわいがった。

しかし、束の間の安息を得られる日々も、セシルが十七歳になったある日、隣国に突然側室として嫁ぐことになり終わりを告げる。

もしかしたら新しい場所では、夫となる人と愛し愛されることができるのではと淡い期待を抱いていたが、その期待も夫と出会った瞬間に崩れ去ることになる。

隣国に嫁いだ後も、夫に見向きもされない邪魔な側室として日々を過ごしていかなければならなかった。


そんなセシルだったので、程度の差こそあれ現在の状況は経験のあるものだったが、なぜ急に使用人たちに相手にされなくなったのか、はっきりとした理由がわからず、どうしたらよいのか考えあぐねていた。

当主とエドワードは遠征に出て音沙汰《おとさた》がないし、実家に頼ったらおそらく父親はセシルの責任だと烈火のごとく怒り狂い、余計事態が悪くなるのは目に見えている。誰にも頼ることはできなかった。

するとある日、セシルは現在の状況の理由の一端を垣間見ることになる。

久しぶりによく晴れた朝、汚れた衣類が溜《た》まっているのが気になり、今日ならよく乾くぞと洗濯物を桶《おけ》に放り込んで外にある井戸に向かった。

地面にしゃがみ込み、シーツや衣類をまとめて井戸の脇で洗っていると、エドワードの弟である十六歳のジェラルドが通りかかった。

エドワードの兄たちは既に結婚して家を出ており、下の兄弟たちは王都から馬車で三日ほどの地域にあるウォルトグレイ家の領地で生活していたため、エドワードの兄弟でこの屋敷で生活しているのはジェラルドだけだった。

ジェラルドは普段、王宮で騎士見習いとして指南役に稽古《けいこ》をつけてもらい鍛錬しながら、騎士の従者をしている。ウォルトグレイ公とエドワードが不在の今、当主代理として使用人に指示を出し、屋敷を仕切っている。

エドワードとよく似た漆黒の髪に赤みがかったブラウンの瞳を持つ体格のよい少年は、セシルを一目見ると、まるで汚い物でも見るかのように表情を歪《ゆが》め睨《にら》みつけた。

「同情を引くために、このような目立つ場所でこれ見よがしに……！　いい歳《とし》をして兄上にしがみつき、強欲でがめついスチュアートの豚めが。とっととこの家から出て行けばよいものを」

セシルにわざと聞こえるように吐き捨て、大股《おおまた》に歩き去って行った。

その悪意のこもった言葉を聞き、セシルは呆気《あっけ》にとられた。

そして、ようやく気付く。

そうか、自分は今まで、ただエドワードに守られていただけだったのか、と。

自分がこの家の人々から嫌われているのはわかっていた。それが表面化しなかったのは、エドワードがいたからだ。

そしてそのエドワードから何の連絡もないということは、自分は彼からすらも呆《あき》れられ、見放されてしまったということなのではないか。

そう思うと全ての事柄が腑《ふ》に落ちた。

それは、セシルにとってなじみのある状況だった。

今までと同じだ。実家であるスチュアート家にいた時も、隣国で側室をしていたときも、自分はどこにいても周りから疎まれ、嫌われ、邪魔者でしかなかった。再び嫁いで伴侶《はんりょ》を得ても、それは同じだったのだ。

解決しようとしてもどうせ無駄だ。自分の言うことなど、誰も聞かない。

そう思いながら、目の前で水に浸《つ》かり濡《ぬ》れたシーツを擦《こす》り合わせた。

よく晴れた秋口の寒空の下、冷たい水でかじかむ手は赤く腫《は》れて、セシルの薄い皮膚にはあかぎれができ始めている。

しかし、水で傷口がしみる手の痛みは、さほど気にならなかった。

言いようのない寂しさと虚《むな》しさが、セシルの心を覆いつくしていた。

6．不思議な現象

エドワードが遠征に行ってから二週間が経《た》とうとしていた。

相変わらずウォルトグレイ家の人々から無視されているセシルだったが、何も言ってくる人がいないので行動に制限がないのは逆にありがたいと思った。

実家や隣国にいた時は、自室から出ないように言われる時間が長く自由がないのがつらかった。しかし今回はそれがなかったため、時間ができると自室を出て広い屋敷の中を探検した。

ウォルトグレイ家の屋敷は王都の中心部から少し離れた場所にあることもあり、スチュアート家の屋敷より建物が大きく、庭園も広い。

屋敷の中の窓の少ない長い廊下にはよく似たたくさんのドアが並んでいたが、たいてい鍵《かぎ》がかかっており、中の様子はわからなかった。

部屋には入れなくても、廊下には見知らぬ絵画が飾られていたり、立派な甲冑《かっちゅう》や見たことのない工芸品が置かれていたりしたため、歩いて見て回るだけでなんだかわくわくと心が躍った。

最初の頃は、廊下で誰かにすれ違いそうになると物陰に隠れて息をひそめてやり過ごしながら、足音が遠ざかるのを待っていたのだが、どうせここにいない扱いならばと、自分を透明だと思うことにして気にせず無言で通り過ぎることにした。

ある時迷路のような廊下を歩いていると、一階の廊下の突き当たりにひときわ荘厳な両開きの扉があった。何の部屋か気になりそっと取っ手を回すと、なぜか鍵がかかっておらず、珍しいことに何の抵抗もなくすうっと扉が開いた。恐る恐る中に入ると、セシルは素晴らしい光景を目にする。

そこは図書室だった。扉を開けた瞬間、懐かしい紙の匂いが鼻腔《びこう》から染み渡り胸いっぱいに広がった。薄暗い部屋の中、壁沿いに並んだ背の高い書架の中には大小様々な本が並んでいる。

セシルは子供の頃から一人で部屋にいる時、多くは本を読み過ごしていた。

他の兄妹たちと違って教育をあまり受けられなかったセシルではあったが、最低限の読み書きだけは習っていたので、許可された短い時間に実家の図書室に行っては、書架に並ぶ本を片っ端から手にとり自室に持ち帰って何でも読んだ。

常に本は、セシルにとって先生であり、友達だった。

セシルはいくつか興味をそそられた本を手に取ると、自室に持ち帰り読むことにした。勝手に入ったことがわからないよう元通りに扉をぴたりと閉め、図書室を後にする。

きっと普段は鍵がかかっているだろうに、開いているなんて運がいいのだろう、とほくほくしながら廊下を歩く。

そう、運がいい。

不思議な事に、セシルは最近、〝運がいい〟と思うことが増えた、ということに思い当たる。

そういえばと、最近起こった出来事をいくつか思い返してみると、点が線で繋がっていくように、奇妙な点がいくつも浮かび上がってくる。

セシルの部屋にはシーツが一枚しかなかったので、洗濯してしまうとそれが乾くまで使えるシーツがなく困ってしまう。

思い切って洗った後、その日のうちに乾かす必要があり干す際に不安な気持ちになったのだが、バルコニーに干すと、秋だというのに温かい風が吹きすぐに乾いた。パリッと乾いたほかほかのシーツは肌触りがよく、寝台に敷き頬擦りすると、温かい陽の光に包まれているようでとても心地好《よ》かった。

そして、他にも。

冷え込む寒い夜に暖炉に火を入れると、少ない薪《まき》しかないにもかかわらずなぜか部屋はすぐに暖まった。実家にいた時はともかく、隣国の後宮は身分が低い自分のような側室でさえもそれなりに立派な部屋が与えられ、しっかりとした造りの暖炉があった。ウォルトグレイ家のものはそれに比べるとかなり小ぶりであるにもかかわらず、火をつけるとすぐに部屋中に暖かい空気が流れた。

なぜだかわからないが、この暖炉は機能性が抜群なのかな、などと想像してはみたものの、本当にそれだけの理由なのだろうかと不思議に思った。食事がいつも冷たかったので、部屋が暖かいのはとてもありがたかった。

この辺りはまだ、運がいい、で片付けられる範囲かもしれない。

けれど、何かそれだけではないようにも思う出来事もあった。

夜中にこっそりキッチンでスープを作る時、慣れない作業に手間取ると予想していたにもかかわらず、特に何もせずともかまどの火は望ましい強度でよく燃えてくれた。その上ふと気付くと、セシルの近くにちょうどよく調味料の瓶がいくつか置かれていた。

調味料の棚は少し離れた別の場所にあり、その上には色とりどりの瓶が整然と陳列されている。

コックが片付け忘れた？　そもそも最初からそこにあっただろうか？　と疑問が湧いたが、よくわからずそれ以上考えるのをやめた。迷わず味付けをすることができとても助かった、と思った。

ある日は、井戸の横で洗濯をしようとした際、丁度よくセシルの足元に洗濯用の石鹸《せっけん》がころころと転がってきてびっくりしたことがあった。

周りには人気がなかったため、誰かが投げてよこしたとも思えず、風が吹いて飛ぶような軽いものでもないのでとても不思議だった。

そして昨日、エドワードの弟のジェラルドがすれ違いざまにまたわざとセシルに聞こえるように悪態をついたその直後、踏み込んだかかとは何の抵抗もなく絨毯《じゅうたん》の上をつるりと滑り、大きな身体《からだ》が一瞬宙を舞った。そしてそのまま床に落下し、大きな音と共に後頭部をしたたか打ちつけた。セシルは驚き、心配で慌てて駆け寄ろうとしたが「来るな！　忌々しい」と言われてしまったためその場でピタリと動けなくなってしまった。

ジェラルドは自らの頭を押さえつつ顔をゆがめて起き上がると、そそくさとその場からいなくなったため、セシルは彼からの悪口を聞かずに済んだ。

騎士見習いとして鍛錬するほど身体が頑健なジェラルドが、何もない場所であんな不自然な動きで転ぶなんてと、セシルは不思議に思った。

ここまでくると、これを単に〝運がいい〟で片付けてはいけないのでは？　とセシルは感じた。あまりにも偶然とは言い難い出来事が続き過ぎている。

「これは、もしかして、以前エドワード様がおっしゃっていた、不思議な現象、なのでしょうか？」

屋敷の庭園の隅のベンチに腰掛け、誰もいない空間に向かって問いかけてみる。

周りの木々が風に揺れさわさわと鳴る音が繰り返すだけで、誰からも返事はなかった。

ウォルトグレイ家の庭園は美しく、見たことのない植物が数多くあり、秋空の下、赤や橙《だいだい》や黄など様々な色の葉をその身に纏《まと》っている。

一枚の黄色い落ち葉がふわりと空に舞い上がると、大きな螺旋《らせん》を描きながらセシルの周りを飛び回り、頭上から緩やかにひらひらと落下して膝の上にかさりと落ちた。

その葉を左手でつまみあげると、セシルの薬指の指輪の石は赤い光を僅《わず》かに発しながらキラキラと輝く。

その葉を見つめながら、セシルは思う。

あるいはもしかしたら、自分はいよいよ気がふれてしまったのかもしれない。孤独に過ごしすぎたせいで、現実と妄想の区別がつかなくなっているのだとしたら？

そう思うと、なんだか笑えてきた。ここまできて、いよいよ自分の頭がおかしくなるなんて。

でも、もはやそれでもいいとすら思った。このいつまでも続く、虚しさと寂しさから逃れられるのであれば。

見えない何かがさりげなく自分を助けようとしてくれている。そんな妄想の中で過ごすのも悪くない。今まで生きてきて、実家でも、隣国の嫁ぎ先でも、そしてこのウォルトグレイ家に来てからも、誰かが自分を思いやり、助けてくれた事なんてなかった。

初めてそんなふうに感じられた嬉《うれ》しさに、心が浮き立つ。

「どなたかは存じませんが、いつもありがとうございます」

そこにいるかもよくわからない何かに向かって、セシルは声をかける。返事は返ってくることなく、何もない空間に発した言葉は、抜けるような青い空へと溶けて消えていった。

「他の人から見えないなんて、あなたと今の僕は同じですね。せめて僕だけでも、あなたのことがわかるとよかったのですけれど」

一人だと思っていたが、もしかしたらそうではないのかもしれない。部屋にいる時も、外にいる時も、いつも自分の傍《そば》にいる何か。

それからは、毎夜その見えない何かに向かってお礼を言ってからセシルは眠りについた。

せめてこの何かわからない者の姿に、夢の中だけでも会えないものか、と思いながら。

7. 一人じゃない

その日は、久しぶりに窓から温かい陽ざしが差し込む日だった。

よく晴れた朝の空気が心地好く、セシルは陽当たりのいい自室のバルコニーに洗濯した衣服を干していた。天気がいいため、明日着るこの服もおそらく昼過ぎには乾くだろう。

すべてを干し終えて部屋に戻ろうとした瞬間、一陣の温かい風が窓から吹き込み、セシルのシルバーの髪を揺らした。

風と共に複数の落ち葉が部屋に舞い込んでくると、昨日持ち帰り棚の上に飾っていた黄色い葉の横にかさりと落ちる。赤、橙、黄緑の鮮やかな色の落ち葉だった。

「わあ、綺麗《きれい》な葉です。いただいても、よいのでしょうか」

セシルは何者かの気配を感じると、普通に話しかけるようになっていた。はたから見たら大きな独り言だが、今更この様子を誰かに見られて変に思われようと構わないと思った。

「僕が昨日、嬉しく思っていたのがわかったのですね。ありがとうございます。優しいですね」

赤い葉を手に取りながめていると、コンコン、とドアをノックする音がした。

他人がこの部屋を訪れるのは久しぶりで、思わず身を固くする。

「どうぞ」

「セシル様、失礼いたします」

ドアを開けるとそこにいたのは、家令のルーウィンだった。

ルーウィンはウォルトグレイ家で家令として働く三十代半ばのアルファで、緩くウエーブする栗色の髪を後ろでまとめ、感情を殺した切れ長の藍色《あいいろ》の瞳《ひとみ》でセシルを見据えながら部屋の前に立っていた。

「セシル様も次期当主のエドワード様の奥方となられたので、ウォルトグレイ家の仕事を担うようにと、当主のローガン様からお手紙にてお達しがありました。つきましては、私が暫定的に担当していた屋敷の管理業務の引き継ぎを行いますので、執務室にお越しいただくことは可能でしょうか」

ひとつの単語も言いよどむことなく一息にすらすらとその家令は告げた。

セシルは呆気《あっけ》にとられ、思わず頷《うなず》く。

「……はい、承知しました……」

セシルは、久しぶりに家の者に話しかけられて戸惑《とまど》っていた。

ルーウィンの後をついて行くと、彼は背が高く長い脚で大股《おおまた》に歩くため、同じ速度で歩くにはセシルは小走りにならざるを得なかった。

共に執務室に向かう道すがら、ルーウィンは尋ねる。

「セシル様は、文字の読み書きはお出来になりますか？」

「えっと、読み書きは……はい、おそらく大丈夫かと思います」

「では、管理や経営のご経験はおありですか？」

「……管理や経営、ですか？　管理と言えるかはわからないのですが、隣国にいたときに、暇な側室だったので、後宮の誰もやりたがらない管理業務と言いますか、物品の取りまとめやお金の計算を少しやったことが……でも、これを経験と言ってよいものなのか……。経営は全く」

「かしこまりました。最初は比較的知識が必要ないものから始めていただきます。徐々に慣れていっていただければ」

執務室に入ると、壁沿いに背の高い書架が並び、その中にたくさんの資料が隙間なくずらりと並べられているのが見えた。セシルは部屋の隅にある、作業机と木製の椅子を使うよう促される。

「まずは、こちらの劣化した紙の帳簿の写しをお願いします」

そう言うと、ルーウィンは大量の古い帳簿をどさりとセシルの前に置いた。

舞い上がった埃《ほこり》を思わず吸い込んでしまい、セシルはごほごほとむせる。

「すみません。これ全部ですか？」

「左様でございます」

「こちらの新しい帳簿に書き取っていけばよいのでしょうか？」

「はい、適宜不明点があれば、おっしゃってください」

古い帳簿を開くと、紙にはしみや破れがあり、ページをめくろうとつまむと綴《と》じ糸の部分から紙がボロボロと崩れた。なるほど、この帳簿はこれ以上使えそうにない。

「わかりました。やってみます」

「お願いいたします」

ルーウィンは、少し離れたところにある自身の執務机に戻っていった。

セシルは、ペンをとり、新しい帳簿のページを開く。

数字や品名などを一字一句間違えないようにひたすら書き写していくこの作業は、集中力を要する上に長く時間がかかりそうで、何かの修行、もしくは問題のある行動をした時に与えられる罰にも似ていると感じた。

「すみません、わからないことが」

セシルは古い帳簿を持ち、ルーウィンの元に移動した。

「この数字が消えかかっていて読めません。写す際、どのようにすれば」

帳簿を見ると、ルーウィンは眉《まゆ》をひそめた。

「ここの数字は、前後の、ここと、ここですね。合計がこちらになりますので、計算により類推してご記入ください。今後は、ご自身で判断いただきますよう」

「……はい、教えていただきまして、ありがとうございます」

セシルは頭を下げ、自席に戻った。

僅かな苛立《いらだ》ちが見て取れて、ルーウィンにとっては当たり前の、ごく基本的な事柄だったのだろう。彼にとっては慣れた作業でも、セシルにとってはそうではなかった。

ペンを握り、ページをめくり続けていると、昼が過ぎ、やがて暗くなり、夜になった。

ルーウィンに今日はこの辺りで終わりにしてください、と言われたため、挨拶《あいさつ》をして執務室を後にし、セシルは自室に戻った。

ルーウィンの態度は事務的なものであったが、端々からセシルに対する嫌悪感が見て取れた。

たとえ接するのに気が進まない相手であっても、ウォルトグレイ公の命令とあれば職務上従わざるを得ないのだろう。

セシルの手にはインクが付き、ずっと紙に触れていたせいで潤いを奪われた指先はカサカサに荒れ始めていた。ペンをずっと握っていたせいで、指に力が入らず、ずっと同じ姿勢をとっていた肩は強《こわ》張《ば》り、座って作業していたにもかかわらず疲れがどっと押し寄せてくる。

何とか食事を口に流し込み、浴室で簡単に身体《からだ》を洗うと、どさりと寝台に倒れこむ。そうなってしまっては、もう指一本動かせる気がしなかった。

「疲れた……」

ぼんやりと靄《もや》がかかり始めた頭で、ふと思い出す。

「あ、バルコニーに干した明日着る服、部屋に入れないと……」

しかし、抗《あらが》いがたい猛烈な眠気が襲ってきて、今日一日酷使したしぱしぱとする目に、重い瞼《まぶた》が落ちてくる。

「ごめんなさい、明日、朝、必ず、やります……」

目の前が暗くなり、そのままセシルは深い眠りに落ちていった。

◆

翌朝、セシルはガラス窓が雨粒を弾《はじ》く音で目が覚めた。外はしとしとと雨が降っている。

「しまった！　今日着る服……！」

しかしバルコニーを見ると、干してあったはずの服は忽然《こつぜん》と姿を消していた。

「あれ……？　確かに昨日、干したのに……」

部屋の中を見回す。

服はバルコニーに面した窓の近くの机の上にまとめてこんもりと置かれていた。寝台から降り服に触ると、布は乾いており全く濡《ぬ》れていなかった。

夜中に使用人がここに来たとも思えないし、自分が知らぬ間に起き上がり取り込んだとも思えなかった。

もう、確信してよいはずだ、とセシルは思った。

目に見えない存在がここにいて、セシルが困ったことがないかと窺い、それを察して、さりげなく手助けをしてくれている。

「あの、ここに、いる、んですよね……？　いつもありがとうございます。服、濡れないようにしてくれて、とても助かりました……」

耳を澄ましても、いつもと変わらず返事はない。けれど確かに、見えない何かはここにいるのだ。

今まで張っていた気が緩み、想いが堰《せき》を切ったように溢《あふ》れ出す。セシルの目に、じわじわと涙が浮かんだ。

こんなことで泣くなんて……と思った。しかし、セシルの心と身体は今、疲れ果てていた。慣れない環境での生活、何より、自分がまた周りの人々から嫌われてしまっているという、この状況に。

「大丈夫、僕は今、一人じゃない。今日もがんばろう、僕は、がんばれる」

セシルは自分にそう言い聞かせた。

降り続く雨音を聞きながら、涙を拭《ぬぐ》い、乾いた服に袖《そで》を通した。

8. 違和感

四日後、ルーウィンが執務室で作業をしていると突然セシルから声をかけられた。

セシルの手には分厚い帳簿の写しが抱えられており、それを見たルーウィンは目を見開く。

「すべて終えられたのですか？」

「なるべく間違いのないように注意したのですが、ご確認お願いします」

ルーウィンは帳簿を受け取り、パラパラとページをめくる。

「ざっと見たところ、特に問題はありません。細かい点は後程確認します。お疲れ様でした」

――ルーウィンは面食らっていた。セシルがこの作業を完遂できると思っていなかったからだ。

どうせ途中で嫌になるなりして、何かしらの理由をつけてやらなくなるのではと思っていた。そうなったらウォルトグレイ公にセシルは不適格だと報告し、この仕事から外すことができるはずだった。

しかし、セシルはやり遂げてしまった。帳簿の内容は機密情報のため、家の外のものにも任せるわけにもいかず、ルーウィンが長年ずっとやらなければと思いつつも面倒でできずにいた作業だった。

まさかセシルが、終わらせることができるとは。

「帳簿の写しはもうないので、次はこちらの申請書を分類しつつ時系列に帳簿に記入お願いします」

「先ほど写した帳簿と同じ形式でよろしいですか」

「……左様でございます」

「わかりました」

セシルは席に戻ると再びペンをとる。作業に慣れてきて少し気持ちに余裕が出てきたためか、ルーウィンはセシルから声をかけられた。

「ルーウィンさんは、いつからここで働かれているのですか？」

「ルーウィンで構いません、セシル様。今は亡きエドワード様のお母上は、社交にお忙しく、管理業務は行っておりませんでしたので、先代の奥様が亡くなられた後私の父が引き継ぎまして、その後からですからかれこれ十五年ほど、わたくしが仮で担当させていただいております」

「そんなに長い間？　仮などとおっしゃっていますが、立派なこの家の礎ではありませんか。すごいことです」

ルーウィンはぴくりと眉を動かすと、セシルの言葉に少し嬉《うれ》しくなり、声が弾む。

「私もこれまでできる限りのことはいたしましたが、ウォルトグレイ家の領地で家令を務めております父が、高齢で引退を望んでおりますので、私も近々そちらに移り領地経営を引き継ぎたいと思っておりました。それにこの屋敷の管理業務は、代々奥方様がやられていたものでしたので、徐々にセシル様にお任せしたいと考えております。セシル様は、このような仕事が向いておられるようですね」

「そうでしょうか。まだ始めたばかりですし、僕がやったのは単に数字を写すだけです。これくらいなら、誰でもできるのでは」

「それが、そうでもないのです」

その言葉を聞き、不思議そうな顔で再び作業に戻るセシルを眺めながら、ルーウィンは内心戸惑《とまど》っていた。

セシルは、他の使用人たちから聞いていた話と、実際に会った時の印象がまるで違う。

セシルの実家のスチュアート家は、使用人たちの間ですこぶる評判が悪い。セシルの父親であるスチュアート公は抜け目がなく狡猾《こうかつ》な人物で、上の立場の者には猫撫《ねこな》で声《ごえ》でおもねる反面、下の立場の人間には横柄《おうへい》でひどい態度だった。

定期的に訪れるスチュアート家との交流の日が来るたびに、使用人たちは憂鬱《ゆううつ》に思いながら陰で愚痴を言い合っていた。

それに加え、使用人たちは皆、子供の頃から眉目秀麗《びもくしゅうれい》で優秀なエドワードのことを、愛し慈しみながら成長を見守り、その幸せを心から願ってきた。

そんなエドワードの結婚相手が、こんなにも年齢が上で、一度結婚を経験した不妊の噂《うわさ》のある男性オメガだと分かった時、皆は落胆した。

エドワードに、全く相応《ふさわ》しくないと。

それゆえか、使用人たちの間でまことしやかに囁《ささや》かれていたセシル人物像はひどいものだった。

ウォルトグレイ家の財産を狙う強欲でがめついスチュアート家の盗人《ぬすっと》。

汚らわしいフェロモンでエドワード様を誘惑した年増《としま》で淫売《いんばい》のオメガ。

まともな教育を受けておらず、愚かでまともに話すこともできない役立たず。

そのような、聞くに堪えない悪口ばかりだった。

ウォルトグレイ家の当主のローガンも、エドワードとセシルの婚約の話が出た際似たようなことを言って皆の前で嘆いていたのだが、そういえばある時からそのようなことはぴたりと言わなくなった。

しかし、ウォルトグレイ家の子供たちや使用人はまだ当主の言っていた話を信じていて、遠巻きにセシルを見ては口々に悪口を言い合っていた。ばちがあたればいい、そんなことも言っていた。

ルーウィンも、会う前はどんなに無知で傲慢《ごうまん》な青年なのかと思っていたが、実際に会って話してみると控えめで、まじめに職務に励むだけではなく、仕事も丁寧だった。

最初は試すために意地悪く地味できつい作業を任せたが、それも淡々とこなしてみせ、今では徐々に始めた少し難易度の高い仕事も、的を射た質問をしては当然のように処理してくれる。

数字を写すだけとセシルは言ったが、普通は間違えたり飛ばしたりすることが多いものだが、セシルにはそれがほぼなかった。

今まで何人も後継者を育てようとしては失敗してきたルーウィンだったが、こんな若者は初めてだった。

部屋の隅の机の上で、さらさらとペンを動かすセシルを見つめる。

肩まである長い銀髪が耳からはらりとひと房、目の横に落ちても、それをかきあげることさえしない集中力。

しかし、その見事な仕事ぶりの半面、最近はもともと華奢《きゃしゃ》な体軀《たいく》がますます痩《や》せていき、その整った顔の上に疲れの色を日に日に濃くしている。仕事人間である自分と同程度に働かせてしまい、休息が足りないのではないか、とふと心配になった。

「セシル様、今日は少し早いですが、これでもう作業を終わりにしましょう。大きな仕事もひとつ終わりましたし、久しぶりに休息をおとりください」

「わかりました。もう少し切りがいいところまでやったら、そこで終わりにしますね。お気遣いありがとうございます」

セシルについて、皆は勘違いしている。ルーウィンは確信に似た思いを胸にしていた。

「今日も、ありがとうございました。お疲れさまでした」

穏やかな微笑《ほほえ》みを浮かべてそう言うと、セシルはふらふらと執務室を後にした。

去っていくセシルの後ろ姿を見つめていたその時、ルーウィンは違和感を覚える。

セシルの残り香をかすかに感じたのだ。

「この距離だというのに？」

今まで感じたことのない、セシルのフェロモンの甘い匂いだった。

9. 発情期

翌朝セシルが目覚めると、身体の様子が普段と違うことに気付いた。

熱を帯び、全身にじんわりと汗をかいている。

下腹部が重だるく、それは徐々に感じ慣れた疼《うず》きに変わり、ぞわぞわと波のようにセシルの身体を襲う。

「なんで……いつもより、ずいぶん早い……」

それは、発情期の前触れだった。

セシルは焦った。本来なら、あと一ヶ月は先のはず。今まで規則的に来ていたため、まだ先と思い何の準備もできていなかった。なぜ今回に限ってこんなに早く……。

ヒートを抑えるための抑制剤は実家から持ってきたものが僅《わず》かにはあるが、確か二日分しかなかった。最低でも七日間は続く発情期を、抑制剤なしで乗り切れるだろうか？

以前、もっと若く発情期が始まって間もない頃、途中から抑制剤なしで過ごす羽目になった時の苦しみを思い出し、冷や汗をかく。

あの時は、身体の内側から発する強すぎる熱をどうにもできず地獄の苦しみを味わった。呼吸は浅くしかできず、熱く滾《たぎ》る身体を抱え、ほとんど眠ることすらできず寝台でのたうち回り、いたずらに皮膚を掻《か》きむしったため終わった頃には自分でつけた掻き傷《きず》だらけのひどい状態になった。

発情期のオメガは部屋を出るなと言われていたため、自室に閉じこもり今までも一人で過ごしてはきたが、それでも新しい水をもらったり抑制剤が足りなければ追加をお願いしたりと、使用人に頼む事はできた。

今回は使用人に助けてもらうことができない。この発情期を、一人で何とか乗り越えなければ。

とりあえず、食事はもう必要ない。発情期中は、ほとんどものが食べられないからだ。

水も今あるもので、なんとか持ちこたえられればよいが……。

「はあ……はあ……、いよいよ、まずい……」

徐々に強まっていく腹の底から込み上げる熱に、息が上がっていく。身体《からだ》全体が火照《ほて》り、湧き上がる情欲につられて腹の奥が疼いた。

セシルは抑制剤を取り出すと、水と一緒に喉《のど》に流し込む。そのまま寝台に横たわり、薬が効いてくるのをひたすらに待った。

発情期の始まりに抑制剤を飲むことによってその後のヒートを抑えられることがある。今はそれに賭《か》けるしかない。

しばらくして薬が効き始めようとしていると、トントンとドアがノックされる音ではっと目を覚ます。

ルーウィンです、と名乗る声。

「セシル様、今朝《けさ》いらっしゃらなかったですが、どうかされましたか？」

「すみません、今朝から体調が悪くて、しばらく休みます。ご迷惑おかけして申し訳ありません」

「大丈夫でしょうか？　差し支えなければ、入ってもよろしいでしょうか？」

それを聞き、セシルは背筋が冷たくなった。かつてセシルが発情期だと告げた時の父親や使用人たちの顔を思い出したからだ。皆一様に面倒くさそうな表情になり、汚いものを見るかのような目でセシルを見た。

「だ、だめです……！　ドアを開けないで……入ってくる必要はありません！」

ルーウィンはアルファだ。この部屋に入ったら、フェロモンの匂いでセシルが発情期だということがばれてしまう。セシルは自分が発情期だということを誰にも知られたくなかったし、寝着が乱れたみすぼらしい姿を見られてしまうのも嫌だった。

少し間が空いたあと、ルーウィンは再び話し出す。

「失礼ですがセシル様、体調が悪いというのは、発情期だからでしょうか？　エドワード様にお知らせしたほうがよろしいですか？」

ルーウィンに発情期だとばれてしまった。その事実に背筋が凍る。

しかも、エドワードに知らせる……？

そんなことをしたら、大事な任務の邪魔をしてしまう。自分が発情期だというだけで、ただでさえ大変な仕事をしているエドワードの気を煩わせたくない。それだけは絶対に避けたかった。

「エドワード様には、絶対に知らせないでください。他の人にも、言わないでください。大丈夫です。寝ていれば治まりますから」

「……左様でございますか」

「はい。どうかこのまま、放っておいてください」

しばらく逡巡《しゅんじゅん》するような間があったが、その後、かしこまりました、という声がして、ドアの前の人の気配は遠ざかっていった。

一人になり、安堵《あんど》の息を吐く。

誰にも知られたくなかったが仕方がない。このまま話が広がらないよう、祈る他ない。

この家には、エドワードの兄弟を含め、使用人の中にもアルファがいる。

ルーウィンが気付いたということは、ドアの外までフェロモンの匂いが漏れている可能性があることに思い至り、頭の上まですっぽりと上掛けを被《かぶ》る。

「薬が効いている今のうちに、少しでも眠っておかなきゃ……」

セシルは暗闇の中で無理矢理目をつぶった。


再び目を覚ますと、身体中に脂汗をかいていた。辺りはいつの間にか真っ暗で、深夜の部屋には暗闇が広がり、周りは何も見えなかった。

身体の内部を渦巻く衝動が、熱病のようにセシルを侵《おか》す。

その疼きにしばらく耐えていたが、外が朝日で白んできた頃いよいよ耐えきれなくなり、震える手で二個目の抑制剤を取り出した。

「これで、最後……」

セシルは再び抑制剤を口に含むが、その瞬間、猛烈な吐き気に襲われる。貴重な抑制剤を吐き出すわけにはいかないと口を押さえて何とか飲みこみ、えずきながら必死に嘔吐《おうと》を耐える。

気持ちが悪くなり再び横になると、天井がぐにゃぐにゃと不均衡に歪《ゆが》んだ。

ただでさえ最近食べる量が少なかったのに、昨日から水しか口にしていないので明らかに血が足りていないのだ。

身体がつらいのに意識があるせいで、その苦痛から逃れたくても逃れられないこの状態がとにかく苦しい。せめてこの苦しみから解き放たれて、静かに眠りたい……。

そう思ううちに抑制剤が徐々に効いてきて、身体の熱が穏やかに収束すると共に意識を失うかのようにセシルは再び眠りについた。

次に目を覚ますと、抑制剤のないヒートとの戦いが始まった。

腹の内側から込み上げる、身体中を焼き尽くすような熱。血が沸騰するかのように熱く滾り、呼吸は浅くしかできない。

下腹は硬く兆しており、刺激を待ち侘《ま》《わ》びるようにびくびくと震えている。

苦しくて荒く息を吐きながら、下穿《したば》きの前側に手を入れると、ぐちゅりと水音がし、先端からすでに先走りが溢《あふ》れていた。その漏れた液体を手のひらに纏《まと》わせ、屹立《きつりつ》にぬるりと手を添える。

「は、あぁっ……」

手のひらを握りそのまましごけば、快感でさらに熱は溜《た》まっていく。触れれば触れるほど苦しみが増すのはわかっているのに、手での刺激を止《や》めることができない。

反対側の手で疼く後孔に手を伸ばすと、すでにそこは粘性のある液体でどろどろだった。

人差し指を中にそっと差し入れれば、待ち侘びた刺激に内壁がピクピクと痙攣《けいれん》する。

指をいつものようにゆっくりと上下に抜き差しするも、雄膣にはじわじわともどかしさだけが溜まっていく。

自分の細い指などとはくらべものにならないほどの硬く太い質量を知ってしまったそこは、それだけではもはや満足できなくなっていた。

「だめだ……全然、届かない……足りない……」

セシルは、達したいと身をよじりながら、あまりの切なさに嗚咽《おえつ》しながら涙を流す。

いきたいのに、いけない。自分だけではどうすることもできない。

エドワードが恋しい。今、あの大きくて熱い身体で強く抱きしめられ、むせ返るようなフェロモンの匂いに包まれたなら、どんなに幸せだろうか。

このもどかしく震える後孔の奥の奥まで貫き、硬い質量でいっぱいに満たしてほしい。

心からの願いも虚《むな》しく、エドワードはここにはいない。他にどうすることもできず、セシルは及ばない力で自らを慰め続けた。

熱に浮かされ、気を失うように僅かに眠る。食事もとれず、少しの水分のみで過ごす。

眠っているとも起きているとも言えないぼんやりとした意識の中で、目の前に広がる夢か現実か曖《あい》昧《まい》な光景をセシルは見ていた。

自分は、横たわっている。

周りは見えている。聞こえている。

しかし身体は石のように固まり、指の先すら動かない。声も出ない。

投げ出された手。その時。

左手の薬指に嵌《は》まった指輪が、ぴくりと動く。

まるで生命を得たかのように細かく振動を始めた瞬間、指輪はするすると、セシルの指から抜けていく。

(え……?)

指輪は、宙に浮いている。

そのまま音もたてず空中を移動し、開け放たれた窓の外、深い暗闇の中へと吸い込まれていく。

窓は、ピシャリと音を立てて閉まる。

何もなくなった左手の薬指には、うっすらと指輪の跡のへこみが残る。

その指の跡に、ひたり、と何かが触れた。

触れた感触はある。

なのに、そこには何も見えない。

セシルの身体は全く動かなかった。

しかし、傍《そば》にいる何ものかの気配を、確かに感じていた。

10．見えない何か

朦朧《もうろう》とした意識の中、セシルは自身の腕の上に何ものかの重みを感じていた。

硬い何かが皮膚に触れ、ひたり、ひたりと、徐々に肩の方に登ってくる感覚。触れられた部分は僅かにへこみ、周りの皮膚が重みでつっぱる。

これは……夢？

夢にしては、感触が妙に生々しい。その場所には、何も見えないのと同じように温かさや冷たさも感じない。あるのは、触れられた圧迫感だけ。

その重みは、セシルの左肩を越え首の根元に辿り着くと、ぴたり、と静止した。

首に汗で張り付いていたシルバーの髪が振り払われ、白い首筋がむき出しになる。

ひんやりとした空気を感じた瞬間、見えない何かが、でろり、とセシルの首を撫《な》でた。

その強烈な感触に、これは夢じゃない、とセシルは気付く。

「い、いやっ……！」

喉の奥から何とか声をしぼり出して抵抗するも、その「何か」はセシルの首から離れることはない。

セシルの柔らかな皮膚の表面は親指ほどの太さに沈み、何かに撫でられるたびそのへこみが、ぬるり、と移動する。

「んっ……んんっ」

発情期のセシルは、自分のものではないものが触れる予測不能な動きに、不本意にも快感を拾ってしまう。感じてしまうのが嫌で、蠢《うごめ》く何かを取り払おうと手のひらで首をまさぐっても、何も摑《つか》めずに自らの首を絞めるだけだ。

ぬるぬると首を撫でながら、見えない何かの一部はセシルの浮き出た鎖骨の上を通り過ぎると、寝着の首元が僅かに持ち上がる。

するすると胸元に到達すると、薄い胸板の上をゆっくりと這《は》うように移動し、その途中、硬くなった先端を、僅《わず》かにピンと擦《こす》った。

「ああっ、うう……」

敏感な場所への突然の刺激に、口からは思わず喘《あえ》ぎ声《ごえ》が漏れ出る。先端を弾《はじ》かれるたび、甘い疼《うず》きがぞくぞくと腹の底から湧き上がる。

触れられることが嫌なのに、勝手に感じてしまう自分の身体が許せず、悔しさに涙が浮かぶ。

「はな……して、おねがい……」

これは、一体、何なのか。

いつも傍にいてくれた存在と同じ者なのか。エドワードが警告していたというのに、自分が心を許したから？　または、全く別の何かなのか。

姿が見えなければ、確かめようがない。

わからない。

自分に触れていいのは、もう、夫であるエドワードだけだ。

人ではない何ものかわからないものであったとしても、裏切るような真似《まね》をするわけにはいかない。夫ではないものからの刺激に、淫《みだ》らに喘ぐことは許されない。

ただでさえ、自分はエドワードから好かれていないのに。その上、貞淑な伴侶《はんりよ》としての姿まで失ってしまうなんて。

セシルは、身体《からだ》の上をずるずると這う圧迫感に抵抗しようと腕を振り回すものの、虚空を摑むばかりで何も摑めなかった。

見えない何かは確かにセシルに触れているのに、セシルからは、なぜかそれに触れることができない。

振り払うように両足を蹴《け》り上げようとするも、突如ずしんとした硬い重みで身体をシーツの上に押さえつけられ、セシルは磔《はりつけ》にされたように身動きがとれなくなる。

胸を撫でていた何かが、再びするすると上へと移動を始め、喉《のど》を通り過ぎ、セシルの顎《あご》に到達する。

セシルはそれから逃れるために、必死に左右に頭を振る。

しかしその抵抗も虚しく、難なくそれは口元に到達すると、セシルの嚙《か》みしめた唇を無理やりこじ開けて、ぬるりと口内に侵入してきた。

「……あうっ！　うぐ、う……！」

突然口の中に質量をもった何かが入り込んできた圧迫感に声をあげるも、意味のある言葉にはならない。

口内をぐちゅぐちゅと掻き回され、淫らな水音が部屋に響き渡る。口を閉じようと歯を食いしばるも、顎が固定されびくともせず、だらしなく口は開いたままになる。

そのぬるぬるとした口内の複雑な動きに快感が呼び起こされてしまい、セシルの意思に反して熱を持った身体がビクビクと震える。

反応しきった下半身は、前からも後ろからもだらだらと液体が漏れ、下穿きの中をぐっしょりと濡《ぬ》らす。べたべたと湿った不快な感触が股《また》の間に広がる。

セシルの舌は絡めとられ、弄《もてあそ》ばれながら、口の中は柔らかい何かでいっぱいになり、ついには声を出すこともできなくなる。

苦しさと悔しさで、ぼろぼろと涙がこぼれる。

ぞわりと背筋に立った鳥肌と共に、強い嫌悪感が身体中から湧き上がる。吐き気で胃がぐぐっと持ち上がるも、口の中を塞《ふさ》がれているため何も吐くことができない。吐きたくても吐けないその不快感に、じたばたと身悶《みもだ》えする。

自分はこのまま、何の抵抗もできずに、見えない何かに身体を暴かれてしまうのか。

そんなのは、絶対に嫌だ。

それなのにのしかかる重みはびくともせず、身動きが取れず逃れることができない。

そして、セシルの身体を這う硬い何かは、徐々に下半身へと移動を始める。

(エドワード様……ごめんなさい……)

心の中で小さくそう呟《つぶや》いた瞬間――。

バンッ！

大きな衝撃音が部屋中に響き渡り、口に入っていた何かがずるりと抜けた。

その反動でセシルはごほごほと激しくむせる。それと同時に、腹を這っていた不快な感触が跡形もなく消え失せた。

次の瞬間、ずっと待ち侘びていたセシルの心をただひとつ掻《か》き立てる懐かしい匂いが、ぶわりと部屋中に広がる。

涙で滲《にじ》んだ目をこらせば、黒いマントを纏《まと》った人影の中に、ふたつの深紅の瞳《ひとみ》が暗闇に向かって突き刺すように鋭い光を放っていた。

「去れ」

低い声で強く言い放つと同時に、部屋の天井や壁などのあちこちで物がぶつかるガタガタという衝撃音が響き渡り、壁が揺れ、家具が振動し、窓ガラスが軋《きし》んだ。

部屋中にしばらく地震のような地響きにも似た衝撃が続いた後、やがて、しんと静まり返る。

「セシル！」

待ち望んでいた声が聞こえる。この声を、ずっと、ずっと聞きたかった。

「大丈夫か⁉　怪我《けが》は？」

手袋をつけた手のまま、慌ただしく何かが触れていたセシルの上半身を検分する。エドワードの深紅の瞳は心配そうに揺れ、怯《おび》え切ったセシルの銀色の瞳を覗《のぞ》き込《こ》む。

「遅くなって、すまなかった。一人にして、怖い思いをさせて」

「エドワード様……申し訳ありません。何かが、僕の身体を……どうすることもできず」

外傷がないことを確認すると、エドワードはセシルを抱き起こし、そのまま強く抱きしめた。

エドワードが帰ってきてくれた。その強い腕に抱かれ、セシルは悦びに震え安堵《あんど》の息を吐く。その首に顔を寄せると、待ち焦がれていたエドワードの匂いを胸いっぱいに吸い込んだ。

エドワードはマントを着て手袋もつけたままの状態で、その髪からはかすかに森の木々の匂いがした。おそらく外から帰ってきてすぐこの部屋に駆けつけてくれたのだろう。

「あの……任務は……？」

「ああ、そちらはもう後処理だけだから他の者たちに任せてきた。手紙が来て急いでこちらに来たんだが、本当に、よかった……」

エドワードの抱きしめる腕に力がこもる。セシルの頬に自らの頬を寄せ、ぴたりと触れたセシルの皮膚の熱さに息を呑《の》むと、荒い息遣いでそのまま首筋に顔を埋《うず》める。

直接触れたエドワードの唇の感触に、セシルの頭はぞわぞわと期待に沸き立つ。

「エドワード様、あ、あの……僕、今、発情期で……」

「ああ、わかる。この部屋中、甘い匂いでいっぱいだ。とりわけここはたまらなく甘い。この匂いで、頭がどうにかなりそうだ」

エドワードの身体は僅かに震え、切なげにぎゅっと強くセシルの身体を抱きしめながら、耳元で吐息混じりに囁《ささや》く。セシルはエドワードの身体に密着し、心地好《よ》いぬくもりと共に熱い想いが溢《あふ》れてくるのを感じる。

「それで……ずっと、待って、いたんです。エドワード様のこと」

潤んだ瞳でエドワードを見上げれば、早急な、ギラギラとした欲望を宿した深紅の瞳がセシルを見つめ返す。

「俺も、会えない間ずっとセシルに触れたかった。このまま抱くが、いいか？」

発情期に、待ち望んでいたアルファから欲望を向けられ、断れるオメガはいるのだろうか？

セシルの腹の奥が瞬く間に熱を帯び、身体中が悦びに震える。

「はい、僕も、してほしい、です」

その瞬間、深く口づけられる。待ち焦がれた人からの口づけは、甘くとろけるようで、腹の底から溢れ出すような情欲の嵐がセシルの身体全体を駆け抜けた。頭の中には薄く白い幕が広がり、徐々にそれが濃くなると、全体を覆っていたセシルの理性はどこかに消えてなくなっていった。

発情期のオメガの本能に支配されたセシルは、そこでぷつりと、意識を失った。

11. 失望

セシルが目を覚ますと、辺りは既に明るく、窓から差し込む光の角度で既に時は正午に近い事がわかった。

身体が泥のように重く、指先すら動かすことができない。自分の身体をうまく知覚できず、投げ出された身体は自分のものであるはずなのに、まるで自分のものではないかのような錯覚に陥る。

時が経《た》ちじわじわと取り戻し始めた感覚の中で、初めに現れたのは痛みだった。

ギシギシとした関節痛、そして、身体の表面のあちこちがヒリヒリと痛む。白い肌はところどころ赤く腫《は》れ、鬱血跡《うっけつこん》、噛み痕《あと》など多数の場所に僅かに血が滲んでいた。

まさか。

首の後ろを手のひらで恐る恐る触れると、そこには指の引っ掛かりはなく、表面は滑らかで痛みもなかった。

——番《つがい》にはなっていない。

セシルは、ほっと胸を撫で下ろす。

ぼんやりとした意識の中で、昨夜の記憶の糸を手繰り寄せる。発情期に入ってから一人寝台で悶《もだ》える日々の中で、セシルはチョーカーをしていなかった。

エドワードが現れてからは、燃えるような情交の中で、何度も繰り返し、二人は身体を繋《つな》げ続けた。欲望は尽きることがなく、理性を失ってむき出しとなったセシルのオメガとしての本能は、自らうつぶせになり、髪を掻き分け、項《うなじ》を差し出しそうになった。どうか強く噛んで欲しいと。

発情期ではなかった初夜ですら、あれほどまでに首に執着していたエドワードだ。もし実際にセシルがそうしていたら、それを拒めたはずもない。耐えるように首の周りに甘噛みを繰り返していたエドワードも本能のままに、項に強くその歯を突き立てていたことだろう。

しかし、セシルが実際にしたのは真逆のことだった。うつ伏せになったセシルの項に、唇を添えようとするエドワードとの間に素早く手を入れると、項を覆い隠しエドワードに告げた。

どうか噛まないでほしい、と。

そのため、セシルの意思を尊重してエドワードはそれをしなかった。ただ、おそらく耐えられようもない、行き場を失った湧き上がる欲望ゆえに、セシルの上半身は噛み痕だらけのひどい有様となっていた。手の中のオメガを自らの番にしたいという強い独占欲を、その傷の多さが物語っていた。

セシルは何も身につけておらず、身体の表面には大小様々な赤い痕と共に、いろいろな液体が付着した形跡があり、昨夜までセシルを支配していた発情期の熱は嘘《うそ》のように治まっていた。

セシルのすぐ隣で、エドワードは静かに眠っている。

エドワードも同様に、その身体には何も身につけてはいなかった。

ここは夫夫《ふうふ》の寝室ではなくセシルの自室で、寝台も一人用の小さなものだった。そのため、身長の高いエドワードはセシルを寝台から落とさないように抱き込むようにして眠っていた。

セシルは、自分が目覚めた時にエドワードが隣にいてくれたことがたまらなく嬉《うれ》しかった。

エドワードは前回と違い、今回は事後もセシルの傍《そば》を離れなかった。発情が収束し理性を取り戻したエドワードは、セシルに対してそこまでの嫌悪感を抱かずに済んだ、ということだ。

そのことに、セシルは安堵する。

目の前にあるエドワードの裸の胸板に触れる。まだ眠っているから、気付いていないから、と自分自身に言い訳をしながら、温かで弾力のある皮膚にそっと手を添わせる。そのじんわりとした体温と共に、呼吸のたびに上下する僅かな動きを手のひらで確かめる。

しばらくして、その動きが一瞬止まったかと思うと、黒い睫《まつげ》毛に縁取られたエドワードの瞼《まぶた》にぎゅっと力が入り、そのままゆっくりと瞼が開く。すると深紅の瞳が現れ、窓から差し込む光を受けて宝石のようにキラキラと輝いた。

「セシル、おはよう……」

「……おはようございます、エドワード様」

このような光溢れる明るい部屋の中で、一糸纏《まと》わぬ姿のままにお互いを見るのは初めてだった。

思わずセシルの身体が熱を持ち、顔が赤く染まっていくのを感じる。

エドワードの視線は、初めぼんやりとしていたが、だんだんとはっきりしてくると共にセシルと目が合うと眩《まぶ》しそうに瞳を細めた。セシルの頬を優しく撫《な》でると、そのまま耳の先端まで人差し指でゆっくりとなぞった。

「真っ赤だ」

「だって、このような明るい場所で、恥ずかしいです……」

居心地悪そうに目を逸《そ》らす腕の中のセシルを、エドワードはそのまま強く抱きしめる。温かく滑らかなお互いの素肌が直接密着し、ますます身体《からだ》が熱くなる。

エドワードはセシルの身体に目を移すと、その多数の赤い痕を見て思わず息を呑《の》んだ。

「これは、大丈夫か？　こんなに、その、無理をさせてすまない。俺のせいで……」

「あ……あの、大丈夫です。この痕は、見た目ほどの痛みでは」

エドワードは戸惑《とまど》いの表情を浮かべながら、セシルの背中にそっと触れる。手のひらを移動させると同時に、時折指先で感触を確かめては、探るように表面を滑らせた。

「それに、だいぶ痩《や》せたようだ。前はここまではなかった……」

エドワードは気遣わしげに、セシルの滑らかな肌を撫でる。

セシルは、痩せた自覚はあった。丸みを帯びた曲線はところどころ骨が浮き、その間が硬くへこんでいた。発情期に食事がとれなかったこともあるが、それ以前も満足に食事がとれなかったためだ。

「俺がいない間に、一体何があった？」

その質問に、セシルは血の気が引いた。身体が一気に冷たくなり、強張《こわば》っていくのを感じる。

何があったのか、セシルには言えなかった。

自分がこの家の人々全員から嫌われていること。そしてずっと、無視されていること。

この家の者たちはきっとわかっていたのだ。セシルがエドワードに、このことを言えないということが。そうすれば、たとえ職務を放棄しようともばれようがない。

そして寂しさに駆られ、見えない何かに心を許したせいで、愚かにもその暴力的な接触を招いてしまったことも。

セシルはまた結婚相手に失望されるのが恐ろしかった。自分の顔が徐々に青ざめていくのを感じる。

黙って目を伏せてしまったセシルに、エドワードは声をかける。

「セシル？」

「ご心配には及びません。少し、食欲がなかったものですから」

「本当に？　体調が悪いなら、これから医師を呼ぶから……」

「いえ、その必要はありません。申し訳ありませんが、まだ眠たくて、もう少し、眠ってもよろしいでしょうか」

「ああ、わかった。ゆっくり眠ってくれ、傍にいる」

セシルは寝返りをうちエドワードに背を向けると、背中を丸め、固く目をつむった。

再び目を覚ますと、既に寝着を着ており部屋にはエドワードと共に医師がいた。

ウォルトグレイ家の侍医と名乗るその男がセシルを診察すると、栄養失調と過労という診断で、滋養のあるものを食し、ゆっくり身体を休めるしかないとのことだった。

発情期も重なり、体力を消耗したセシルは自身が思っている以上に衰弱していた。起き上がろうとしても起き上がれず、寝台から出る事ができなかった。

その後、エドワードの指示でセシルの回復のためにさまざまな措置がとられた。

寝具は質の良いものに交換され、部屋が整えられた。

食事も栄養価が高く、消化のよい粥《ポリッジ》やスープが作られ、食欲がなくても比較的食べやすいフルーツや、ゼリー、菓子など、あらゆるものが少しずつ毎食揃《そろ》えられた。

しかし、それらの考え練られた食事も、散々自分を無視していた料理人たちが作ったかと思うと、セシルは気持ちが悪くなってしまい、回復のためにと無理に口に入れてもすぐ吐いてしまった。

メイドに世話をされても、エドワードの前とかつての自分の前で見せた態度の違いが恐ろしかった。笑顔の下、心の中ではセシルに対してどんな憎しみの言葉を吐いているのだろう？　という疑念が湧いた。

そのため、セシルの体調は思うように回復しなかった。

本当は、エドワードに聞きたいこと、伝えたいことがたくさんあった。

見えない何かは、エドワードが戻ってからその気配がぱたりと消えてしまった。

あれは一体何だったのか？

もう少し体力が回復したら聞こう、とは思うものの、なかなか身体は言うことを聞かなかった。寝台から出られず昼夜関係なく眠るため、もはや時間の感覚がなくなっていた。

ある時、眠っては起きるうとうととした浅い覚醒《かくせい》の中、エドワードがセシルが横たわる寝台の横に腰掛け、何事かを呟《つぶや》いている声が聞こえた。とても小さな声だ。

すまない……と。

その言葉を聞き、セシルは戸惑った。

エドワードは悪くない。悪いのは、たいして望まれてもいないのにこの家にやってきた自分だ。

邪魔者のくせに。誰からも愛されることができないくせに。

今は唯一の取り柄だった健康すら損ない、寝台から出ることもできない。

エドワードにそう伝えたかったが、身体は固まり、目は開かず、声も出なかった。

そのままエドワードの声は遠ざかり、セシルの意識は再び濃い暗闇に呑み込まれていった。

◆

今回の発情期で妊娠は叶《かな》わなかった。

オメガは、発情期の行為で極めて高い確率で妊娠すると言われているが、体調が悪かったせいではないかとセシルのもとを訪れている侍医は同情的な目を向けた。

それを聞いたエドワードは侍医にむけて「そうですか」と無表情に答えた。

その表情からは何の感情も読み取ることはできず、セシルは不安になる。

せっかく発情期中に行為を行ったのに、そのチャンスを活《い》かす事ができなかった自分に失望しただろうか。

セシルは、こんな身体で本当に子供が産めるのだろうかと考える。

自分のことさえ、まるでままならないというのに。

12．手紙

色とりどりの葉を纏っていた木々は徐々にその葉を落とし、外には昼も冷たい風が吹く日が増え、秋が終わりを告げようとしていた。

エドワードが帰還してから時が経つにつれ、セシルは少しずつ食事がとれるようになり、徐々に寝台の上で起き上がれる程には回復してきていた。

しかしセシルは気落ちした状態からなかなか抜け出せずにいた。毎日寝台の上で寝てばかりいて、回復が遅く何の役にも立っていない自分に嫌気がさしていたが、気持ちが焦るだけで、身体はまだ言うことをきかなかった。

そんなセシルのもとに、毎夜仕事から帰ってきてすぐにエドワードは見舞いに来る。

寝台の横に腰かけてセシルの手を握ったり、頬に手を添えたりと、気遣わしげな言葉と共に、穏やかな表情で優しく触れた。

向けられる優しさに、セシルは果たして自分はここまでしてもらう価値はあるのだろうかと思いながら、どう振舞ったらよいのかわからず、銀色の目を戸惑いに瞬かせては、下を向いて曖昧《あいまい》な笑みを浮かべていた。

そんなある日のこと、エドワードがセシルの前に握った右手を差し出し、ゆっくりと指を開くと、そこにはなくなったはずの指輪があった。

「あ、指輪……！　見つけてくださったのですか？　てっきりなくしてしまったものと。エドワード様、ありがとうございます」

「庭に落ちているところを見つけた。それで以前より、その、強力にした。これで俺がまたしばらくいなくなってもセシルには手を出せない。この前は、怖い思いをさせて本当にすまなかった」

そう言うと、再びセシルの手をとり、左手の薬指にその指輪をはめた。外観に変化はなく、再び同じ位置に戻ってきた指輪は、ずっとそこにいたかのように瞬く間にセシルの手に馴染《なじ》んだ。

見えない何かは、エドワードが帰ってきてから屋敷を不在にしている時さえも一度もその気配を現してはいない。

セシルは、ずっと気になっていたことを思い切ってエドワードに聞くことにした。

「あの時この場にいた、見えない何かは、何だったのでしょうか？」

その言葉を聞きエドワードはセシルを見つめると、表情に暗い影を落とし申し訳なさそうにその口を開いた。

「セシルには、怖い思いをさせた上、実害を被らせてしまったのに本当に申し訳ないのだが、教えることができない。家族の中でも、知っているのは父上と俺だけだ。ウォルトグレイ家の力の根幹の話になる。秘匿すべきとされているが、情報を探る輩《やから》もいる。身を守る術《すべ》を持たないセシルに教えることは難しい」

そう言うと、エドワードは、セシルの手の上に自らの手をそっと置いた。

「そうなのですね。不躾《ぶしつけ》な質問をしてしまい……」

「いや、ただ言えるとするならば、本来はそれほど悪いものではない。指輪を渡した時もここまでのことは想定していなかった。俺もなぜ、セシルに対してあのようになったのかわからない。俺の考えが甘かったせいだ。本当に申し訳なかった」

セシルは、エドワードの留守中にあった不思議な出来事を説明しようと口を開きかけたが、言葉が出てこなかった。

セシルが口をつぐんでいると、エドワードが口を開き、話題を変えた。

「ところで、ずっと気になっていたのだが……セシルは手紙をどうした？」

「……手紙、ですか？」

「俺が遠征中に、セシルに宛てた手紙だ。任務中に毎日、王宮への定期連絡と共に送っていた。特に極秘事項でもないので、暖炉で焼いてしまう必要もなかったのだが」

セシルには、この家に来てから手紙が届いたことなどなかった。それなのに、エドワードは手紙を送ったという。

理由がよくわからず、不安げに瞳《ひとみ》を揺らしたセシルの反応に、エドワードは訝《いぶか》しげに眉《まゆ》をひそめる。

「受け取っていないのか？」

セシルはどう答えたらよいかわからなかった。ここで返事を間違えたらどうなる？　セシルが答えないでいると、その様子を見たエドワードはしばらく考え込み、難しい顔をして固まった。

「受け取っていないのだな」

「はい……、受け取っておりません」

「わかった。こちらで調べる。すまない、用事ができた」

そう言って部屋から出て行ってしまい、セシルは、その背中を呆然《ぼうぜん》と見つめていた。その後、屋敷で何が行われたかはわからなかった。

翌日の昼、セシルが寝台の上に座り本を読んでいると、ドアがノックされる音がした。

どうぞ、と言ったのちドアが開くと、部屋の前にいたのは、家令のルーウィンだった。

セシルは慌てて本を閉じる。

「途中で仕事を放り出し、長期間休んでしまい申し訳ありません。近いうちに、再び作業に戻りますので……」

「もっと体力が回復した後に、復帰時期を医師と相談してからで結構です」

倒れられたらまたエドワード様が心配されますので、と早口でセシルを制すと、ルーウィンは持ってきた紙の束を寝台の横の棚に置いた。

「それは、何ですか？」

「遠征中に、エドワード様がセシル様に宛てたものです。全て見つかりましたので、お届けにあがりました。ジェラルド様がセシル様に渡るのを止めていたようです。ジェラルド様への罰は、今エドワード様が検討しております。取り急ぎこちらは、セシル様に届けるようにとの事でしたので」

「そうだったのですか。こんなにたくさん……ありがとうございます。読ませていただいてもいいのでしょうか」

「はい、こちらはすべてセシル様のものですので」

ルーウィンはこちらを向くと、失礼しますと言って部屋から出て行こうとした。

「あ、待ってください！」

「何かご用でしょうか？」

「任務中のエドワード様に、手紙を送ってくれたのはルーウィンですよね？　あの、ありがとうございました」

ルーウィンはセシルの方に向き直ると、ぴくりと片眉を上げた。

「私は、たまたま所用のためエドワード様に早くお帰り頂くよう申し上げただけで、セシル様については一切お伝えしておりませんので、お礼を頂くようなことはしておりません」

「え？　あ、それでも、あの、そのおかげでエドワード様が早く帰ってきてくださったので」

「ご用はそれだけでしょうか？」

「あ、はい。呼び止めて申し訳ありませんでした」

ルーウィンはバタンとドアを閉め、足早に部屋から出て行った。

去っていくルーウィンの足音を聞きながら、発情期のあの日、セシルが伝えないでと言ったにもかかわらず、可能な範囲内でエドワードに早く帰るよう連絡したルーウィンの機転に結果的に助けられたことは事実で、もしもそれがなかったらと思うと身震いをした。

いずれ何かお礼をしたいと思ったものの、煩わしさからか照れているのかはわからないが、あの反応ではそれも拒否されそうだなと苦笑する。

セシルは身を起こし寝台に座り直すと、高く積まれた封筒の山を見つめた。

「こんなにたくさん……」

ひとつひとつ手にとって確認していくと、一番古い日付の手紙を見つける。

封を切り、便箋《びんせん》を開く。

それは、急な任務が決まったその日に書かれたエドワードからの手紙だった。

任務の説明に始まり、予想される討伐にかかる期間などが細かく綴《つづ》られており、エドワードの真面目《まじめ》な性格が文字と文面両方にそのまま現れているのが何だかおかしくて、セシルの顔に思わず笑みが広がった。結婚の翌日すぐにセシルを一人屋敷に残してしまうことへのお詫《わ》びの言葉も記されており、大変な任務の最中セシルの身を案じてくれていた事に申し訳ない気持ちになる。

別の手紙も封を切り、読み進める。

その日見つけた魔獣の大きな足跡の特徴や、同じ魔法士団の仲間がどのような働きをしたかなど、まるで任務の報告書を読んでいるようだったが、セシルにとっては知らない事ばかりで、エドワードが体験した出来事を想像して楽しい気持ちになった。どの手紙にも、文末には同様にセシルを気遣う言葉が書かれていた。

最後の日付の手紙は、インクが乾き切る前に雨に降られたためか、紙は部分的に濡《ぬ》れた後乾いたようなしわがあり、文字は滲《にじ》んでいる箇所もあった。所々読めない単語もあったが、ようやく魔獣を倒し任務が完了したことが綴られており、感情の昂《たかぶ》りを抑えた文章ではあるものの、その単語の端々からは喜びが滲み出ているかのようだった。

そして文章の最後、文字がうまく読めない部分があった。「セシルに……」で始まる言葉の先は、文字が滲み歪《ゆが》んで、何と読むのか文字の形が見えなくなっていた。

「なんて書いてあったんだろう」

セシルはそこに続く、それらしい言葉を探してみる。セシルに……、セシルに……？

いろいろな可能性が考えられるためわからないなと思いながら、便箋を手に持ったまま読み終えた便箋の山を見つめた。

エドワードは、忙しい任務の最中、こんなにたくさんの手紙を書いてくれていた。

そしてこの手紙を書いている間、毎日自分のことを思い出してくれていたことを思うと、心がじんわりと温かくなった。自分はただ一人、このウォルトグレイ家の屋敷に誰にも顧みられることなく取り残されたと思っていたが、そうではなかったのだ。

セシルはあの日々、心の奥底ではエドワードからの連絡をずっと待っていたことを思い出す。その気持ちはその時ふさわしくないものだと、ずっと蓋《ふた》をしてなかったことにしていたものだ。

しかしエドワードは、本当は遠い地でセシルを気遣い、連絡をくれていた。

手に持った便箋に、ぽたりと一粒の涙が落ち、染み込んで広がっていく。

あわてて紙の上を布で押さえると、それ以上しみが広がらないように吸い取らせ、汚れていないか確かめる。

嬉《うれ》しさに溢《あふ》れ出す涙が手紙に再び落ちないように、目の下を布で押さえながらセシルは再び手紙を読み始めたのだった。

その夜、エドワードはセシルの部屋にやってくると、大事そうに手紙を読むセシルを見て、どこか居心地悪そうに呟《つぶや》いた。

「できれば、俺がいない時に読んでほしいのだが」

その様子がなんだかおかしくて、セシルは小さくくすくすと笑う。

するとエドワードは申し訳なさそうに、セシルを見つめる。

「セシルのもとに届けることができてよかった。弟が、本当にすまなかった。捨てられなかっただけ、ましと言うべきか……」

セシルは寝台の上に座ったまま姿勢を正すと、エドワードを見上げた。

「手紙、たくさんありがとうございます。あの、全部、読みました。とても嬉しかったです。宝物にします」

勇気を出して気持ちを伝えてみたものの、話している途中からどんどん顔が火照《ほて》っていくのがわかり、言い終わる頃にはセシルの顔は真っ赤に染まっていた。

それ以上エドワードの顔を見ることができず俯《うつむ》くと、寝台が沈み、エドワードが隣に座ったのがわかった。

セシルの身体《からだ》にふわりと腕が回され、抱きしめられる。

「長い間一人にして、すまなかった」

耳元で囁《ささや》かれ、セシルの首筋はぞわりと粟立《あわだ》った。大きく逞《たくま》しい身体からは、エドワードの温かいぬくもりが伝わってくる。

エドワードはセシルの首にかかる銀色の髪を掻き分けた。

「身体の傷は見た目にはだいぶわからなくなったが、まだ痛むか？」

「……いえ、もう、大丈夫です。痛みはほとんどありません」

指の腹で首元の薄くなりつつある傷痕《きずあと》が撫《な》でられたかと思うと、柔らかい唇の触れる感触がした。

セシルは、エドワードにあまり優しくしないでほしい、と思った。

優しさに慣れていない自分は、ほんの少しでもそれを向けられただけで、たまらない気持ちになってしまう。

回された腕に対して、自分も腕を回してよいものか……と躊躇《ちゅうちょ》してしまい、手の置き場がわからない。

大きな音を立てて心臓がドキドキと鼓動し、すぐ傍《そば》にいるエドワードにもきっと聞こえてしまっているに違いない、と恥ずかしく思った。

今まで気付かないふりをしていた自分の感情が、大きく膨らんでいくことに戸惑《とまど》う。

——僕は、エドワード様のことが好きだ。

自分のこの感情は、エドワードにとって気持ち悪いものなのではないか、と心配だった。

十一も年下で、妹の婚約者だった人だ。

はたから見れば、自分は痛々しくも若いアルファに色狂いしている年増《としま》のオメガで、自分自身の気持ちがひどく汚く思える。

そんな不安に反して、エドワードの存在を身近に感じ、身体の中から嬉しさが込み上げる。

エドワードへの気持ちに気付いてしまった瞬間、セシルは心の奥底から、彼への愛《いと》しさがどうしようもないほどに溢れてくるのを感じた。それはオメガとしてアルファを肉体的に求めるだけのものとは、明らかに違う感情だった。

いつの間にか自分の中でエドワードの存在が次第に大きくなっていることに気付き、セシルはひどく動揺する。

この人のことを、好きになってはいけなかったのに。

こんな想いを抱いて、近い将来、エドワードの元から離れることができるのだろうか。

心も身体も、強く結びつけられ、隣にいるだけでこの上なく幸せで、ずっと傍にいたいと感じてしまうというのに。

13. それぞれの責務

セシルは体調が徐々に良くなり、寝台から降りられる時間が増えてきていた。

横になってばかりいたためか、なんだか身体がなまっているのを感じ、医師に相談したところ短時間なら仕事をしてもよいと意見をもらえたので、ルーウィンからの屋敷の管理業務の引き継ぎを少しずつ再開することにした。

久しぶりに来た執務室には、ルーウィンの執務机の隣に見慣れぬ真新しいオーク材の執務机と、大きな背もたれに牛革が張られた立派な椅子が置かれており、それを見たセシルは目を丸くした。

「どなたか、新しい方が入られたのですか……？」

その言葉を聞きルーウィンはじろりとセシルを睨《にら》むと、あきれたような表情で大きなため息をついた。

「こちらは、セシル様のものです」

「え？　僕のですか？」

以前は部屋の隅の作業机で簡易的な木製の椅子に座り作業をしていたセシルだったが、特にその環境に不満を感じていなかったため、このように自分専用の机と椅子をわざわざ用意してもらっていたことに驚く。

「こんな、立派な……高級そうな……」

「ローガン様に許可を取りましたので、問題ありません。今日からはそちらに」

少し震えながら、傷ひとつない艶《つや》のある執務机の前に立ち、重厚感のある立派な椅子に腰かけると、適度な硬さの革張りの座面はセシルの体重を程よく支えた。身長に合わせて椅子の高さが調整されていたため、ひんやりとした机の上に手を載せると、文字を書くのにぴったりに感じられた。

「すごく作業しやすそうです。わざわざ用意していただいて、ありがとうございます」

「はい、今日からまたがんばりましょう。久しぶりなので、感覚を取り戻しつつ、こちらからお願いします」

ルーウィンはそう言うと、様々な申請書と共に帳簿をセシルの前に置いた。

セシルは書類を確認していたところ、早くも不明点を見つけたため「質問してもよろしいですか？」と声をかけながら、資料を手にルーウィンの隣に立った。

「この申請書なのですが、住所がこの屋敷とは別です。ここの予算で処理をしてしまって構わないのでしょうか。これはどちらのものですか？」

「そちらはローガン様の側室の方の家の分ですね。王都にお住まいの皆様の分は、この屋敷と同じで構いません」

「側室、なるほど……。エドワード様にはご兄弟がたくさんいらっしゃいましたね」

「はい、今王都にいらっしゃる側室の方は三名ですね。それぞれ別の場所にお住まいなので、他の申請書も後々回ってくるかと」

エドワードの母親が亡くなったのは二年前で、その後、エドワードの父親は正妻を迎えていない。

結婚式で会ったエドワードの兄弟は人数が多く、幼い者から年長の者まで皆一様に黒髪で、赤みがかったブラウンの瞳《ひとみ》を持っていた。

魔法士としての能力は遺伝により引き継がれるため、一人でも多くの魔法士を輩出するために、ウォルトグレイ家の当主には代々多くの子がいたという。

その時、執務室にコンコンとノックの音が響いた後、ガチャリとドアが開きエドワードが入ってきた。

今は正午過ぎで、この時間にエドワードが屋敷にいることが珍しく、セシルは驚く。

「エドワード様、お帰りになられていたのですね。お迎えできず申し訳ありません」

エドワードは二人が並んでいる姿を目の当たりにすると、一瞬むっとした表情をしたあと、すぐさま、すっと普段の無表情に戻り口を開いた。

「セシルに話があるのだが、今日の作業はもうこれで終わりでも構わないか？」

「あ、今まだ始めたばかりで……」

隣のルーウィンをちらりと見ると、ルーウィンは仕方がない、と首をすくめ頷《うなず》いた。

「構いませんよ、明日にしましょう」

セシルはお辞儀をすると、エドワードの元に駆け寄り執務室を出た。

前を向いて廊下を歩きながら、エドワードは心なしか顔をしかめ正面を睨んだままセシルに尋ねる。

「ルーウィンとはいつも、あんな風に話しているのか？」

「あんな風、ですか？　ええと、はい。資料を見ていただく際は、あのようになりますね」

「あのように、近くに寄って？」

「近かったですか？　くせなのでしょうか……すみません。以後気を付けます」

そう言って、セシルはエドワードからも一歩遠ざかった。

エドワードはそんなセシルを見てはっと息を呑《の》み、何か話しかけようとするが、セシルが先に口を開いた。

「あ、あの、お話とは何でしょうか？」

エドワードはその言葉に本来の目的を思い出し、セシルに話し始める。

「今度、王宮で功労勲章授与式がある」

「功労勲章授与式……ですか？」

「ああ、先日の任務での功績で、魔法士団が王から勲章を賜ることになった。その式典に、セシルも一緒にどうか、と思ったのだが……」

エドワードは、眉間《みけん》にしわを寄せた。

「実は、それは単なる口実で、同僚たちがセシルに会わせろとうるさい。屋敷に皆で押しかけると言いだして、そうなると長時間居座ることになり厄介だ。それよりはセシルに式典に来てもらい、少しでも同僚たちに顔を見せてもらえないかと思った。式典は長くかかるだろうから途中で帰っても構わない。最近、体調はどうだ？」

「はい、最近はだいぶいいです。僕でよければ、出席します。お世話になっている、同僚の皆様にご挨拶《あいさつ》を」

　エドワードが立ち止まったため、それにつられてセシルも立ち止まる。エドワードはセシルの顔をじっと見つめた。

「でも俺は、正直、あいつらにセシルを会わせたくない。他の王宮の者たちはいいのだが、魔法士団の奴《やつ》らにだけは……」

　心底嫌そうに頭を掻《か》くエドワードに、セシルは不安になる。

「出席しない方が、よろしいですか……？　そうであるならば行きません」

「いや、そういうわけじゃないんだ。こういうことはさっさと終わらせた方がいい。ただ、俺の気が進まないだけで」

「そうですか、それでしたら、はい。承知しました」

「すまない、手間をかける」

　それから、慌ただしく準備が始まった。

　屋敷には衣装をあつらえるため、ウォルトグレイ家が長年懇意にしている仕立て屋が呼ばれていた。その口髭《くちひげ》の男は、応接室にやってきたエドワードとセシルを見てにこりと微笑《ほほえ》む。

「この度は、おめでとうございます。いつも旦那《だんな》様の衣装をわたくしどもで作らせていただいておりましたが、奥様のものも一緒に今回作らせていただけるということで、誠に光栄に思っております」

　初めて他人に言われた奥様という響きに、セシルはドキリとし、恐縮して答えた。

「はじめまして。セシルと申します。今日はよろしくお願いします」

今までにない経験におどおどしていると、仕立て屋は慣れた手つきでてきぱきとセシルの身体を採寸していき、とてもほっそりとしていらっしゃる、だとか手足が長いですね、など賛辞の言葉を述べながらさらさらと数値を記録していった。セシルの髪や肌、瞳の色などを色見本帳と見比べながら、番号と特徴を詳細に記入していく。

その後、二人に向かってお互いが対になるように計算された候補のデザイン画と共に、生地見本や取り付ける部材などを合わせて見せながらその特徴を熱く語る仕立て屋だったが、いまいち反応に乏しい二人を見て、衣装への興味の薄さを感じ取ると、二人の雰囲気に合いそうな三種のデザイン画を選び取り、テーブルの上に並べてどれがお好みですか？　と優しく尋ねた。

二人は顔を見合わせた後、デザイン画に目を落とし、眉間にしわを寄せ唸《うな》った。

「エドワード様は、どれがいいと思いますか……？」

「俺の衣装は、どれもあまり大差ないから、セシルが選んでいい……」

「うーん……。僕が着るなら、どれがいいでしょう……。自分じゃよくわからなくて」

「そうだな……。これは、首周りが開きすぎて肌が見えすぎるからやめておいた方がいいな。あとこれは背中が丸見えだ。これもよくない」

「……となると、これですかね？」

セシルは、一番右側のデザイン画を指さし、仕立て屋の方を向いた。

仕立て屋は、渾身《こんしん》のデザインをなんとも消極的な理由で決められてしまったことが心外そうではあったが、それをなるべく表に出さないようにして、「かしこまりました。当店にお任せください」とにこりと微笑んだ後、資料を持って屋敷を後にした。

「なんだか、座って話を聞いていただけなのにとても疲れてしまいました。慣れないことをしたからでしょうかね」

「無理もない。何かを決断することは労力を使う。でもこれで衣装は決まったから、あとはできあったものを前日に試着して、当日を待つだけだ。今日はもう休んでくれ」

「はい、お気遣いありがとうございます」

功労勲章授与式は七日後で、それまでまだ時間がある。王宮に行った事のないセシルは、貴族としてどのようなマナーがあるのか不安だったため、エドワードに教えてもらえないかと尋ねた。

それならば、と。

エドワードは夜、夫夫《ふうふ》の寝室に来ないか、とセシルを誘った。

眠る前の時間に、基本的なマナーや、代表的な名家の家名や紋章など、必要な知識を少しずつ教えるからと。

そしてその後は、そのまま二人で就寝するのはどうか……と目を泳がせながら言った。

それを聞き、セシルは驚きつつもその言葉を嬉《うれ》しく思い、頷いた。

その日の夜、寝室のソファで講義を終えて、セシルが少し先に広い寝台の隅で上掛けを被《かぶ》り横になっていると、エドワードがやってきて同じく寝台の反対側の端の方に横たわった。

そわそわと落ち着かない雰囲気が伝わってきて、相手の存在とこの距離感がもどかしい。

もぞもぞと身じろぎをするセシルに、エドワードは尋ねた。

「眠れないのか？」

「はい、すみません。なんだか、緊張して」

「よければ……手を握っても、いいだろうか」

「あ、はい、もちろん」

エドワードの方に少し寄り、広いシーツの上におずおずと手を伸ばすと、僅《わず》かな衣擦《きぬず》れの音と共に、エドワードは差し出された手を遠慮がちに握った。緊張で冷えたセシルの手に比べ、エドワードの手は温かかった。

薄い暗がりの中で、エドワードはセシルの顔を正面から見つめながら、口を開く。

「セシル」

「はい」

「あの夜、なぜセシルは俺を、番《つがい》にしてはくれなかった？　俺たちは、もう結婚したというのに」

それを聞き、セシルは身を固くした。

あの、発情期の夜。

エドワードをこれ以上ないほどに近くに感じ、幸せだった。もしも、番になれたとしたら、どんなに良かっただろうか。

しかし、自分はいずれ、ここでは必要なくなる。

その後、エドワードは自分ではない誰かと結ばれる事になるだろう。

それを思った瞬間、セシルは今までにないズキリとした胸の痛みを感じた。

原因がよくわからないままに、戸惑《とまど》いながらもぎゅっと目をつむりその痛みをやり過ごすと、エドワードの問いに答えるために、目の前の深紅の瞳を見つめ僅かに微笑んだ。

「エドワード様は、このウォルトグレイ家の、当主となられる御方ですから」

「それは、どういう意味だ？」

「エドワード様はいずれ、僕ではない他の方とも、御子を成さねばなりません。エドワード様のお父上も、お相手が複数いるとお聞きしました。エドワード様もご兄弟がたくさんいらっしゃいます。この家の当主は、代々御子が多く必要だと……」

エドワードはそれを聞き、目を見開く。眉間に皺《しわ》を寄せ、その手から僅かな震えが伝わってきた。

それと共に、激しい怒りが。

エドワードは、セシルの冷えた頬を両手で包み、まっすぐにその銀色の瞳を覗《のぞ》き込《こ》んだ。

「俺は、そんなことは、しない……」

セシルはその視線から逃れるように、長い銀色の睫《まつ》毛《げ》を伏せる。

エドワードは、セシルをその胸に引き寄せ、強く抱きしめた。

「どうか、信じてほしい。俺にはセシルだけだ」

その言葉を聞き、セシルには喜びと悲しみが同時に押し寄せた。そのように言ってもらえたことがたまらなく嬉しかった。

けれど、何よりも義務を重んじるエドワードが、当主としての責務を放棄するはずがない。

今はそう思ってくれてはいても、自分が産める子供の数など高が知れている。最悪一人も産まれない可能性すらある。いずれそれでは、立ち行かなくなる時が必ず来る。

その時、エドワードの取る方法はただひとつだ。

そして、若いエドワードには自分のような政略結婚の相手ではなく、心から愛する人がこの先きっと現れる。エドワードには、必ず幸せになって欲しいと、セシルは心から願っている。

そう、願っている、はずなのだが。

セシルは、戸惑いながら、自分の胸の上に手をあてた。

この強い胸の痛みは、一体何なのか。

このことは、エドワードに惹《ひ》かれる前から分かっていたはずなのに、今になって、なぜこんなにも苦しく、心が掻き乱されるようになってしまったのか。

セシルは何も言わず、エドワードの胸に顔を埋《うず》めた。温かく逞《たくま》しい身体にぴたりと頰を寄せると、エドワードの鼓動が聞こえてきた。耳を澄まし、その規則的で穏やかな音を聞きながら目を閉じる。

いつか必ず訪れるであろう未来のことは、まだ、考えたくなかった。

──今だけ、忘れてしまおう。

この頰に伝わる温かいぬくもりと、エドワードが言ってくれた優しい言葉から生まれる喜びだけで、今は心と身体《からだ》を満たしていたかった。

この温かさと、すぐ近くからただよってくるエドワードの匂いに包まれて眠る。

その時間は、今までずっと一人で生きてきたセシルにとって、泣きたくなるほどに幸せなものだった。

14. 功労勲章授与式

王宮に向けて走る馬車の中で、セシルはこれ以上ないほどに緊張していた。

今日の功労勲章授与式には、この国の主だった貴族を始め、他国の王族などたくさんの人々が集まる。セシルはこのような式典に出席するのは初めてだった。

隣にいるエドワードを横目でちらりと見ると、勲章を受け取る張本人だというのに、慣れた様子でいつものように平然と涼しい顔で前を向いて座っており、セシルは羨《うらや》ましく感じる。

緊張で気分が悪くなり、新鮮な空気を求めて馬車の小窓を開けて外を見ると、よく晴れた青空の下、石畳の道路に沿って生えるプラナタスの並木がどこまでも続き、風と共に目の前を流れていった。

王宮に到着すると、御者により扉が開かれエドワードの腕をとり馬車を降りる。目の前の白い石造りの壁の中には、広く扉が開け放たれた王宮への入り口があった。

白の宮殿《ホワイトパレス》と呼ばれるこの壮麗な建物は、王が四十年前に即位した際、かつて固く閉ざされていた王宮を広く国民に開放する形で改装し、現在の形になった。

正面広場には、王家の紋章に描かれているものと同じ背に翼のある獅子《しし》の石像が建ち招待客を出迎える。壁の上には広場に面して広いバルコニーがあり、祝祭で王家一家が広場に集まる国民の前に姿を見せる場として有名な場所だった。

セシルの腕をとり隣を歩くエドワードは、魔法士団の正装である背中に銀糸の刺繍《ししゅう》が施された黒いマントを纏《まと》い、その下にはペールグレーのシャツに黒いベストとテイルコートを重ね、その胸にはシルバーチェーンのついたラペルピンをつけていた。

セシルは胸元にドレープのあるエドワードのシャツと同色のシフォンの長チュニックの上に、薄手のジャガード織の長い上衣を羽織っていた。その生地には繊細な植物の意匠の銀糸の刺繍が施されていて、セシルのシルバーの髪や瞳《ひとみ》とよく調和していた。チョーカーにはエドワードの瞳の色と同じ深紅の宝石があしらわれ、彼の伴侶《はんりょ》であることが一目でわかるようになっていた。

前日に試着した際、エドワードは初めて着用したとは思えないほどの見事な着こなしで、その姿はさながら物語に描かれた王子のようで、セシルは思わず感嘆の声をあげてしまった。

「エドワード様、とても素敵です」

対して、鏡に映った自身のいつもと違う姿に戸惑ったセシルだったが、仕立て屋はにこにことして「とてもよくお似合いですよ」と言い、「旦那様もそう思いますよね？」と話を振ると、エドワードはこちらを見て黙ったまま静かに頷《うなず》いた。

自分の見た目を客観視できず不安だったがもう後戻りはできないと覚悟を決め、仕立て屋に「短い期間で、見事な衣装を作っていただきありがとうございます」と礼を伝えた。

宮殿の中庭に面した長い大理石の廊下の上を多くの貴族たちが歩いていた。この先に授与式が行われる舞踏会場があるためだ。

エドワードとセシルも他の貴族たちに交じり廊下を歩いていると、エドワードは知り合いらしい年配の男に呼び止められる。

「セシルすまない、すぐ戻る。ここで待っていてくれ」

そう言って、男と共にその場を去って行った。

セシルは一人、会場に向かう人波を避け廊下の隅に寄り、色鮮やかな花々が咲き乱れる美しい中庭を眺めていた。

その時、少し離れた場所から張りのある男性の声が聞こえてきた。

「美しい人、お一人でどうされましたか？」

セシルは初め、それが自分に向けられた言葉だとわからなかった。

相手は無視されていると思ったのか、セシルの肩にぽんと手をのせたため、セシルはビクリと肩を震わせる。

「はい？　僕ですか？」

「ええ、そうです。私の目の前にいるのは、ただ一人、貴方《あなた》だけ」

芝居がかった動作で話しかけてきたのは、豊かな赤毛に金色の瞳を輝かせた背の高い若者で、かつて図鑑で見たことがある南国の獅子を思わせた。王宮魔法士団の黒いマントを纏っているため、男はエドワードの同僚かもしれない。

男はセシルのグローブをはめた華奢《きゃしゃ》な手を取る。

「私の名はルイス・グランヴィル。よろしければ、麗しい貴方のお名前を……」

セシルの手の甲に口づけをしようとしたその瞬間、ルイスの頭は突然ぐんっと後ろに仰《の》け反《ぞ》り、セシルの前に、黒い影が立ちはだかった。

「人の伴侶に手を出すな、ルイス」

「え？　エドワード、伴侶？」

ルイスはその金色の瞳を大きく見開き、まじまじとセシルを見つめた。

「本当に？　お前、こんな……、その、どうやって？」

「お前に話す理由はない」

その時、廊下の奥からぞろぞろと体格が良くおそらくアルファであろう黒いマントの集団が現れると、ルイスが叫んだ。

「おいみんな！　エドワードがついに結婚相手を連れて来たぞ！」

えっ、という低いユニゾンのような男性たちの声の後、集団は一斉にこちらに駆け寄ってきた。

好奇の目を向けられセシルは縮こまりたくなったが、ここは伴侶として、しっかりと挨拶《あいさつ》をしなければいけないと今日の目的を思い出す。

エドワードの横に並び姿勢を正すと、軽く膝《ひざ》を折り微笑《ほほえ》みを浮かべた。

「いつも夫が、お世話になっております。セシルと申します」

七人ほどの同僚は、セシルを見て固まった。エドワードから教わったマナー通りに挨拶をしたはずだが、何かまずいことをしただろうか、とセシルは不安になる。

集団の中で、ひと際若い男が一人、ぽつりと呟《つぶや》く。

「嘘《うそ》だろ、これって……」

その時、一番年長そうな紫色の髪の男がその若い男の口をがっと乱暴に塞《ふさ》ぐと、にかっと人当たりのよさそうな笑顔を浮かべた。

「失礼いたしました、セシル様。私たちはずっとお会いしてみたいと思っておりましたので、今日お会いできて嬉《うれ》しく思います」

「ありがとうございます。僕も、ご挨拶が今日まで遅れ、申し訳ありませんでした」

エドワードはその集団に腕をひっぱられると、少し離れたところで囲まれ、ひそひそと何やら小声で質問攻めにされている。

一人ぽつんと取り残されたセシルは、呆気《あっけ》に取られながら離れた場所からその様子を見つめていた。

自分は何か、おかしなことをしただろうか……。

同僚たちから頭を撫《な》でられたり、口を尖《とが》らせて反論したりしている気安いエドワードの態度に、彼が皆から愛されていることが窺《うかが》い知《し》れた。気さくに打ち解けた間柄の男たちは、皆この国における最高位の魔法士であるにもかかわらず、笑いながらふざける様は年相応の無邪気な若者たちに見える。

エドワードは集団から抜け出すと、ニヤニヤしながら生暖かい目で見守る同僚たちを尻目に、セシルの手を取り、行こうと言ってその場を去った。

「すまなかった。こうなることがわかっていたから、あいつらにだけはセシルを会わせたくなかった」

「大丈夫です。皆さん気さくに話しかけてくださって。エドワード様は良い同僚の方々に囲まれているのですね」

「まあ、そうだな。でもこれで、大方今日の目的は済んだようなものだ。この後の授賞式が終わり次第、さっさと帰ろう」

いつもあまり表情を表に出さないエドワードが不満げに顔を顰《しか》めて感情をこぼれさせているのを見て、セシルは思わず笑みを浮かべた。

廊下を抜け開け放たれた重厚な扉の下をくぐると、そこにはきらびやかな広い空間が広がっていた。

舞踏会場の高い天井の中央には大きなシャンデリアが飾られ、多数のクリスタルが光を反射させながら燦然《さんぜん》と輝いており、フロアは既に着飾ったたくさんの貴族たちでひしめき合っている。

広い会場の奥は階段状に高くなっており、その頂上には黄金の玉座が鎮座していた。

舞踏会場に一歩足を踏み入れた瞬間、会場の両サイドの楽団から荘厳な管弦楽の音色が流れ始め、会場から発せられた割れんばかりの拍手と共に奥の扉から王と王妃が現れ、中央の玉座に座る。

エドワードは「行ってくる」と言うと、セシルの元から離れ、前方の人垣の中に消えていった。

玉座の下の大臣が声を張り「これより、授与式を始める！」との声が会場に響き渡ると同時に再び音楽が流れ始め、大臣は勲章を受ける者の名前を順に読み上げる。

最初に呼ばれたのは、王の護衛隊長を務めている体格の良い白髪の老騎士で、長年の王家への献身を讃《たた》えられ、王から勲章を受け取った。

その後も、新薬を開発した研究者、王都の治水事業を完成させた技術者、他国との交渉で莫大《ばくだい》な利益を生み出した外相など、各分野で功績を挙げた面々が次々と勲章を受け取る。

長い口上と、人々の拍手の音が鳴り響く中、ついに大臣は王宮魔法士団の名を読み上げ始めた。その中にエドワードの名が呼ばれるのを聞き、セシルはピクリと反応する。

名前を読み上げられた魔法士団の男たちは、王の前に並び立つとその場で跪《ひざまず》き、王に対する忠誠の姿勢をとる。

今回の討伐での功績を大臣が述べると、団長であるエドワードの父親が王から勲章を賜り、その後同じように先ほど会った魔法士団の面々とエドワードが続いた。少し前のくだけた雰囲気とは異なり、王の横で光を浴びて佇《たたず》むアルファの集団は神々しさすらあり、一人ずつ勲章を受け取り観客にお辞儀をするたびに、周りの年若い令嬢たちが、きゃあと歓声をあげた。

授与が終わり舞踏会場に降りてくると、人々が賛辞を贈るためにその周りに群がった。

王宮魔法士団の面々は、皆伴侶を伴い談笑していた。

広い会場の一番後ろで壇上を見上げていたセシルも、自分もエドワードの隣に行き今日の伴侶の役割を果たさなければと、たくさんの貴族たちでひしめく会場の前に進み出ようとした。しかし、目の前に広がる光景を見て、セシルは立ち止まる。

隣に伴侶のいないエドワードには、たくさんの令嬢たちが周りに群がっていた。

皆、色とりどりのきらびやかなドレスを身に纏い、若く美しく、みずみずしい魅力に溢《あふ》れている。

エドワードもその顔に微笑《ほほえ》みを浮かべ、向けられる賞賛の言葉と眼差しを受け止めていた。

彼は、人目を惹くほどの整った容姿と、皆が憧《あこが》れる魔法士としての立場も相まって、このような華やかな場所がとてもよく似合う。その光景は離れた場所から見ていてすら、とても眩《まぶ》しいものだった。

その時エドワードは、目の前で他の令嬢にぶつかりよろけて身体を傾けた令嬢の手を取る。その顔は、手を取られた令嬢はレースのチョーカーをつけており、オメガである事が窺い知れた。

助け起こしてもらったエドワードの顔を見た瞬間真っ赤に染まり、彼に向けて何事かを話すと、それに対してエドワードは優しい笑みを浮かべる。

可愛らしい薔薇《ばら》のような乙女《おとめ》と、向かい合い手をとるエドワードの姿はさながら、まるで昔小説で読んだ幻想的な姫君と騎士のワンシーンのようだった。

その光景を見た瞬間、セシルの心は苦しげに悲鳴をあげた。

目の前の視界が歪《ゆが》み、心臓がドクンと大きく脈打つ。背筋がさっと冷たくなると同時に、身体中《からだじゅう》の血液が一瞬で凍りつくかのようだった。

――エドワードが、別のオメガに触れている。

セシルは自分の視界が、すうっと白んでいくことに気付き、すんでのところで意識を保ち気を失うことを免れると、上半身を曲げ頭の位置を低くした。フロアの隅にソファを見つけると、そこに腰掛け何とか目眩《めまい》が治まるのを待つ。

エドワードは、本来あのような相手と一緒になるべきだったのだろう。

ウォルトグレイ家の人々も、あのような若く美しい令嬢がエドワードの相手であったならば、祝福し温かく迎えてくれたに違いない。

セシルがどんなにお金をかけた豪奢《ごうしゃ》な衣装を身に纏おうとも、あの輝きの前では足元にすら及ぶことはできないのだ。

薔薇色《ばらいろ》の頬で瞳を輝かせながら話す令嬢の姿を、エドワードは穏やかな顔で見つめている。

セシルはその美しい光景が眩しくて、それ以上見ることができずに目を伏せる。

前屈《まえかが》みになり口にハンカチをあて座っていても、体調は一向に良くならずに目眩はひどくなるばかりだった。身体を落ち着かせるために必死に深呼吸を繰り返す。

ふと視線を上げると、そこには心配そうな表情を浮かべるエドワードがいた。

「セシル？　大丈夫か？」

「申し訳ありません。少し座っていれば良くなるかと。エドワード様はあの場に戻られて大丈夫です」

「体調が悪いのだろう？　もう今日は帰ろう」

「でも……」

「セシルの身体が一番大事だ」

エドワードに手を取られ身体を支えられると、そのぬくもりで幾分か気持ちが落ち着き、ふうと深く息を吐く。

馬車に乗り込むと、エドワードは自らの肩にセシルの頭をもたれさせ、馬車の小窓を開けて新鮮な空気が入って来るようにした。

セシルの片手は、エドワードに握られている。

自分の体調が悪くなければ、エドワードはこんなに早く帰る必要はなかった。皆からの称賛の言葉を聞き、仲間たちと今回の喜びをもっと分かち合うことができたはず。

また迷惑をかけてしまったと、セシルは自らの不甲斐《ふがい》なさを申し訳なく思いエドワードに何も言うことができなかった。

そしてセシルは、あの時自分の心の中に、ひどく醜い感情が湧き上がっていたことに気付く。

――エドワードに、他の誰にも触れてほしくない。

ここまでの強い感情は、生まれて初めてだった。

先程の光景を思い出すだけで、胸がぎゅっと締め付けられ、涙が浮かんだ。

エドワードは、彼女を助けるために親切心でたまたま触れただけだ。そう思ってはいるのに、二人が並んだ光景から連想される悪い想像が頭から離れない。

今セシルを握っているこの手が、他の誰かの手を握る。忘れようとしていた現実が蘇《よみがえ》り、セシルの心をじわじわと蝕《むしば》んでいく。エドワードがもしも他のオメガの元に行ってしまったらと考えただけで、心が悲鳴をあげた。

これは自分の勝手な妄想で、実際にはまだ何ひとつ起こっていないと心に言い聞かせる。

しかし、いずれ起こる未来のひとつかもしれないと暗く淀《よど》んだ感情が語りかけ、その声から逃れる事ができない。

こんな風に考えてしまう自分自身が許せず、今すぐにもこの醜い気持ちをどこかに消し去ってしまいたかった。

セシルには、エドワードしかいなかった。

ずっと一人だった孤独な心は今、ようやく知る事ができたエドワードへの愛に縋《すが》りついている。

心の中にある自分の独占欲と、これほどまでの強い執着が、セシルはただただ恐ろしかった。

15. 魔法士の血

式典の翌日、セシルは予定より遅れた分を取り戻そうと執務室で集中して作業をしていた。

夕方になり、珍しくエドワードの父親のローガンから呼び出しがあったため、訝《いぶか》しみながらもセシルはローガンの執務室に向かう。

エドワードはその日、朝早くから王宮に出かけ不在だった。

義理の父親から突然呼び出されるというこの状況は、実家で父親から結婚の命令があった時と重なりひどく嫌な予感がした。

「失礼いたします」

ローガンは執務室の窓際の書架の前に立っていた。エドワードとよく似た漆黒の髪に深紅の瞳《ひとみ》を持つ体格の良い壮年のアルファは、王宮魔法士団長としての威厳も兼ね備えつつ、多くの危険な討伐を経験してきたゆえの鋭い眼光を放っていた。セシルの姿を認めると、その眼に僅《わず》かに穏やかな色を浮かべ応接用のソファに腰掛けると、セシルに向かいの席を勧めた。

「突然呼び出してすまない。体調が悪かったと聞いたが、もう大丈夫なのか？」

「はい、大丈夫です。ご心配をおかけしてすみませんでした」

「前回の発情期で、妊娠しなかったそうだな」

セシルはびくりとして、身構える。

「はい、ご期待に添えず、申し訳ありません」

「よい。まだ時間はあるだろう。何人もとは言わない、せめて一人でもいい、エドワードとの間にアルファを産んでほしい。いくら時間がかかっても構わない。エドワードとセシルの子供がどんなものであるのか、ぜひこの目で見てみたいと思っている」

「……はい、僕にできる努力は、できるかぎりしていきたいと思います」

「しかし」

ローガンは強い言葉で話を区切った。

「エドワードの時間を無駄にするわけにはいかない。あいつももう成人し、ウォルトグレイ家の次期当主としての役割を徐々に担っていってほしいと思っている。前からあいつには、ぜひ我が家のオメガを側室にと縁談が山のように来ているにもかかわらず、全く聞く耳を持たない。セシルに、気を遣っているのだ。もしや、セシルの方からエドワードに自分以外の相手を持つことを禁じているなんてことはないな？」

セシルは驚いて目を見開く。エドワードに今も縁談が数多く来ているなんて初めて知ったからだ。

「いいえ、そのようなことは、全く……」

「では、あいつにそのように言ってほしい。側室を持て、と。あいつは昔から頑固なところがあって、一度こうと決めたら一切意見を曲げないのだ。しかし、セシルからの言葉であれば聞くかもしれない」

セシルは身体が一気に冷え、頭が真っ白になった。

「僕が、エドワード様に、言う……？」

「酷なことを頼んでいることは承知している。その上で、セシルにはお願いしたい」

ローガンは、ソファの上に座り直すと、深紅の瞳をまっすぐに向け、戸惑《とまど》いに揺れるセシルの銀色の目を見据えて言った。

「我が主君であるグランヴィル家が王位についてから、このハイライル王国は比較的平和な治世が続いている。しかし、その前の戦乱の時代は、多くの息子《むすこ》たちが戦争で命を落とし、各家は後継者不足に陥った。いつまたそのような時代がやってくるかもわからない。私も現在子供が十六人いるが、魔法士としての能力を開花させたのは今のところエドワード一人だけだ。エドワードはまだ若いが、おそらくこの先、歴代のウォルトグレイ家の中でもとりわけ強い力を持つ稀代《きたい》の魔法士となるだろう。その数少ないウォルトグレイ家の魔法士の血を、絶やすわけにはいかないのだ。わかってほしい」

ローガンは、その瞳に気遣いの色を浮かべると、声色を少し優しく変えてセシルに告げた。

「子を産む行為は命懸けだ。セシルの母上も産褥《さんじょく》で亡くなったのだろう？　その命を懸けた行為を他の者と分担できる利点もあるし、子を産まなければというプレッシャーも他の者が産むとわかれば、少しは軽減されるのでは？　セシルにとっても悪い話ではないはずだ」

セシルの頭は混乱し、気持ちが整理できず、何も考えられない状態になっていた。手のひらや背中に冷たい嫌な汗が吹き出し動悸《どうき》がした。

話の内容は理屈としては理解できていたが、感情が全くついていかなかった。そんな中、心を伴わないままにセシルの口だけが動く。

「……はい、承知しました」

「手間をかけるが、よろしく頼む」

ローガンの執務室のドアを閉め、廊下に出る。セシルは、頭の中が真っ白になったままだった。

エドワードと以前同じ話をしたことがあったため、この可能性については頭では理解していたはずだった。しかしいざ現実として目の前に迫ってくると、セシルの視界は歪み、ひどく吐き気がし、足元がぐらぐらと揺れるようだった。

執務室に戻ってくると、ルーウィンはセシルの顔を一目見て驚きの声を上げた。

「セシル様、顔色がひどく悪いですが大丈夫ですか？　ローガン様と何か？」

セシルはその声で初めて自分の血の気が引いている事に気付く。身体にかいていた嫌な汗はまったくひいていなかった。

「いえ、あの、ルーウィン、ひとつ聞きたい事が。ローガン様の側室の方々の経費をまとめた資料は何かありますか？」

「はい、ございますが……」

「それを見たいのです」

ルーウィンは背後の書架を漁《あさ》ると、一抱えの帳簿を取り出した。

「王都にいらっしゃる側室の方のぶんはこちらになります」

セシルは資料を受け取ると、急いでその中を確認した。側室は全部で三人いて、名前の響きからして、おそらく全員女性だ。

苗字はそれぞれ別々だったが、以前エドワードから聞いたことのある名家と同じ家名もあった。貴族もいるということか。

王都内の離れた場所にそれぞれ邸宅を持ちそこで生活をしているようで、雇っている使用人の人件費や、日々の生活費の他には、ドレスや宝飾品など大きな買い物をした時の金額が書かれていた。

しかし、すごい金額だ。住所はどれも王都の一等地で、これほど潤沢な資金があれば何不自由のない生活が約束されるだろう。

セシルが以前いた隣国の後宮に比べると、お互いの距離が遠い分いざこざなどが起こりにくそうだと思った。

ウォルトグレイ家の側室としての生活が、具体的にセシルの目の前に描かれる。

「ルーウィン、側室の方々は、こちらの屋敷にいらっしゃることはあるのでしょうか」

「私が知る限り、一度もないですね。急にどうされたのですか？　そのような事を調べて」

「いえ、皆さんの生活がどのようなものであるのか知りたかっただけです。ありがとうございます」

その後セシルは職務にもどったが、ローガンから言われた言葉が重く心にのしかかり、頭の中は靄《もや》がかかったようにぼんやりとしてまるで働かず、その後の作業はただ機械的に手だけを動かしていた。

その夜、セシルは夫夫《ふうふ》の寝室のソファに座り、エドワードの帰りを待った。

ローガンから頼まれた件を、エドワードに伝えなければならない。気が重く、緊張で身体が冷え、鼓動が早くなる。

部屋に入って来たエドワードはセシルを見ると目を見開いた。

「どうした？　体調が悪そうだが」

「エドワード様、お帰りなさいませ。お待ちしておりました……」

セシルは立ち上がると、エドワードの方に身体《からだ》を向けた。

エドワードはセシルに近づき、暗く沈んだ銀色の瞳を覗《のぞ》き込《こ》むと、気遣わしげに頬に手を添えた。

「大丈夫か？」

セシルはエドワードを見上げ、心配そうな色を灯《とも》した深紅の瞳を見つめる。僅かに口を開き、言葉を紡ぐために息を吸う。頬に添えられた手に触れ、そのぬくもりと、エドワードの身体から伝わる優しさを感じた瞬間、セシルの吐く息がぴたりと止まった。

駄目だ、僕には言えない――。

エドワードに側室ができる。自分はきっと、その状況に耐えられない。

エドワードの母上だって、その他の何人もの側室たちだって同じ状況で耐えてきたはずだ。それだけではなく、世の多くの貴族の妻たちが昔から今に至るまで、似た境遇にいることだろう。

先人たちができていたそのことが、今のセシルには到底できそうになかった。

セシルだけを見つめてくれるまっすぐな瞳、温かい手、肌のぬくもり。たくさんの優しさ。

今まで生きてきて、求めても、焦がれても、誰も与えてくれなかったものを、エドワードはセシルに惜しみなく与えてくれた。

孤独だったセシルはそれが、たまらなく嬉《うれ》しく、この上なく幸せだった。

他のものは、何もほしいと思わなかった。子供の頃寂しさに泣き続けていた小さな自分が、今、その愛にしがみついている。

セシルはかつて、エドワードが別の誰か、彼が本当に愛することができる人と幸せになることを心から願っていた。自分では、それを叶《かな》えることができないからと。

しかし今は、それさえもできなくなっていた。

セシルは、エドワードから向けられる優しさを、そして一心に誰かを愛することを知ってしまった。今の自分は、当主の妻として、別のオメガの元に向かうエドワードを笑顔で送り出し、セシルに触れるのと同じその手が他の誰かに触れ、その後別のオメガの匂いを纏《まと》い帰って来たエドワードを出迎えることは、絶対にできないと思った。考えるだけで、心が引き裂かれるようだった。

そんな場面を見るくらいなら、いっそこの場から消えてなくなってしまいたかった。

そうすれば、何もかも、見なくて済む。

エドワードの温かい手のひらの感触を感じながら、思わず涙が溢《あふ》れ、次々と頬を伝う。

「セシル、どうした？　なぜ泣いている？」

エドワードは突然の涙に戸惑い、セシルを抱きしめる。

セシルは、言えなかった言葉を呑《の》み込《こ》み、別の言葉を代わりに口から吐き出した。

「申し訳ありません……エドワード様……」

セシルの心と身体はすべて、もうエドワードのものだ。

しかし、エドワードの心と身体が、セシル一人のものであってほしいという願いは、叶えることができないものだった。

セシルは、生まれてから今まで、いろいろなことに耐えてきた。
実の親からずっといないものとして扱われたこと。
十七歳で売られるように異国に嫁がされたこと。
嫁いだ先で、誰の相手にもされなかったこと。
戻ってきた途端、妹の婚約者と結婚するように言われたこと。
そしてその家の者たちから無視され、冷たい態度をとられたこと。
セシルは、そのすべてに、耐えることができた。
しかし、そんなセシルでも、これだけはどうしても耐えることができそうになかった。

16. 必要のないもの

セシルはその夜、夢を見た。

暗闇の中にセシルはいる。周りに人の気配はするのに、手を伸ばした瞬間、それは瞬く間に飛散し、姿を消した。

たった一人、長い孤独。

その時、柔らかく小さな手がセシルの手に触れ、頰にふわりとぬくもりを感じる。

「待ってて。すぐに、追いつくから」

そうだ、かつて自分も、誰かに求められたことがあった。けれど遠い昔の事だ。その声は遠ざかり、ついには何も聞こえなくなる。そしてまた、暗闇で一人になる。

再び訪れる、長い、長い孤独。

ふと目を覚ますと、目尻から涙が伝っていた。

何か懐かしい夢を見ていた気がする。温かく、嬉しい、それでいて悲しい夢だ。手のひらで涙を拭《ぬぐ》うと、セシルは身体を起こした。

隣で眠るエドワードの寝顔を見てほっとし、僅《わず》かに微笑《ほほえ》むと、起こさないように静かに寝台から抜け出した。

身支度を整えて自室から戻ってきたセシルの気配で目を覚ましたエドワードは、起き上がりセシルの元に近づくと、申し訳なさそうに口を開いた。

「すまないが、明日からまたしばらく家を空ける。討伐が難航している第一騎士団の救援に向かうことになった」

セシルは目を見開き、背筋が冷たくなる。エドワードがまた任務に赴き危険な場所に行ってしまう。

「そうなのですか……強い魔獣なのでしょうか？　お怪我《けが》などされないか心配です」

「今回は、魔獣を伴った魔族が出ているようだ。奴《やつ》らは人の言葉を話す分ある意味厄介だが、やることは、まあいつもと同じだから大丈夫だ。それより、セシルをまた、屋敷に一人にしてすまない」

「いえ、僕のほうはもう、大丈夫です」

「指輪はつけているな？　おそらくもう、何も起きないとは思うが」

その後王宮に向かうエドワードを見送ると、セシルは今日一日を休日にしてもらい自室で過ごした。

何も手につかず、椅子に座り、窓の外をぼんやり見つめていた。

自分のせいで、エドワードの貴重な時間を無駄にしている。

家の誰からも歓迎されず、ただそこにいるだけでなんの益も生み出さない伴侶《はんりよ》。今の自分ほど、このウォルトグレイ家の妻として相応《ふさわ》しくない者はいない。

そして、何より。

この先自分は、エドワードが他の誰かを選ぶところを見たくない。

なんて自分勝手なのだろうと思う。

以前エドワードが、セシルだけだ、と言ってくれたことを思い出す。このまま自分だけを見ていてほしいと言ったら、もしかしたらエドワードはその希望を叶えてくれるかもしれない。

この家の未来や、エドワード自身の幸せを犠牲にして。

そこまでのことをしてもらう資格が、今の自分にあるとは到底思えなかった。この家の繁栄を願うならば、こんな伴侶はこの家に必要ない。

もう、自分は、ここにいてはいけない。

セシルは、妹のシリーンを思い出していた。

何の前触れもなく、突如手紙だけ残して姿を消した美しい妹。彼女は想い人とうまく逃げ延び、幸せに暮らしているだろうか。

誰にも相談せず、事前に誰一人として気取られることなく突然姿を消したシリーンのやり方は正しかったと、今改めて思う。

きっと、エドワードも、エドワードの父親も、セシルの父親も、単なる家の道具のひとつにすぎないセシルの言うことなど聞く耳を持たないだろう。

それならば、確実な方法を取らなくてはならない。

しかし、あの優しい眼差しを、温かいぬくもりを、もう二度と感じることができなくなってしまうと考えると思わず涙が滲《にじ》んだ。

エドワードと離れなければならない、そう考えただけで、胸が張り裂けそうだった。

この世でただ一人、生まれて初めて、セシルが愛した人。

最近は、エドワードからもオメガとして求められていると感じられる瞬間があった。その時の震えるほどの悦《よろこ》びに、セシルはオメガに生まれて本当によかったと思うことができた。ずっと嫌でしかたなかった自分自身に、まさかこんな日がくるなんて。

しかしこれらをすべて台無しにするのは、セシルに生まれてしまったこの醜い感情のせいだ。

そう、全部、自分のせい。

そうしていつまでも座っていると、いつの間にか部屋は暗くなり、夜が訪れていた。

立ち上がり、就寝するために入念に身支度を整えた後、寝台で上掛けを被《かぶ》り横たわった。

夜遅くに帰ってきたエドワードが寝台に入ってきたので、瞼《まぶた》を開くと、エドワードがその様子に気付きセシルに声をかけた。

「すまない、起こしてしまったか？」

「いいえ、眠れなかっただけです。どうか、今回の討伐任務も、ご無事であるようにと」

それを聞くと、エドワードは近づき、その腕にセシルの身体を抱きしめながら呟《つぶや》いた。

「少しの間だが、離れるのは、寂しい」

「僕も、寂しい……です」

エドワードの言葉を聞き、セシルはその胸に顔を埋《うず》めながら言った。

「エドワード様、あの」

「なんだ」

「今、僕、発情期ではないのですが、もしお嫌でなければ、今夜抱いていただくことは可能ですか？」

エドワードはセシルを抱きしめたまま、息を呑む。

「いいのか……？　体調は？」

「大丈夫です」

「それは、もちろん……」

「ありがとうございます。明日早いのに、わがままを言ってすみません」

セシルは、思い切ってエドワードの背中に腕を回した。そのまま力を込め、ぎゅっと抱きしめる。

エドワードもそれに応え、自らもセシルに回した腕に力を込め、その華奢《きゃしゃ》で柔らかな身体を強く抱きしめた。

エドワードがセシルを仰向けにしようとすると、セシルはそれを制した。

「あの、このまま、していただくことはできますか？　上掛けの中で、向かい合ったまま」

セシルはエドワードの頬を両手で包むと、身体を伸ばしてエドワードに口づけた。唇を食《は》むように始まった遠慮がちな口づけは、やがてエドワードの舌がセシルの口内に割り込んでくることにより深いものへと変わっていく。お互いの呼吸と、口の中の水音が部屋に響き渡る。

下腹部にあたる固い感触を感じ始めると、そのままセシルは、自らの寝着を腰のあたりまでたくしあげた。

エドワードも下穿《したば》きを下ろすと、屹立《きつりつ》の先端をセシルの後孔にあてがう。

そこに力をこめてぐっと押し付けると、まだ開いていない後孔には入らず、セシルは僅かに怯《ひる》み、腰が持ち上がる。

エドワードは逃げるセシルの身体を切なげに抱き込むと、動かないように固定し、そのまま腰をゆっくりと押し上げれば、めりめりと音がするかのように、閉じた後孔を硬い屹立が割り開いた。

「はっ、ああ、はっ」

その圧迫感に、セシルの目の前が白む。

エドワードは苦しげに呻《うめ》く。

「きつい……」

ゆっくりと、確実に、狭い内壁の中を押し進めていくと、中に仕込まれた香油がじわりと外に染み出し、セシルの腿《もも》を伝う。

後孔の入り口にエドワードの根本がぎゅっとあたる感触がすると、開ききっていない内壁が馴染《なじ》むまで、エドワードはそのままの状態で静止した。

徐々に中が弛緩《しかん》してくると、エドワードはゆるゆると陰茎を途中まで引き抜き、再び時間をかけてゆっくりと奥に押し込む。

そのまま最奥まで到達すると、ぎゅうっと先端を押しつけた。

「ああっ、あ、はあ、はあっ……」

セシルから甘い声が漏れる。

部屋にはその喘《あえ》ぎ声《ごえ》と、僅かな衣擦《きぬず》れの音と共に、二人の荒い息遣いだけが響く。

穏やかな情交の中、荒い息を吐きながらエドワードが再び中で静止すると、セシルはエドワードの首筋に顔を埋め、耳元でおずおずと不安げに尋ねた。

「あの、エドワード様、僕の中、気持ちがいいですか？」

それを聞くと、切なげに小さく呻くかのように、エドワードが答える。

「ああ、すごく、気持ちがいい……」

「よかった……。僕もエドワード様が中にいると、とても気持ちがいいんです」

セシルの中の欠けた部分が、ゆっくりと満たされていく。温かくて、嬉《うれ》しくて、幸せで、セシルは涙を浮かべた。

セシルはエドワードの首に腕を回し、その首筋に、かぷり、と弱く噛《か》みつく。自分が決して許されない番《つがい》になる行為を、代わりに自分で模す。

エドワードはその感触にたまらなくなり、きつくセシルを抱きしめ、セシルの首筋に唇を押し付けると、そのまま小さく唸《うな》りながらセシルの最奥に精を吐き出した。

二人は荒い息を吐きながら抱きしめ合い、しばらく繋《つな》がったまま、お互いの体温を感じていた。

セシルは幸せだった。

エドワードから香るフェロモンが身体中《からだじゅう》に満ちて、頭の上から指先まで染み渡っているのがわかる。種が注《そそ》ぎ込《こ》まれた胎の中はじんわりと熱を持ち、心地好《よ》い余韻が広がる。

今感じている、包み込まれるような、この温かいぬくもりを記憶に刻み込もう。

いつでも思い出せるように、忘れないように。

セシルは、目を閉じて、自分の心の中を見つめた。

奥の方に、ぼんやりと光を放つエドワードへの想いを見つける。そっと手に取り、手のひらに載せたまま指を閉じると、力いっぱい握りつぶした。そしてその残骸《ざんがい》を、見えないように心の奥底にしまい込む。

大丈夫、最初に戻るだけだ。何もなかった、あの頃の自分に。

◆

翌朝、屋敷の入り口で出立するエドワードをセシルはいつも通り笑顔で見送った。

そのまま執務室に向かうと、ルーウィンにこれからしばらく実家に滞在すると言い、今回の帰省はエドワードに伝えているため、連絡する必要はないと告げた。

部屋に戻ると荷造りをし、カバン一つに少ない荷物を詰め込むと、昼前に屋敷を出た。

歩いて街の中心部に向かうと、王立の役所の出張所に入る。そこで手に入れた書類に記入し、他のものと一緒に丁寧に畳んで封筒に入れると、送り先を記入して窓口で送った。

セシルは外套《がいとう》のフードを目深に被り、外に向けて足を踏み出す。

そして雑踏の中に姿を消した。

しかしその少し後、その日は全く風のない日だったにもかかわらず、セシルの跡を追うように強い一陣の風が辺りに吹き抜けた。

その違和感に、周りの人間はおろか、セシル本人でさえも、まるで気付かなかった。

◆

五日後、エドワードが任務から帰還しセシルの自室にいつものように会いに行くと、セシルはいなかった。

不審に思い、執事にセシルの居場所を聞く。

「セシルはどこにいる？」

「わたくしは、存じ上げておりません」

「存じ上げていない？　この屋敷には居るのか？」

「いえ、それもわかりかねます」

屋敷にいるかすらわからない？　どういうことだ？　エドワードの深紅の瞳《ひとみ》が怒りに燃え始める。

「わからない？　お前はそれで、なぜそんなに平然としていられるのだ？」

執事はその姿を見てはっとし、初めて事態の深刻さに気付くと、身をすくませ、冷や汗をかき始めた。

「も、申し訳ありません……」

「もういい。処分は追って検討する」

大股《おおまた》でその場を去ると、通りかかったメイドにセシルの居場所を尋ねるも誰もが首を横に振った。

「なぜ、誰も知らないんだ？」

勢いよく執務室のドアをバンと開くと、エドワードは叫んだ。

「ルーウィン、セシルはどこだ？」

ルーウィンは珍しく慌てた様子のエドワードに驚く。

「しばらくご実家に行かれるとのことでしたが。エドワード様が任務に向かわれた日から」

「実家に行く……？」

「はい、エドワード様にもお伝えしたとおっしゃっておりましたが、聞いておられませんでしたか？」

そんなことは全く聞いていない。セシルがあのひどい扱いを受けていた実家に自分から行くなんて信じられなかった。

エドワードは不審に思ったものの、セシルの実家に早馬で急ぎ使いを送る。

その後、ルーウィンがエドワードの元に来て告げた。

「そういえばセシル様は、ある時から様子が少しおかしくなっておられました。エドワード様が任務に行かれた前々日に、ローガン様に呼び出されまして、その後から」

「前々日？　父上が？」

夜に涙を流していたあの日だ。全く理由はわからなかったが、あの日父上から何か言われていたのか？

あの時確かに、セシルはひどくうろたえていて様子がおかしかった。もっと深く追及すべきだったのに。

エドワードは、過去の自分の愚かさに唇を噛む。

しばらくすると、セシルの実家から慌てた様子で戻ってきた使いが告げた。

「セシル様はいらっしゃらないとのことです」

「たまたま出かけていたということでもなく？」

「そもそもご実家には帰っていらっしゃらないとのことでした。ご結婚されてから、一度も来ていないと言われてしまいまして……」

エドワードはそれを聞き、背筋が冷たくなった。

――では、セシルは今一体どこにいるのだ？

その時、開け放たれたドアの前に、怯《おび》えた様子の執事がおずおずと姿を見せた。

「エドワード様、今思い出したのですが、数日前に、エドワード様宛《あて》にセシル様から封書が届いておりました。エドワード様の執務室に置いてございます……」

エドワードは、急いで自分の執務室に向かうと、溜《た》まった手紙の中から一通の封書を取り出した。

その封書からは、一瞬、甘い香りがかすかにふわりと香る。

セシルのフェロモンの匂いだ。

エドワードは、急いで封を切り、中の手紙を取り出す。

便箋《びんせん》に繊細な筆跡で書かれていたのは、エドワードとの離縁を願う、というものだった。

それと共に、セシルのサインと必要事項が既に記入され、エドワードのサイン部分のみが空欄になった離縁書が入っていた。

そして、封筒の底には、布にくるまれた何か小さく硬いものが入っていた。

取り出して注意深く布を開くと、それはセシルに贈った赤い石の指輪だった。

「これを見れば、ずっと傍《そば》にいるような気持ちになれますね」

初めて指につけた晩、セシルはそう言って嬉しそうに笑ってくれた。はにかみながら微笑《ほほえ》んだセシルの顔が蘇《よみがえ》る。

その指輪を、返すなんて。

エドワードは、呆然《ぼうぜん》とした。足元の床が、ガラガラと音を立てて崩れていくような感覚。

頭から血の気が引いていく。

何よりも大切だったものが失われた絶望に、その場に立ち尽くしていた。

17．空っぽの心　エドワード視点

エドワードは、産月に至る前に産まれてしまった子供だった。

とりあげた医師は、あまりの身体の小ささに命の灯火《ともしび》が今にも消えてゆくように感じ、その先の成長を絶望視した。

生まれてしばらくは何度も呼吸が止まりかけ、死の危険と常に隣り合わせだったエドワードだったが、医師や乳母《うば》たちの昼夜問わずの看病により何とか持ち堪《こた》え、ある日を境に無事に成長し始めると両親はほっと胸を撫《な》で下《お》ろした。

エドワードなりのペースで少しずつ成長をしていたものの、二歳を過ぎても同年齢の子供に比べると身体は小さく痩《や》せていた。また、声がけには反応するもののなぜか全く喋《しゃべ》ることがなく、医師に診《み》てもらっても原因らしきものを見つけることができなかった。

全く話すことがなかったエドワードが四歳を過ぎたある日、転機が訪れる。

「竜のよだれが、父上の頭に垂れそうです」

突然、流暢《りゅうちょう》に話し始めたエドワードに父親は目を丸くした。

「エドワード、話せるのか？　しかも今、竜と？」

驚く父親に、エドワードはきょとんとした顔を向けていた。

実際にはエドワードはまだ歩行もおぼつかない頃から大人たちが何を話しているのかを全て理解していた。年齢より大人びた思考をし、周りの様子をただじっと観察していた。喋らなかったのは、大人たちがあれこれやってくれるしと、言葉を発する必要性を特に感じていなかっただけだった。

「いいか、エドワード、この生き物のことは、父上と二人だけの秘密だ。他のみんなは驚いてしまうからな。約束してくれ」

父親の言葉を聞くと、その大きな深紅の瞳を見開いてエドワードはこくん、と頷《うなず》いた。

その瞬間、第三子であるにもかかわらずエドワードがウォルトグレイ家の嫡男となることが決まった。正嫡や庶子の複数の子供たちの中でただ一人、この一族特有の能力を受け継いでいたためだった。

父親は血を分けた後継者の出現を大層喜んだ。「竜」と発したことにより、エドワードがウォルトグレイ家特有の「眼」を持っていることが明らかになったからだ。

その能力は、正確には魔法とは違うものだった。代々ウォルトグレイ家のごく一部のアルファはこの一族しか持たない独特な色彩の深紅の瞳を持ち、他の人間には見えないものが「視《み》える」能力があった。現在その力を有するのは、エドワードの父親のローガンと、エドワードだけだ。

「エドワード、あそこに視える、僅《わず》かに色づいた光を発しているもの、あれは、他の人間には見えていないものだ。俺と、お前だけが視えている」

父親はエドワードに、普通の人々に見えるものと、見えないものの区別の仕方を教えた。ウォルトグレイ家で能力を有する者たちの間では、その本来見えざるものたちのことを総称して便宜上「精霊」と呼んでいた。

精霊は、見た目は動物に似ているが、その身体能力や知能は全く違っていた。

馬や犬や猫に比べると動きが素早く、あるものは羽がないのに空が飛べたり、あるものは天井に頭が付くほどに高く跳躍したりすることができた。こちらの呼びかけに反応するものや、人の言葉を理解しているような素振りを見せるものもいた。

どうやらエドワードから視られていることに気付いているようで、興味をもって近づいてくるものたちもいたが、気まぐれに離れていっては、各々自由に過ごしていた。

父親は、精霊の特徴についても説明した。

「たいていの精霊は、視えるだけで、触れることができないものが多い。しかし、いくつか例外がある。そのひとつが……」

父親はそう言うと、エドワードの手を取り、手のひらを広げさせた。その上に、緋色《ひいろ》の鱗《うろこ》に覆われた黒い鉤爪《かぎづめ》が生えた硬い前足を載せる。

「竜は、お前に触れられるし、こちらの世界に干渉できる」

精霊の中でも、竜と呼ばれる精霊は特別な力を持っていた。

全身を硬い鱗に覆われ、大きな翼で滑らかに空を飛び、足には鋭い鉤爪を持ち、びっしりと牙《きば》が生えた大きな口から灼熱《しゃくねつ》の炎を吐いた。見えない姿から繰り出される竜の力は、普通の人々には魔法のように映った。

竜と契約し使役することにより、ウォルトグレイ家は魔法士として王に仕えることができていた。

通常の魔法士は、自身の魔力を炎や風、氷などに具現化することにより攻撃魔法を放つ。魔力は使えば枯渇するし、相手の魔力を見ればあらかたその強さを測ることもできる。

しかし、ウォルトグレイ家の力は魔法士本人に魔力はほとんど存在せず、詠唱や陣を描くこともなく離れた場所から繰り出され、その総量もわからず、枯渇することもあまりない。旧王家の時代、精霊士を名乗っていたウォルトグレイ家は異端だと迫害され厳しい時代を迎えたこともあったが、現在の王がまだ一貴族だった時にその実力を買われ先の戦争に大いに貢献したため、その特殊性において現在の王宮の魔法士の中でも特別な地位を得ていた。

エドワードの父親が契約し使役する竜は、鱗が緋色に輝く美しい姿をしており、ヴィセルと名付けられ忠実に父親に仕えていた。馬ほどの大きさで神話に出てくるものに比べると小さかったが、強く賢く、父親と強い絆《きずな》で結ばれていた。素早く魔獣の喉元《のどもと》に喰らいつく鋭い牙とその口から吐き出される炎で、魔族や魔獣の討伐任務で活躍していた。

「お前の周りにも竜がいるだろう？　いずれその竜を使役し、魔法士として王に仕えるのだ」

父親が言うように、エドワードの周りにもいつからか黒い竜が傍にいた。その竜は、元はエドワードの祖父が使役していたドラクセスという名の竜だった。

黒曜石のような真っ黒な硬い鱗に覆われ、歴代最強と謳《うた》われた祖父と共に戦争や討伐に明け暮れた伝説的な竜だった。竜は成体になっても生きている間は成長し続けるため、ヴィセルよりも長く生きているドラクセスは一回り身体《からだ》が大きい。

しかし、祖父亡きあとは人間に寄りつくことはなく、気まぐれにどこかに行っては帰ってきて、屋敷内や庭園をうろうろしていたところ、エドワードが成長し自分を視ているることに気付くと近づいてくるようになったのだった。

しかし、近くに寄っては来るもののエドワードに懐くわけではなく、距離を詰めようとすると落ち着きなく暴れ、値踏みするように気まぐれに働きかけては必要な時に限って姿を現さなかったりした。

父親は言った。

「ただ視えるだけではだめだ。竜を御すためには、契約をする必要がある」

「契約とは何ですか？」

「竜が望むものをこちらから差し出すことだ。それにより竜は力を得るし、お前も竜の力を借りることができる。お互いを必要とし、強い絆で結ばれる」

「その望むものとは、何でしょうか」

「竜との対話すらまだできていない状況なのか？」

父親は信じられない、と言ったふうにエドワードを見た。

一度、しびれを切らした父親を通じてエドワードはドラクセスとの契約を試みたことがあった。初めて聞く、心に語りかけるドラクセスの声は次のようなものだった。

〝その者の心には契約に値するものは何ひとつない〟

ドラクセスとの契約に必要なのは、自分の心にあるはずの何かであるようだった。しかし、肝心のそれが何なのかはエドワードにはまるでわからなかった。

自分がエドワードの年齢の時には既に契約を済ませ、竜と遊んでいたものだがとため息をつきながら言うのは父親の口癖で、早く契約しろと事あるごとに言い、徐々に苛立《いらだ》ちを隠さなくなっていった。

エドワードの上の兄弟も、なぜ自分より後に産まれた上、身体が小さく無口で陰鬱《いんうつ》なエドワードが跡継ぎとされているのか納得がいかず、エドワードが父親から叱責されるたびにせせら笑い、嫉妬《しっと》により時にエドワードに暴言を吐いた。

父親がエドワードに期待するのは、ウォルトグレイ家の跡取りとしてそれに見合う能力を身につける事だったため、周りの兄弟たちには目尻《めじり》を下げ甘やかすのとは違い、エドワードには後継として殊更厳しく接した。精霊を御す事だけではなく、学問の習得や基本的な剣術、乗馬の鍛錬などもそれに含まれた。

幼い頃はそれなりに素直な感情を表に出していたエドワードも、そのような周りの環境に加え、他の人が見えていないものが視えていることを気取られないように、精霊たちの働きかけに反応しないように……と心に言い聞かせるうちに、どんどん無口で無表情な子供になっていった。

エドワードの未来は既に決まっており、そこに至るまでの道は一本道で硬く舗装され、脇道に逸《そ》れることは一切許されなかった。

その道は、エドワードが自らの意思を自覚するよりも先に、当然そこにあるものとして既に敷かれていたものだった。

エドワードの心は空っぽで、特にその上を歩きたいとも、歩きたくないとも思わず、言われるがままにただ足を動かしているような状況だった。

六歳で決まった婚約も、そんなふうに自分の意思とは関係なく次々と決まっていく事象のひとつに過ぎなかった。

「こちらはシリーン・スチュアート。今日からお前の婚約者だ」

両親に伴われての初めての顔合わせの日、目の前の女の子は、ドレスの裾《すそ》をつまみ、礼儀正しくお辞儀をした。

婚約者とされた自分より身体が一回り大きな年下の女の子に会った時も、エドワードの心は何ひとつ動かず、特に何の感情も抱くことはできなかった。

18. 銀色の髪の人　エドワード視点

その年の夏、両親とエドワードはスチュアート家の別荘地に招待された。

王都から馬車で一日ほどの湖畔に佇《たたず》む屋敷は広く贅《ぜい》を尽くされていて、スチュアート家の莫大《ばくだい》な財力を見せつけられるかのようだった。スチュアート家の当主とその奥方、エドワードの婚約者のシリーン、そして五人の兄弟たちがエドワードたちを出迎えた。スチュアート家の人々は皆一様に亜麻色の髪と緑色の瞳《ひとみ》を持ち、一目でこの家の者だとわかる見た目をしていた。

初夏の田園地帯は気候がよく爽《さわ》やかな風が吹いていた。久しぶりの遠出に、傍《そば》にいるドラクセスからもどことなくうきうきした気持ちが伝わってくる。

しかし、晩餐《ばんさん》の途中でふと気付くとドラクセスはいなくなっていた。気まぐれにまたどこかへ出掛けているのだろうと高を括《くく》っていたが、念のため晩餐後に父親に報告すると、それを聞いた父親の顔がみるみるうちに歪《ゆが》んでいった。

「あの竜をこの離れた地で失えば、お前はただの能無しとして一生を過ごすことになるのだぞ。何を呑気《のんき》にしている。一刻も早く探し出せ」

父親は声を荒らげることはなかったが、苛立ちに満ちたその深紅の瞳がどれほどの怒りに燃えているかを物語っていた。

エドワードは、ひゅっ、と反射的に息を吸い込むと、顔から血の気が引いて行くのを感じ、その場から急いで走り去った。

「早く、ドラクセスを探さないと……」

屋敷の中を探したが、この屋敷に住まう精霊たちが驚いたようにこちらに振り返るだけで全く見当たらない。

エドワードが屋敷の外に出ると、辺りはもう暗く、広い庭園にぽつぽつと点在する灯《あか》りの他は辺りには濃い暗闇が広がっていた。エドワードは庭園の奥深くまで足を踏み入れたが、そこはもう灯りはなく真っ暗で、行く先は足下すら何も見えなくなった。

手探りで歩いていたその時、硬く飛び出た何かに躓《つまず》き、エドワードの身体が大きく傾く。地面に胸を強く打ち付けた衝撃で一瞬呼吸が止まると同時に、両膝《りようひざ》に鋭い痛みが走った。

膝丈《ひざたけ》のズボンを穿《は》いていたため、膝はむき出しの状態で石ころだらけの硬い地面を擦《す》っており、しばらく痛みで起き上がれずに呻《うめ》いていると、両膝にぬるりと生暖かい感触がした。恐る恐る触れると、べたべたとした液体が手についた。

「痛い……」

情けなくて、エドワードの目から涙がこぼれ落ちてきた。自分は見知らぬ暗闇で愚かにも転んで怪我《けが》をしている。竜と契約するどころか意思の疎通さえできず行方もわからない。父親の期待には応えられず兄弟たちからも馬鹿にされている。

僕は、なんて駄目な奴《やつ》なんだろう……。

今まで気付かないふりをしていた自分の無力さをまざまざと感じ、このままこの闇の中に消えてなくなってしまいたかった。なぜ自分にこんな能力が与えられてしまったのかはわからないが自分には不相応だと思った。

エドワードは、自らこの後継ぎの地位を望んだことは一度もない。この立場を羨《うらや》み「いつでも代わってやる」と日々妬《ねた》む兄たちに、譲れるものなら譲りたいといつも思っていた。

無能な自分は、このまま竜がいようといなくなろうと、きっと何ひとつできるようにはならない。

ここが誰もいない暗闇でよかったと思った。泣いているところなど見られたら、父親には叱責され、兄弟には馬鹿にされてしまうだろう。

立ち上がる気力もなく、そのままごろりと寝返りをうち仰向けに寝転んだ。石ころと土の感触が頭の後ろにごつごつとあたったが、もう構わなかった。

見上げた木々の間からは夜空に浮かぶたくさんの星々が見え、涙で滲《にじ》んだ視界いっぱいにぼんやりと広がった。

エドワードが暮らす王都では、こんなにたくさんの星を見たことがなかった。

地上を見下ろす星々に見とれているうちにだんだんと目が慣れてきて、暗闇だと思っていたそこにぼんやりとした輪郭が浮かび上がってくる。

すると、森の木々の向こう、月明かりに照らされた先に揺らめく小さな煌《きら》めきを見つけた。

エドワードは痛む身体に耐え何とか立ち上がると、ちらりと見えた輝きを目指して木々の間を足を引きずりながら歩いていく。その光に近づくにつれ、かすかに水が流れる音が聞こえてきた。

木々の間を抜けると、そこには大きな湖が広がっていた。

広い水面が夜空の月明かりや星々の光を反射して輝き、時折魚が跳ねるとその跡が光の輪を広げた。

湖の周りには、水辺をぐるりと取り囲むように月灯花《げっとうか》が咲き乱れ、降り注ぐ月の光をそのふっくらとした白い花びらに蓄えながら、青白い光をぼんやりと放っている。

エドワードが光に吸い寄せられるように湖に向けて足を向けたその時、するりと視野の端で動く影があった。

「ドラクセス……！」

月の光を浴びて黒い鱗を鈍く七色に煌めかせながらドラクセスは地面にうつ伏せていた。長い尻尾《しっぽ》を空中にゆるやかに漂わせ、何かを守るように身体を丸めている。気持ち良さそうに喉《のど》を鳴らしながらシュルシュルと舌を出している。

いつもせわしなく動いていることが多いドラクセスが、こんなに心地好《よ》さそうにゆったりとくつろいでいるのを見るのは初めてだった。

無事でよかった……。

その姿を見て、エドワードはほっと胸を撫《な》でおろす。

その時、ドラクセスの丸くなった身体の中央に何かがいることに気付いた。

エドワードは初め、それを精霊だと思った。

月の光を受け周りにぼんやりとした白い光を纏《まと》い、銀色の糸の様な長い毛が光を発するかのように輝きながらさらさらと風に靡《なび》いている。

幻想的な風景の中で、徐々に近づきその輪郭が見えてくると、それは精霊ではなく地面に座りこむ人間であるかのようにも見えた。

一歩ずつゆっくりと歩むエドワードの足元で、パキッと小枝の折れる乾いた音が鳴る。

その音に銀色の頭がびくりと震え、顔を上げ振り返る。

「だ、誰？」

こちらを見つめる瞳は大きく見開かれ、怯《おび》えを含みながら警戒の色を滲ませている。その頬には涙に濡《ぬ》れた跡があり、手のひらで慌てて拭《ぬぐ》う仕草をした。

エドワードの姿をみとめた瞬間、一気に表情がやわらぎ、代わりにその顔に驚きの色が浮かぶ。

「え、子供？　こんなところに、なぜ？」

銀色の髪の人は勢いよく立ち上がると、急いでこちらに駆け寄り、しゃがんでエドワードに視線を合わせた。

自分を見つめるその瞳を一目見た瞬間、エドワードの身体《からだ》は固まり、目が離せなくなる。

大きな銀色の瞳は、心配そうな色を浮かべながらも、夜空の星々の光を集めたかのようにキラキラと輝いていた。

その目を縁取る濡れた銀色の長いまつげは、瞬きをするたびに反射する光の向きを変え、煌めきながら上下に揺れている。

首にかかるまっすぐな銀色の髪は、月の光を流し込んだかのように光を発し、周りの空気の流れに合わせ軽やかに風になびいていた。

「……お兄さんは、精霊？　それとも人間……？」

思わずそんな言葉が口から洩《も》れた。精霊であっても、人間であっても、こんなにも何かを美しいと感じたのは生まれて初めてだった。心臓がドキドキと大きく鼓動し、上気した頬が赤く染まっていくのがわかる。

目の前にいるその人は精霊ではなく、すらりとした体軀《たいく》の人間の青年だった。

エドワードが思わず呟《つぶや》いた言葉は、目の前の人にははっきりとは届かなかったようで、エドワードの身体に怪我がないかを調べながらその人は聞き返す。

「え？　何か言った？」

「いえ……何も……」

「転んじゃったんだね。大丈夫？　痛かったね。ちょっと顔とかを触ってもいい？　泥とか葉っぱとか取るから」

そう言ってハンカチを取り出すと、エドワードの涙や鼻水で濡れた顔や、泥の付いた頬を拭《ふ》き取り、頭や服についた葉や土を払った。自分はどうやらかなり汚れた状態だったらしいことに気付く。

エドワードの両膝の状態を見て、その人は呟く。

「足、痛そうだなあ。早く傷の手当てしないと」

エドワードの頭に手のひらをのせ優しく撫でると、安心させるようにふわりと微笑《ほほえ》む。

「うちのお客さんかな？　僕の名前はセシル。君の名前は？」

「……エドワード」

「エドワード君か。かっこいい名前だね。じゃあ一緒に屋敷に帰ろうか。ちょっとごめんね」

そう言うと、エドワードの腕の下に手を入れ、そのまま軽やかに抱き上げた。

柔らかい身体がピタリとあたり、まっすぐな銀色の髪が頬を掠《かす》める。突然身体が密着し、エドワードの心臓はドキンと大きく跳ねた。

エドワードを抱き上げたまま、セシルは足を踏み出し風を切って歩き出す。

いつもより高い視界に驚きながら、抱かれるのはいつぶりだろうと考える。まだ歩行がままならなかったときに乳母《うば》にされたきりな気がする。その懐かしい感覚に、エドワードは今まで感じたことのないほどの嬉《うれ》しい気持ちがこみ上げる。

「あの、重くないですか、ごめんなさい」

「全然重くないよ。僕、結構力持ちだから」

そう言うと、優しい色を浮かべた銀色の瞳がいたずらっぽく微笑んだ。

人から思いやりを向けられるのが久しぶりで、以前向けられたのがいつだったか思い出すことができないほどだった。心が温かくなり、張り詰めていた緊張の糸が嘘《うそ》のように緩んでいく。

歩くのに合わせて身体が揺れるため、恐る恐るセシルの首に手を回してみると抵抗はなかったので、思い切ってそのまま、ぎゅうっと力を込めて抱きしめた。

柔らかですべすべとした肌の感触と共に、温かなぬくもりが伝わってくる。

その首筋からは、なんだか甘くて、吸い込むとたまらない気持ちになる匂いがした。さりげなく髪に頬を寄せ、首に鼻を近づけこっそりスンスンと匂いを嗅《か》ぐと、ドキドキと胸が高鳴った。

この人は誰なのだろう？

すらりとした細い体躯に、全く陽に焼けていない白い肌、大きな瞳と中性的で整った顔立ちに、髪はほつれる事なくまっすぐ肩の下に流れている。

その美しい姿は、使用人とはとても思えなかった。

しかし、スチュアート家の人たちは皆一様に亜麻色の髪に緑色の瞳でセシルの特徴とは全く異なっていたため、親族と考えるのも疑問が湧いた。しかも家族が一堂に集まる顔合わせや晩餐でも一切見かけたことがない。

ドラクセスは二人の周りを浮遊しながらゆっくりと後をついて来た。どこかに行くこともなく、ぴたりと傍《そば》に寄り添っている。時折エドワードの尻《しり》を鼻先で持ち上げては、セシルが抱き上げる負担を軽くしてあげているようだった。

初めて会ったはずのセシルに、なぜドラクセスが懐いているのか不思議だった。セシルは竜の存在に全く気付いていないようだし、気性が荒いドラクセスは、視《み》えているはずの自分や父親にすらこのように寄り付くことはなかった。

屋敷に戻る道沿いには、湖の周りと同じ月灯花が咲き、元来た道と行く先をぼんやりと照らしている。

「この場所、綺麗《きれい》でしょ？　僕のお気に入りの場所なんだ。一人になるにもちょうどいいし。でもちょっと暗くて危ないから、もう少し大きくなったらまたおいでね」

そう言うと、セシルは穏やかに微笑んだ。

優しい人だ、とエドワードは思った。

セシルは、自分があの場に現れるまでは一人で泣いていたはずだ。一瞬見えた濡れた頬と潤んだ瞳がそれを物語っていた。

それなのに、悲しみを見せるような素振りは一切せず、不安にさせないよう明るく振る舞いながら、突然現れた見ず知らずの自分のような子供を心から心配し、優しさを向けることができる。

どこまでも優しく、その心に強さを秘めている人だと思った。

その心の有り様に、エドワードはどうしようもなく惹《ひ》かれた。

セシルは少し視線を上げ考え込むと、口を開く。

「エドワード……そうか、確か、シリーンの婚約者だったよね？　シリーンは僕の妹だよ」

「シリーンの、お兄さん？」

「うん。シリーンはいい子でしょ？　自慢の妹」

「あの……」

「ん？」

「セシルは、婚約者いる？」

「僕はいないよ。あまり人気がなくて」

セシルがわざと眉毛《まゆげ》を下げ、困った顔をして笑ったのを見た途端、胸がちくりと痛んだ。

そんな顔、する必要ないのに。

そう思いながら、エドワードはセシルの銀色の瞳《ひとみ》をまっすぐに見つめた。

「セシルは、優しいし、その、すごく綺麗……だし、素敵だと思う。もしいないならさ、待っててくれない？　僕が大人になるまで」

セシルはそれを聞くと、一瞬目を大きく見開き、驚いた様子でエドワードを見つめた。

その後、嬉しいような、困ったような、どちらともつかない複雑な笑みをその顔に浮かべた。

「わあ、褒めてくれて、ありがとう。でも、どうかな。エドワード君は、シリーンの婚約者だからね」

「シリーンとは、結婚しないよ」

「そういうわけにはいかないよ」

「ううん。だからさ、待ってて。すぐに、追いつくから」

二人の周りには、穏やかな夜風が吹いている。

その風は辺り一面を駆け抜け、たくさんの月灯花がさわさわと揺れながらぼんやりした光を放っていた。

「でも僕、その頃には結構歳《とし》とっちゃってるし、がっかりするよ、きっと」

セシルは、自嘲《じちょう》をこめて少し笑う。

エドワードは、セシルの首に回した腕に力を込めると、風になびく髪に顔を埋《うず》めた。

「そんなこと、絶対ない」

「エドワード君は優しいね。気持ちだけ、もらっておこうかな」

嬉しそうに弾むその声は、その後、少し悲しげな声色に変わった。

「でも、僕のことはもう忘れちゃった方がいいよ。君はまだ小さいからできるはず」

そう言って、エドワードの背中を優しく撫でた。

忘れた方がいいとは、どういうことだろう。

今まで何に対しても心が動くことがなかったエドワードにとって、セシルと出会ったこの瞬間は、今まで生きてきた中で何よりも印象的なものだった。

生まれて初めて感じるこの胸を締めつけられるような想いは、この先絶対に忘れることなどできそうになかった。

背中に触れる温かい手のひらの感触を感じながら、エドワードにはある想いが芽生えていた。

――この人の傍にいたい。

セシルに回す腕に力を込めてぎゅっと抱きしめ、その滑らかな顔に頬を寄せる。

心を搔《か》き立てる甘い香りと心地好《よ》い揺れの中で、この時間がずっと続けばいいのに、と思っていた。

19．契約　エドワード視点

屋敷の明かりが徐々に見えてくると、セシルはエドワードを抱いたまま庭園にある裏口から屋敷に入った。

最初に会ったメイドが「きゃあ！」と叫び、「坊ちゃんが！　坊ちゃんがいらっしゃいました！」とバタバタと勢いよく駆けて行った。

どうやらエドワードがいなくなったことにより、屋敷は大騒ぎになっていたらしい。

玄関ホールに入ると、セシルはその場に控えていた侍医に抱いていたエドワードの膝《ひざ》を見せる。

「この子、足の怪我《けが》がひどいから、デイヴィス、手当てお願いできる？」

デイヴィスと呼ばれた侍医は、怪我の状態を見ると、かしこまりました、と言ってエドワードを抱き上げ、その場から離れようとした。

「あ、待って……」

セシルに、まだお礼が言えてない。

セシルは侍医につれられて離れていくエドワードに穏やかに微笑み、ひらひらと手を振った。

遠ざかるセシルに声をかけようとしたその時、セシルの方に鬼の形相で駆け寄ってくる人影があった。それはセシルの父親だった。

「セシル！　ご子息に怪我をさせるなんて、なんてことをしてくれたんだ！」

大きな声に驚いてセシルは振り向く。父親はセシルに向かって手を伸ばし、その肩を乱暴に摑《つか》もうとした。

その瞬間、それは起こった。

だめだ……！

エドワードの頭の中で、ドクン、と何かが大きく脈打つ。

それと同時に、ドラクセスが素早く移動し、セシルの父親の腕を振り払う。

不可解な衝撃に何が起こったのかわからず、面食らった様子の父親は動きを停止する。

父親の動きに身構えてとっさに目をつぶったセシルだったが、不思議そうに恐る恐る目を開けた。

「え……？」

「部屋にいろと言ったはずだ。戻って、出てくるな」

父親にそう吐き捨てられると、セシルは黙って目を伏せ、素早く身を翻し足早に二階へと消えて行った。

セシルの父親はくるりとエドワードに向き直り、わざとらしく心配そうな表情を顔の表面に浮かべながら近づいてきた。

「エドワード殿、大丈夫ですか？　うちの者がご迷惑をおかけして大変申し訳ございません」

「ち、違うんです、あの人は……」

「なんにせよ、早く手当てを。デイヴィス」

エドワードはそのまま、何の説明もできずに侍医に処置室に連れて行かれてしまった。

手当てを終えてエドワードが自分に与えられた客室に戻ってくると、ドラクセスが既に部屋の中にいた。

「さっきは、セシルを助けてくれてありがとう。あのままだったら、きっとセシルは痛い思いしてた」

お礼を伝えたがドラクセスは答えず、じっとその金色の瞳でエドワードを見つめた。

そしてそのまま目を逸《そ》らせうつ伏せると、瞼《まぶた》を閉じて静かに眠り始めた。

ドラクセスが珍しく傍で穏やかな様子でいることを不思議に思いながら、自分のせいでセシルに悪いことをしてしまったと心が痛んだ。

明日、なるべく早くセシルの父親にセシルは何も悪くないと弁明する必要がある。

セシルはあの暗闇で自分を見つけてくれて助けてくれたというのに、迷惑をかけた上お礼のひとつも言えなかったことを悔やんだ。

翌朝、セシルの父親に昨夜の事情を説明し、セシルは全く悪くなく、むしろ自分を助けてくれたのでもう一度会ってお礼が言いたいと伝えたものの、「エドワード殿と本来お会いできるような者ではございませんので」と取り次いでは貰《もら》えなかった。

手紙を書いてスチュアート家の執事に渡すようにお願いしたものの、返事が返ってくることはなく、届いているかすらわからない。

セシルは翌日以降も一度も姿を見せることはなかった。他の子供たちはいるのに、やはりなぜかセシルだけがいない。

エドワードはもう一度、一目でいいからセシルに会いたかった。

いつも何事にも心が動かず、言われたことのみ無気力にこなすだけだったエドワードだが、こんなにも何かをしたいと思ったのは初めてだった。

いよいよ明日王都に戻るという最後の夜、エドワードは部屋を抜け出し、屋敷の窓を見上げながら庭園を歩いた。

四階建てのこの広い屋敷に並んだたくさんの窓のどれかひとつにセシルはいる。しかし、こんなにも近くにいるというのに会うことはできず、明日自分はこの屋敷を去らなければならない。

もしも今窓辺に立ち、カーテンを開けこちらを見下ろしてくれたなら、その姿をもう一度見る事ができる。

自分がここから大声で名前を呼んだら、驚いて窓を開け庭園を見下ろしてくれるだろうかという馬鹿げた考えが一瞬頭をよぎった。

しかしそんな事をしたら、この屋敷の大勢の人々も同様に気付き騒ぎになり、セシルを見るどころではなくなってしまうと思い直す。

もしかしたら、自分の代わりにまた何の罪もないセシルが罰を受けてしまう可能性すらある。

灯《あか》りが漏れるたくさんの窓の中にエドワードが求める姿はついぞ見つけることはできず、ため息をつくとエドワードは部屋に戻った。

結局、スチュアート家の別荘での滞在中、再びセシルに会うことは叶《かな》わなかった。王都に戻った後、またスチュアート家を訪れた際に会えるだろうかと望みをかけた。

セシルについては、不思議に思う点がいくつかあった。

シリーンの兄と言っていたのに、他の家族と全く似ていない事、顔合わせや晩餐《ばんさん》など家族が集まる場になぜ姿を現さないのかという事、そして何より、ドラクセスがなぜあんなにも懐いていたのかという事。

しかし、今の自分には調べる方法がなかった。

王都のウォルトグレイ家の屋敷に戻ってから、図書室で貴族の血縁が記された貴族名鑑でスチュアート家の記録を見たものの、別荘で会った六人の子供たちの名前のみでセシルの名はなかった。

セシルの年齢はおそらく十代半ばから後半だろうと予想をして遡《さかのぼ》っていくと、十八年前のものだけ当主であるジョージ・スチュアートの妻としてそれまでとは違う女性の名前が記されていた。

エレノア・スチュアート。

その名は、その年だけに記されていた名だった。その前のものに配偶者の名はなく、それ以降はすべて現当主の妻であるシリーンの母親の名が書かれている。

この人物が、おそらくセシルの母親なのではないかとエドワードは思った。

スチュアート家のセシルへの仕打ちはひどいものだった。まるでいないものであるかのような扱いと、血の繋《つな》がった家族であるにもかかわらず隠され、自由を奪われ、父親も当然のように乱暴に扱おうとした。

しかし、先妻の子ゆえ後妻に疎まれているのだとしたら、他の子と区別するためにあのようなひどい扱いを受けていたと説明がつく。

セシルはあの日、湖のほとりで一人静かに泣いていた。

その生い立ちゆえに家族から疎まれ、あの優しい人がずっと苦しんでいたのかと思うと、胸がぎゅうっと締め付けられるようだった。

エドワードは、セシルにまた会いたかった。会って、その苦しみに少しでも寄り添いたかった。そしてまた、あのふわりと柔らかな優しい微笑《ほほえ》みが見たかった。

あの日からずっと狂おしいほどに、エドワードはセシルだけを求めていた。

二ヶ月後、定期的な交流のために王都のスチュアート家の屋敷を訪れた際、親たちが席をはずし婚約者のシリーンと二人きりになった時を見計らって、エドワードは小声で尋ねた。

「セシルは今日、どこにいるの？」

シリーンは、緑色の瞳を大きく見開き、寂しげな表情をして言った。

「お兄様は、隣の国にお嫁に行ったの。この前、別荘から帰ってきてすぐに」

それを聞き、エドワードは愕然《がくぜん》とした。

自分がもたもたしている間にセシルは遠くに行ってしまった。それも、決して手が届かないほどに。

無言で固まってしまったエドワードを見て、シリーンが言う。

「私も、会えなくなってさみしいわ。お兄様が大好きだったから……」

「あの……、どうして？　前から決まっていたの……？」

「いいえ、お兄様は、何も言っていなかったわ。急に決まって、悲しそうだった……とても遠くの、知らない場所で」

エドワードは、自分が何の力もないただの子供だということを思い知らされた。

自分が大人であったならばと、これほどまでに強く思ったことはなかった。

そうであれば、周りの妨害などすべて撥《は》ね退《の》けて、セシルに会いあの手をとり、結婚を申し込むこともできたかもしれないのに。

エドワードは自分の無力さを呪った。今の自分のようにただ無力で弱いだけだと、自らの望みは何も叶えることができないのだと思い知る。

セシルは遠くに行き、伴侶《はんりょ》を得て、もはや自分との接点は何もない。

しかしエドワードの心は切実にセシルを求めていて、忘れたり、諦《あきら》めたりすることは絶対にできそうになかった。

セシルに会いたい、しかし、今はもう会うことは叶わない。

その後調べると、セシルは正妻としてではなく、数多《あまた》いる側室の一人として嫁いだことがわかった。

しかも、その嫁ぎ先の相手は高齢で、正妻も側室も全員が女性だという。なぜそんなところにセシルが？　何かの手違いではないかと思った。そんな状況の見知らぬ異国の地で、セシルは幸せになれるのだろうか。

セシルがその地で幸せであるのならば、自分の想いは伝えることなく心に秘めたままで構わない。

けれどももしも、幸せでなかったならば――。

その時自分がもう大人で今よりも強くあったならば、セシルの傍《そば》にいることを許してもらえるだろうか。そしてあの優しい人をこの腕に抱きとめて、つらい目にあわぬように守っていきたいと思った。

エドワードはその時まだ自覚がなかったが、それはアルファが意中のオメガに感じる庇護欲《ひごよく》に他ならなかった。

自らの手の中で、愛《いと》しい番《つがい》となるべき人を守り慈しみたいという気持ち。

その気持ちの芽生えは、まだ幼いエドワードが、アルファとして目覚め始めていることを意味していた。

◆

その夜、エドワードが部屋にいると自分を呼ぶ何者かの声が聞こえた気がした。部屋を出てその声に導かれるように廊下を歩き、庭園に向かう。

たくさんの木々が生い茂る暗い庭園の中央、木が生えていない少し開けた場所にドラクセスは佇《たたず》んでいた。

エドワードは庭園に足を踏み入れると、ドラクセスの目の前に立ち、その姿を見上げた。

辺りは暗く、月明かりと少し離れた屋敷の窓から漏れる僅《わず》かな灯りだけがその大きな黒い竜の姿を照らしている。

夏の夜だというのに虫の声ひとつせず、精霊たちも姿を消して静まりかえり、その場所にいるのはエドワードとドラクセスの二人だけだった。

その竜の金色の瞳《ひとみ》は、目の前に立つ少年の深紅の瞳をじっと見つめ、その心に直接語りかける。

〝契約を望む気持ちは変わらないか〟

エドワードは、まっすぐ竜の瞳を見据え、静かに頷《うなず》いた。

〝その心にあるとめどなく生まれ溢《あふ》れ続けるもの
その熱は　我が力の源となるだろう
お前は　あの者を　この先も愛し続けることができるか〟

その問いを聞き、エドワードは答える。

「愛しています。今も、これからも、ずっと」

その言葉を聞き、ドラクセスは自らの顔をエドワードの正面に寄せる。

エドワードは寄せられた黒い鼻先に両手を載せると、自身の額をぴたりとつけ瞼を閉じた。

ドラクセスの纏《まと》う赤い光が広がり、エドワードの全身を包み込む。

二人を包む大きな光は爆《は》ぜるように舞い上がると、その衝撃で足下の草が揺れ、エドワードの漆黒の髪も上に向かいゆらゆらと風になびいた。

――ドクン。

エドワードの頭の中が、大きく脈打つ。

それと共に、ドラクセスの感覚が怒濤《どとう》のように流れ込んでくるのがわかる。その目に映るもの、その耳に聞こえるもの、その足に触れるものすべてが。

同じように、エドワードの感覚もドラクセスの元に流れ込んでいく。見えない太い管がお互いの間を繋《つな》ぎ、二人で一人になったかのように多くの情報が行き交っている。

エドワードは、瞼を開き、目の前のドラクセスを見つめた。

ドラクセスの心が、聞かずともわかる。自分の思考も、言わずとも伝わっている。そのような確かな実感がそこにはあった。

これが竜との契約により得るものか、とエドワードはその時初めて理解する。

エドワードは、この力を持って生まれてきてよかったと、この瞬間初めて思った。

これから自分は、誰よりも強くならなければならない。

いつの日か、何よりも大切な者を、守ることができるように。

エドワードは自分の心に、固くそう誓った。

20．愛しい人　エドワード視点

月日は流れ、エドワードの小さく痩《や》せっぽちだった身体《からだ》は徐々に背が伸びて逞《たくま》しく成長し、年齢を重ねるにつれ昔の面影はなくなっていった。

十二歳になると、魔法士の候補生として他の候補生と共に王宮に通うようになった。指南役から指導を受け、ベテランの魔法士と共に討伐に赴いての実地訓練が始まった。王宮に出入りできるようになると、エドワードはかねてからやってみたいと思っていたことを始めた。

少しでも時間ができると、王宮に仕える者のみが入れる書庫に行き、貴族の血縁に関する資料にあたった。

セシルの母親と思われる「エレノア」という女性が誰かを調べるためだった。

十六歳になると、晴れて父親が団長を務める王宮魔法士団の一員となり、ドラクセスと共に魔族や魔獣の討伐に明け暮れる日々の中で、名実ともにウォルトグレイ家の後継ぎとして周りに認められる存在になっていった。

正式に団員になったことで、書庫の閉ざされた禁書区域にも入る資格が得られた。

早速王宮に申請を出すと、一ヶ月後ようやく許可が下りたため、扉を開けてもらうために管理人に許可証を見せた。複数の鍵《かぎ》を持ちながらジャラジャラと音を立てて歩く年配の管理人の首には、学者である事を示す年季が入った学鎖がかけられており、エドワードはこの人物であれば何か知っているかもしれないと声をかけた。

「もしお心当たりがありましたら教えていただきたいのですが、エレノア、という名の女性をご存じないですか？　三十年ほど前にスチュアート家に嫁ぎ、亡くなったようなのですが」

管理人はガチャリと音をたてて扉を開錠すると、エドワードに向き直り理知的な瞳を向けて答えた。

「エレノア王女のことですかな？　ランザスター家の末の姫君であらせられました。嫁ぎ先までは存じ上げませんでしたが、年齢的にはそのぐらいだったかと。この先に資料がございますよ」

「あ、ありがとうございます。ご教示、痛み入ります」

「お若いのに、このように古書に答えを求め書庫に通いつめるとは、感心ですな」

管理人は鍵の音を鳴らしながら、満足げに去って行った。

思わぬ収穫に、エドワードの胸は高鳴った。

王女だと？

ランザスター家は、現在の王家の一代前にあたる今はなき王家の名だった。旧王家については現在箝口令《かんこうれい》が敷かれており、エドワードはほとんど知識がない。

管理人が言っていたように、その旧王家に関連した書物の中に「エレノア」の名があり、その嫁ぎ先としてセシルの父親であるジョージ・スチュアートの名があった。

現在の王家であるグランヴィル家が四十年前の戦争で王位を勝ち取った際、密《ひそ》かに人質として捕えられていたエレノア王女は旧王家の最後の生き残りだった。

長い間軟禁状態だった年頃の元王女をいつまでも王宮の管理下に置いておくわけにもいかず、スチュアート家に密かに降嫁させたのだった。

しかしその後まもなく亡くなったとされ、そこで記録は途絶えていた。

エドワードは旧王家関連の書物を手当たり次第に読むうちにいくつかの興味深い記述を見つける。

他国との戦争の際、突然山の上から大岩が落ちてきて敵国に大きな打撃を与え勝利したとか、謀叛《むほん》を起こした貴族の城に自然と火の手が上がり大火事になって滅んだとか、子供が生まれた際は必ず空に虹《にじ》が架かったなど、突拍子もない内容ではあったが、エドワードは有り得ない話ではないと思った。

百年以上も前の話で誇張が多少含まれていたとしても、これを精霊の仕業だと考えると不思議ではないと思ったからだ。

あの日、ドラクセスが何も知らないセシルになぜか懐き、嬉々《きき》として手助けをしていたのを思い出す。ウォルトグレイ家のように精霊を使役するというより、精霊たちが自分の好む人間のために勝手にやっていたと考えることもできた。

旧王家の血をひくセシルには、精霊を惹《ひ》きつける何らかの力があるのかもしれない。

エドワードはそこまで推測し、本を閉じると瞼《まぶた》を手で押さえ、ため息をついた。

得られた情報をこのように繋《つな》ぎ合わせてはみたものの、確証は全くない。

セシルがもしもエレノアの子ではなく庶子であれば、この仮説はすべて無駄なものだ。

あの時ドラクセスが懐いていたように見えたが、単なる気まぐれであることも十分に考えられた。

セシルに会えないが故、このように少しでもセシルに繋がる可能性のある情報を集めてはいるが、これが今後役立つことはあるのだろうかと疑問が湧いた。

この情報だけでは、誰かに伝えるにはまだ心許ない。もっと確固とした目に見える証拠が必要だった。

そしてエドワードが十八歳になったある日、事態は動き出す。それは、スチュアート家との定期的な交流の日に起きた。

十七歳となった婚約者のシリーンは、エドワードと二人きりになった瞬間を見計らい、とびきり嬉《うれ》しそうな顔で周りの者に聞こえないように小声でエドワードに話しかけた。

「セシルが帰ってくるの。兄のセシルよ。覚えているでしょう？」

エドワードはそれを聞き目を見開いた。

セシルが帰ってくる？

忘れたことなんて今までひと時もなかった。期待に胸が膨らむ。エドワードも小声で尋ねる。

「里帰りか？」

「いいえ、最近旦那《だんな》様が亡くなられたらしいの。子供がいるわけではないし、あちらとの関係は解消してこちらに戻って来ることにしたみたい」

その話を聞いて一点を見つめ無言で固まってしまったエドワードを見て、シリーンはニヤニヤする。

「嬉しい？」

「ああ」

「ふふふ、そうよね。何年も毎回毎回セシルの様子を私に聞いて。まあ、手紙のやりとりをしているのも私だけだしね。エドワードが自分から興味を持つことなんて、それくらいなんだから」

「他の者は教えてくれないからな」

「感謝しなさいよ」

　シリーンは、大人しそうな見た目とは裏腹によく喋《しゃべ》る活発な子だった。彼女いわく、普段は猫を被《かぶ》っている、のだそうだ。

「こちらに帰ってきたら、会えるだろうか」

「どうかしら、お父様がどうするかよね」

　シリーンは真剣な面持ちでエドワードを見つめた。

「エドワード、今日は話したい事があるのよ。私たち、もうすぐ結婚させられてしまうじゃない？」

「このままだと、そうだな」

「でもあなたは、昔からずっ――――っとセシルが好きでしょう？」

「なっ……」

「今更何よ、バレバレよ」

　エドワードは動揺して目を泳がせた。しかし、気を取り直すと反撃に打って出る。

「まあ、シリーンは、マルカスと相思相愛だしな」

「そうなの！　私、彼を愛しているわ。でも、身分の低い彼との結婚を父が許すとはとても思えないの。だからずっと考えていたの。私はもうすぐ、この家を出ることにするわ」

「そうか、ついに決めたんだな」

「ええ、うちは、かなり両親が厳しくて、今までつらかったわ。私の子供にはそんな思いはしてほしくないの。彼と、楽しい家庭を作りたいの」

「マルカスは、いい奴だからな。騎士としては珍しく、心の優しい奴《やつ》だ」

「そうなの！　彼はとっても素敵で……出会いも最高だったわ」

シリーンはマルカスがいかに素晴らしいかを語り始めた。シリーンがこうなると誰も止められない。とても嬉しそうで、自分の夢に向かって行動しようとする姿は輝いて見えた。

ひとしきり喋ると、シリーンは満足したのかエドワードを見つめて言った。

「エドワード、あなたも幸せになってね。セシルを、どうかお願いね」

それに応えるように、エドワードはまっすぐ彼女を見据え、深く頷いた。

長く婚約関係にあったエドワードとシリーンはお互いに恋愛感情はなかったが、良き友人だった。

二人が会ったのはその日が最後で、その後、言葉通り彼女は突如姿を消すことになる。

エドワードは、もう子供ではなかった。

セシルが帰ってくるというまたとないチャンスを逃すことはできない。

来たるべき日に備えてエドワードは準備をしてきた。用意周到に、決して間違えることのないように。

シリーンの偽りの死が知らされると、父親にセシルとの婚約を打診した。

父親は猛反対したが、一度会えばわかると熱心に説得し、チャンスは一度だけだぞと顔合わせの約束をなんとか取り付けた。

一方でセシルの父親は、婚約の打診が再度あったことを願ったり叶《かな》ったりだと喜んで受け入れた。

そして待ちに待った顔合わせの日。雨が降りしきる午後、スチュアート家の屋敷に、セシルはいた。

久しぶりにその姿を一目見て、心が喜びに震える。

六歳で出会った頃は背が高く感じたが、自分の身長が伸びたのちに再会した今、セシルは記憶よりずっと小さく華奢《きゃしゃ》で、この腕にすっぽりおさまりそうなほどだった。

優しい銀色の瞳《ひとみ》はそのままに、こちらを見上げて不安げに目を瞬《またた》かせている。

応接室にて両家で顔を合わせると、ドラクセスと父親の竜のヴィセルがやってきて、嬉しそうにセシルの周りに寄り添い丸くなった。

エドワードはそれを見て、セシルと出会った際起きた出来事はドラクセスの単なる気まぐれではなかったと確信する。

同じ光景を目の当たりにした父親は驚いて目を丸くし、小声でエドワードに耳打ちした。

「エドワード、あれは何だ？　知っていたのか？」

「セシルの母親は、ランザスター家の元王女です」

「前の王家の血をひいているのか？　なぜ今まで黙っていた？」

「申し訳ありません。俺も確証がなく」

「しかしこの状態は、まるで……」

父親に向けて、セシルと婚約するための説得材料としてこれ以上のものはないようだった。驚きに目を見張ると共に、目をキラキラと輝かせている。

スチュアート家での顔合わせを終え、屋敷へ戻る馬車の中で父親は言った。

「あれは、愛し子《いとご》だ」

父親は、まだ存在していたのかと驚きを隠せない様子だった。

「以前他の魔法士から聞いた事がある。昔、ある一人の王族を見た際、何か光のようなものを纏《まと》っていたと。魔力の強い者を惹きつける力で、確か加護だとか祝福だとか、理解し難いことを言っていた。しかもそれは、魔力の強い者だけが見えるのだと。私は魔力がそう多くないから何も見えないが、そのかつての王族とセシルは同じかもしれない。お前は何か見えるのか？」

「俺も、うっすらとしか」

「であれば、よく気付いてくれた。他家に奪われる前に何としてでも我が家に迎え入れなければ。あれは、自分では知っているのか？」

「おそらく何も知りません」

「では言うな。万が一スチュアート公の耳に入りその価値を知れば、この婚約は白紙になるぞ」

旧王家には、不思議な力があったという書物の記述を思い出す。

精霊の力を借り、旧王家を王家たらしめていたその力は、血が薄まるにつれて徐々に少なくなっていき、不思議な力が語られることはなくなり、そのうちに忘れ去られた。

暴君として悪名の高かった前王とそれに連なる旧王家の人々は、現在の王家であるグランヴィル家の勢力によってその王位簒奪《さんだつ》の戦争の最中皆殺しにされている。

ただ一人残された、セシルの母を除いては。

おそらくその薄まっていた旧王家の力が今、セシルに一身に集中している。

魔力の強い者が惹かれるものなのだとしたら、それは竜などの精霊だけではなく、魔族や魔獣、人間の中で魔力の強い者なども、同じようにセシルに惹かれ好ましく思うことだろう。

ウォルトグレイ家のような精霊を使役する者にとって、これほどまでに魅力的な力はない。

しかし、魔力を持たない普通の人間にとっては、それは何の意味もなさず、その存在に気付くことさえない。エドワードですら、それほど魔力が強い方ではないため、違和感で片付けられるほどにほんの僅《わず》かしかわからなかったのだ。

セシルの血がウォルトグレイ家に混じれば一族の力がさらに強まる可能性を秘めていたため、父親はこの結婚に乗り気になり、エドワードとセシルの婚約は何の障害もなくスムーズに運んだ。

しかしエドワードにとっては、セシルに力があろうとなかろうと、どうでもよかった。

ただエドワードの結婚における一番の障害である、父親を説得できる材料になりさえすれば。

あの日、湖のほとりでセシルはドラクセスに寄り添われていた。

そこで一人佇《たたず》むエドワードを見つけ出すと、ドラクセスの元を抜け出して駆け寄り、ふわりと頭を撫《な》で、優しく微笑《ほほえ》みかけてくれた。

「一緒に帰ろう」と。

孤独だったエドワードを、その温かい腕で暗闇から抱き上げ、颯爽《さっそう》と光の中へ連れ出してくれた。

それまで暗く淀《よど》んでいたエドワードの世界は、その日から色を持って輝きだし、生きる意味を見出《みいだ》していく。

あの時触れたセシルの優しさと温かさに、エドワードはどうしようもなく惹かれ、長い間ずっと想い焦がれ、強く求め続けた。

その想いが今、ようやく遂げられようとしている。

婚約の顔合わせの日、窓ガラスに打ちつける雨音が聞こえる応接室で、二人きり、セシルは目の前にいた。

昔と何ひとつ変わらない、星を宿したかのような輝く瞳と、僅かに光を発しながらまっすぐ肩の下に流れる銀色の髪、そこから覗《のぞ》く柔らかで真っ白な肌に、離れていてもかすかに香る心をかきたてる甘やかな香り。

初めて出会ってから十二年だ。ずっとずっと追い求めてきた人。

愛しい人。

優しい銀色の瞳が、エドワードを見つめていた。

やっとここまできた。もうすぐ手が届く。

もう決して、離しはしない。

――エドワードの思惑通り、セシルとの婚約は実現した。そしてこの結婚は、ウォルトグレイ家の屋敷に棲《す》む、多くの〝見えざるものたち〟をも、沸き立たせることとなる。

21. 見えざるものたち　エドワード視点

ウォルトグレイ家の屋敷には各地から多様な精霊が集められており、その能力に応じて様々な役割を担っていた。

役割を持った精霊たちは、エドワードと父親の間でその見た目と似た動物と同じ名で呼ばれていた。屋敷を守る〝犬〟、離れた相手に伝言する〝鳥〟、情報の収集を行う〝鼠《ねずみ》〟など。

また、ドラクセスとヴィセルの他にも一匹の竜がいた。

竜は雌雄の区別がなく、成熟した竜は前触れもなく卵を産むことがあった。

この竜は、エドワードも初めて見たドラクセスが産んだ卵から孵《かえ》り、まだ産まれてから二年ほどしか経《た》っていなかった。竜としてはまだ小さい小型犬ほどの大きさで、光があたるとオーロラ色に輝く白い鱗《うろこ》を持った美しい幼竜だった。

結婚前に一度セシルが屋敷に訪れた際、普段ウォルトグレイ家の人々には全く興味を示さないそれらの精霊たちは、セシルが近くを通ると興奮した様子を示した。ふらふらと吸い寄せられるようについていこうとするものもいて、エドワードが睨《にら》みつけるとそそくさと逃げていった。

やはりセシルには、精霊たちを惹《ひ》きつける何かがあるらしかった。

白い幼竜も、子供らしく楽しそうなものを見つけた時のようにはしゃぎ、セシルの周りで翼をはためかせながら纏わりついていた。

この世界に干渉することに慣れたウォルトグレイ家の精霊たちは、セシルの隣で目を光らせる自分がいなくなればおそらくすぐにちょっかいを出そうとするだろう。

エドワードはそれを避けるためにあるものを用意した。

それは、魔石の埋め込まれた指輪だった。

エドワードはその魔石に微量な魔力を込め、常にエドワードの魔力が発せられるようにした。

この指輪を身につけている人間はエドワードのものである。決して触れてはならない。そう精霊たちを牽制《けんせい》するためのものだった。見た目のよいマーキングのようなものだ。

興味津々の無邪気な精霊たちがセシルを前にして、どういった行動に出るか予想がつかなかったが、万が一危害を加えようとした際、自分が傍《そば》にいなければセシルを守ることができない。セシルを驚かさないためにも、どうにかしてその指輪をつけてもらう必要があった。

結婚式の夜、必要に駆られて贈った指輪だったが、その時セシルはエドワードの予想外の反応を示す。

驚いてその銀色の瞳を大きく見開くと、その指輪とエドワードとを交互に見比べ、別の意味を見出したのだ。

その時のセシルは、本当に素晴らしかった。

「とても綺麗《きれい》ですね。指輪の石、エドワード様の瞳の色にそっくりです。エドワード様がご不在の時も、これを見れば、ずっと傍にいるような気持ちになれますね」

そう言うと、僅かに頬を染め、ふわりと花のように微笑んだ。きゅ、とエドワードが握った手を、握り返しながら。

その瞬間、エドワードは再び恋に落ちるかのようだった。もともとひどく、セシルに恋焦がれていたにもかかわらず。

思ってもみない意味を付加されて、エドワードの心にじわりと温かいものが広がる。

この赤い魔石を選んだのは、魔力の吸収量が一番多いという効率の観点からだった。

エドワードは不気味だと評されるウォルトグレイ家特有の自分の瞳の色があまり好きではなかったが、セシルは魔石の色と共にそれを綺麗だと言ってくれた。

エドワードはセシルがその指輪をつけている姿を見て、セシルは自分のものだと仄暗《ほのぐら》い独占欲を密《ひそ》かに満たそうとしていたというのに、セシルの発想のなんと清らかなことか。

魔力を感じる事ができないセシルには、その指輪の石の色を通じて、離れていても自分を思い出し、傍にいると感じてもらうことができるのだと。

愛しい人にそのように自分を想ってもらえて、心の底から喜びが溢《あふ》れてくるようだった。

その気持ちの昂《たかぶ》りと、ずっと想いを寄せていたセシルと二人きりで同じ空間にいるという喜びに、心臓が大きく高鳴る。

このような状況でこのままセシルと初夜を迎え、果たして自分の心はこの先もつのだろうかと心配になった。

この夜を、今まで何度も夢想してきた。

オメガとの行為についてできる限りの知識を蓄え、頭の中で幾度となく考え、あらゆる事態を想定して。

しかし想像していたよりずっと、恥じらうセシルの姿は何倍も、美しかった。

ゆっくりと露《あらわ》になっていくその姿を目の当たりにして、頭がおかしくなるほどに気持ちが昂る。

その身体《からだ》に触れるたび、腹の底を焼き尽くすような衝動に耐えながら、力を抑え、怖がらせないよう、ゆっくりと慎重にすすめた。

オメガ特有の丸みを帯びたしなやかな白い肢体は皮膚が繊細できめ細かく、エドワードの手や唇が触れた場所だけ僅かに朱色に色付く。

その肌は舌でどこに触れても、何かの花か、熟れた果実の匂いをそのまま口に含んだかような甘美さを纏っていた。

とりわけセシルの首筋から香るフェロモンは極上に甘く、それに包まれての行為には恐ろしいほどの快感に襲われた。息を吸うたびに甘い疼《うず》きが胸の中だけではなく身体全体に広がり、情欲を掻《か》き立てられ、衝動がとめどなく溢れた。

ふと我に返ると、エドワードの下でセシルはその長い銀色の睫《まつげ》毛を伏せ、疲れ切って静かに寝息をたてていた。

まだ情事の余韻の残る熱く火照《ほて》った柔らかい身体に腕を回し、強く抱きしめる。

愛しい。好きで好きでたまらない。

こんな気持ちになるのは、この世でただ一人、セシルに対してだけだった。

その夜は、長年の想いを遂げた興奮から眠ることができず、隣で眠る愛しい人の髪を撫でながら、その安らかな寝顔を見つめていた。

直接触れる確かな存在を肌に感じながら、傍にいる喜びを深く噛《か》み締《し》めた。

しかし、夜も明けきらないうちに幸せな時間は終わりを告げる。鳥の精霊を通じて、父親より魔獣出現のため至急王宮に馳《は》せ参《さん》じるようにとの緊急要請が入ったのだ。

結婚直後に、なんと間の悪いことだと頭を抱える。

隣でぐっすり眠るセシルを起こすのは忍びなく、別れの挨拶《あいさつ》もできないままにエドワードは寝台から音を立てないよう静かに抜け出すと寝室を後にした。

ようやく朝日が昇り始めた頃に王宮に駆けつけると、既に到着していた魔法士団に合流する。

王都の外に出て、十人の団員と第一騎士団と共に埃《ほこり》っぽい道の上を馬に乗り進み、ドラクセスを伴いようやく被害が報告された森に到着するも、既に魔獣は忽然《こつぜん》と姿を消していた。

この広い森の中でまず魔獣を探し出すところから始めなければならず、今回の任務はかなり時間がかかりそうだとエドワードはため息をつく。これではなかなか帰れそうにない。

セシルは昨日の今日で気付かぬうちに突然伴侶《はんりょ》がいなくなり不安に思っているに違いなかった。きっと知っている者が誰もいない環境の中、心細く思っていることだろう。

夜、野営の僅かな灯《あか》りの下で、セシルを想い手紙を書く。王宮との連絡係に定期連絡と共に渡せば、そのまま王宮から屋敷に届けられるはずだった。

毎日届けば、セシルも自分が放っておかれているわけではないと実感してくれるかもしれないと期待を込めて。

そのようなエドワードの姿を見て、周りの同僚たちは物珍しげににやにやしながら揶揄《からか》った。

「結婚するとお前みたいな奴《やつ》でも変わるんだな。そんなまめなことを、わざわざするようになるとは」

自分の行動を話の種にされて居心地は悪かったが、別にエドワード自身は何か変わったわけではない。変わったのは帰る場所に、愛する者が待っていてくれるということだけだった。

セシルに再会してから、エドワードは以前より力が満ちてくるように感じ、その変化を直接感じているドラクセスも目を見張るほどに調子が良かった。

最初の予想通り魔獣を探し出すのには時間がかかり、討伐が完了する頃には、既にエドワードが屋敷を出てから半月ほどが経過していた。

討伐を終えた直後、王宮の連絡係からエドワードに一通の手紙が渡される。

セシルからついに返事がきたのかと期待に胸を膨らませたが、その期待は外れ、意外な人物からで驚く。それは、家令のルーウィンからだった。

〝至急、帰還願う〟

手紙にはその一文だけ、簡潔に書かれていた。

理由なども一切書かれていなかったためエドワードは首を捻《ひね》った。ルーウィンはエドワードの知る中で誰よりも効率を重んじる男で、無駄な事は一切しないことを知っていた。

そんな家令がわざわざ手間をかけて、理由もなくこのようなことをするはずがなく、こちらが疑念を抱くとわかった上で、戻ってきてほしい理由を敢《あ》えて書かずにこの手紙を送っている。

むしろ、理由を書けない事情があるのかもしれない。

エドワードは、何かよほどのことが屋敷で起きているのではと嫌な予感がした。

父親に急ぎ伝え、ひと足先に帰る準備をして皆に別れを告げると、馬を駆り急いで森を後にした。

休みなく馬を走らせていると徐々に陽が沈んでいき、屋敷に着く頃には辺りにすっかり夜の帳《とばり》が下りていた。

ウォルトグレイ家の庭園にいる精霊たちはざわざわと落ち着かない動きをし、その普段と違う様子にエドワードの危機感が増す。

まさかセシルに、精霊が何かしているのか？

馬から降り屋敷に入ると、着替える間もなく泥のついたブーツのまま二階に駆け上がる。セシルの部屋の辺りから僅《わず》かに精霊の気配を感じ、逸《はや》る気持ちで足を早める。

セシルの部屋に駆けつけ勢いよくドアを開けると、暗闇の中、寝台の上で苦しげにもがくセシルにのしかかる得体の知れぬ影があった。

その光景を目にした瞬間、エドワードの全身に激しい怒りが湧き上がる。

俺のセシルに触れるな――。

エドワードの激しい怒りが流れると同時に、影に向かってドラクセスが一陣の風のごとく体当たりする。その影は強烈な衝撃を受けて苦しげな悲鳴をあげ、ドラクセスと絡まりながら正面の壁に激突した。倒れ込んだ拍子に窓から漏れる月明かりを受け、セシルを襲った影の姿が明らかになる。

エドワードは、その意外な正体に目を見開く。

それは、屋敷に残してきた白い幼竜だった。

しばらく二匹はもみ合った後、身体が大きく戦闘の経験豊富なドラクセスに幼い竜が敵《かな》うわけもなく、弱々しい声を上げると力無く床にうずくまり、そのままぐったりと動かなくなった。

ドラクセスはだらりと力の抜けた幼竜を顎《あご》で弱く咥《くわ》え持ち上げると、身体の向きを変え振り返ることなく部屋から姿を消した。

エドワードは戦闘態勢だった身体の力を抜き、急いでセシルの元に向かう。

「大丈夫か!?」

慌てて幼竜が触れていたセシルの身体を調べる。セシルに目立つ外傷はなかったが、その瞳《ひとみ》は見えない何かに襲われた恐怖で滲《にじ》み、肩は小刻みに震えて怯《おび》え切った様子だった。

指に嵌《は》めてあった指輪がない。

幼竜がセシルに触れるためにわざわざ外したのか？

他人の魔力を宿した指輪を外すには相当な抵抗があったはずだ。セシルに興味津々なだけだったあの無邪気な幼竜が、なぜそこまでしてこのような行動に出たのかが全くわからない。

しかし、今は原因究明よりも先にとにかく恐ろしい目にあったセシルを安心させなければならない。

エドワードは慰めるように、そのカタカタと震える身体に腕を回す。

その時、エドワードは自分の息が徐々に荒くなっていることに気付く。

部屋中に満ちる、むせ返るような甘い匂い。それは呼吸をするたびに容赦なくエドワードの体内に侵入し、内側をぞわぞわとなぞりながら腹の底に満ちていく。

発情期だ。

その甘やかな香りは、セシルのフェロモンに他ならなかった。

初めて見る、発情期のセシルの色めいた姿。潤んだ瞳はぼんやりと煽情的《せんじようてき》な色を浮かべ、触れた肌は薔薇色《ばらいろ》に上気して柔らかく吸い付くようだった。

呼吸は浅く荒く、エドワードが肩に触れると、「んっ……」と苦しげにあえやかな声をあげ、びくりと身を震わせる。その姿は、恐ろしいほどの色香を漂わせていた。

通常のアルファは、発情期のオメガのフェロモンにあてられれば為す術《すべ》はなく理性を保つことができない。たとえそれが、見ず知らずのオメガだったとしても。

今エドワードの前にいるのはただのオメガではない。エドワードがこの世でただ一人、心から愛する、特別なオメガだ。

「エドワード様……」

セシルに潤んだ瞳で見つめられながら名前を呼ばれたら、もう何もかも駄目だった。

自分の理性は、こんなにもちっぽけなものだったのかと初めて思い知る。抑えていた欲望が堰《せき》を切ったように溢れ出し、エドワードの意思は瞬く間にその波に押し流されていく。

エドワードは抗《あらが》いきれず、セシルの身体を強く抱きしめると、髪を掻き分け、その首筋に深く顔を埋《うず》めた。

22．傍にいる奇跡　エドワード視点

エドワードは夢中でセシルの熱い身体を掻き抱いた。

項《うなじ》から香る甘い匂いを胸いっぱいに吸い込むと、腹の底から激しい情欲が湧き上がり身体中を駆け抜けていく。

息が苦しい。頭の中でドクドクと血管が脈打ち、視界が狭まる。

エドワードの理性は押し流され、代わりにアルファの本能が支配し始めると、あっという間にエドワードの意識全てをのみ込んでいった。

セシルと視線が絡み合った瞬間、見えない引力に引き寄せられるかのように、どちらからともなく唇に吸い寄せられた。

甘い唇を味わいながら、次々と角度を変え、口づけを繰り返す。

時折荒い息で息継ぎをしながら、抱き合った身体を隔てる薄い布地すらもどかしく、早急に身に着けていた衣服を脱がせ合う。

お互いを貪《むさぼ》るような長く深い口づけの後、うつ伏せとなったセシルの頬や首筋にかぶりつくように唇を這《は》わせる。

発情期のセシルは敏感に反応しながら、エドワードが触れるたび、びくびくと震えながら甘い声で

啼《な》いた。

「はあ……、ああ、んっ」

普段の優しげな声色とは違う、吐息交じりの艶めいた声。

その声を耳元で聞くたび、たまらない欲情が込み上げる。エドワードは火照った柔らかい肌を舌で味わいながら、とりわけ甘い匂いを放つ首筋に顔を近づけていく。

汗で張り付いたセシルの乱れた後ろ髪を横に掻き分けると、傷ひとつない、ほっそりとした項が現れる。

そのあまりの美しさに、心臓が大きく跳ね、エドワードはごくり、と喉《のど》を鳴らした。

このむせ返るような甘い匂いに包まれて、目の前の真っ白な項に思い切り噛みつきたい――。

暴力的なまでに獰猛《どうもう》な衝動が、嵐のように押し寄せる。

項に顔を近づけ唇を開こうとした瞬間、その上に僅かに震えるセシルの手のひらがぴたりと重なる。

苦しげにこちらに視線を向け、潤んだ瞳で見つめながら、セシルは唇を開いた。

「エドワード様、どうか……噛まないでください……」

その瞬間、エドワードの背筋が凍りつく。

――目の前の愛《いと》しいオメガに、番《つがい》となる事を拒絶された。

その事実に、エドワードのアルファとしての本能が悲しげに悲鳴を上げる。

どうして、俺たちはこんなにも、求め合っているというのに……。

しかしエドワードは、はっと我に返ると、ぴたりと動きを止めた。

違う、求めているのは俺だけだ。

身勝手にも大切な人の意思に反してなんて事をしようとしたのかと、渦をまく欲望に耐え、荒い息を吐きながらエドワードは答える。

「項は噛まない……大丈夫だ……すまなかった」

何とか言葉ではそう言うことができたものの、行き場を失った衝動をどうすることもできない。

壊れそうなほどに大きな音をたてドクドクと跳ねる心臓の動きに合わせ、目の前がチカチカと明滅する。

セシルの真っ白で無垢《むく》な身体《からだ》に、自らの形を、決して消えないように強く深く刻み付けたかった。

セシルは、俺のものだ。

衝動が溢《あふ》れ出し、耐える波から振り落とされる。肩を摑《つか》み、セシルの形を唇で確かめながら、その胸に、背中に、次々に印を残す。

俺の、俺だけのオメガ。

他の誰にも、決して渡したくなかった。

エドワードはセシルの裸の背中に覆い被《かぶ》さると、体重をかけ、寝台に押し付ける。

そそり立った硬い屹立《きつりつ》を、うつ伏せとなったセシルのとろけた後孔にあてがい、ずぶずぶと一息に挿入した。

セシルは身動きを取れないままにシーツをぎゅっと握りしめ、快感によがりながら叫びにも似た喘《あえ》ぎ声《ごえ》をあげる。

セシルの中は熱く、柔らかく、エドワードの陰茎を待ち侘《まわ》びたかのように包み込むと、内壁をうねらせながら、逃すまいときつく締めあげた。

その恐ろしいほどの快感に、身体を強張《こわば》らせ歯を食い縛り耐えながら、身体の下のセシルを強く抱きしめる。

夜通し繰り返し身体を繋《つな》げ続けても、欲望は尽きることはなかった。

お互いの柔らかな粘膜を擦《す》り付けあえば表面の粘液が混ざり合い、境界がなくなりひとつに溶け合うかのようだった。


窓から僅かな陽の光が差し込み始め、部屋が白んでくる頃になってようやく、疲れ切った二人は寝台の上に倒れ込み、そのままぐったりと気を失うように眠りについた。

陽が高くなる頃にようやく目を覚まし発情状態が落ち着くと、まともな思考が徐々に戻ってくる。

既に目を覚ましていたセシルを見つめれば、その身体は傷痕《きずあと》だらけで、エドワードは自らの昨夜の行いの惨《むご》さに、激しい後悔の念に襲われる。

セシルは大丈夫だと言うが、その言葉通りに受け取れるわけがなかった。まぎれもなくその傷は、自分の強すぎる独占欲ゆえのものだった。

それに加え、思わず抱きしめたセシルの身体は、なぜか記憶にあるものより痩《や》せ、感触が違っていることにようやく気付く。その事実にエドワードは血の気が引く。

セシルが自分で言うような、些細《ささい》な理由であるはずがなかった。

医師を呼び病気の可能性を聞いても、医師は首を横に振るばかりで原因は見つからない。

セシルに何があったのか、何かおかしいという違和感はあったものの、自分がいない間の出来事を屋敷の誰に聞いてもわからなかった。

エドワードは考えた挙句、屋敷中の鼠《ねずみ》の精霊を集める。情報の収集は時間がかかるが待つ他なく、人に聞いてわからない以上、その方法しか残されていなかった。

それと共に、どこかいつも不安で寂しげな表情をしているセシルに、大切に思っている事を伝えなければと思った。

しかし、エドワードが病床のセシルに好意を言葉や態度で伝えても、いつもセシルは少し困ったような表情を浮かべ、お礼を言ったり、恐縮したりするだけだった。

その度に、エドワードの心は痛んだ。

セシルは、自分なんかが愛されるわけがない、と思っている。

セシルの心に近づきたいと手を伸ばしても、上手《うま》く掴むことができず、指の間をするりとすり抜けてしまうかのようだった。

エドワードは、セシルと一緒になるにはどうすればいいかを子供の頃から考えながら生きてきた。

しかしようやくそれが達成された今、その先のセシルが何をしたら幸せを感じてくれるかということについては、まるでわからないということに愕然《がくぜん》とする。

出会ってからこれまで、エドワードはセシルに一目会うことすら出来なかった。

離れ離れになっている間、セシルの嫁ぎ先である隣国の王族の情報はどんな些細《ささい》なものでもくまなく探した。子が生まれたという情報を目にするたび、母親としてセシルの名が記されていたらと気が気ではなかった。

エドワードは様々な情報を目にするにつれ、セシルの高齢の夫はバース性にかかわらず異性愛者だという確信を深めていった。正妻も、側室も、時折噂《うわさ》にのぼる火遊びの相手も全員女性。オメガとはいえ男性の側室はセシルだけで、そのセシルの情報は一切出てこない。

やはりセシルは何かの手違いで隣国に嫁がされ、その上冷遇されているに違いなく、それは時折婚約者のシリーンから聞くセシルの近況からも窺《うかが》い知《し》れた。そのような場所で、彼が幸せであるはずがない。

エドワードは歯痒《はがゆ》さを感じ続けていた。一刻も早くセシルを、自分の元に迎え入れたかった。

しかし嫡男であるエドワードの結婚には様々な思惑が絡み、ただセシルと結婚したいと駄々をこねる子供のように声を上げるだけでは、おそらく決して叶《かな》える事ができなかっただろう。

エドワードはそのために、いくつかの手段を講じなければならなかった。

まず、自分が婚約者のシリーンとの結婚を避ける必要があった。

そのために、彼女に密《ひそ》かに想いを寄せていたアルファの騎士のマルカスをシリーンと引き合わせた。

精霊たちの力を借り、運命的な出会いを演出して。

夢見がちな二人は瞬く間に恋に落ち、その愛を密かに育んでくれた。

その後、それとなくマルカスに彼の特性にあった他国の騎士の求人が目に入るようにし、現実的な手段として駆け落ちが可能であることを仄《ほの》めかした。それが功を奏し、セシルが実家に帰ってきてすぐ後、期待通り愛し合う二人は他国へと旅立つことになる。

しかし、自分がシリーンとの婚約を避けることができたとしても、ただ待っているだけではセシルを手に入れる事はできなかった。すぐにまたどこか別の家に嫁がされてしまっていたことだろう。

それだけは何としてでも避けなければならないと、エドワードは手段を選んでいる余裕がなかった。

セシルの嫁ぎ先の主人が亡くなった情報は摑んでいたが、そのことはまだ他国に公表されてはいなかった。

セシルの帰国が決まる少し前に、エドワードは一人密かにセシルの父親に会った。次の嫁ぎ先を決めるのを、しばらく待ってもらうために。

エドワードの要望を聞くと、セシルの父親は面白そうにいやらしい笑みを浮かべた。

「そういえば貴殿は、昔セシルにいたくご執心でしたね。シリーンというものがありながら、セシルを側室にでもするおつもりですか？　兄妹で娶《めと》ろうとするとは、なかなか酷な事をなさる。さすが、代々多くの側室を持つウォルトグレイ家の血ですね。英雄色を好む、というやつでしょうか」

エドワードはその嫌みには答えず、目の前の緑色の瞳《ひとみ》を冷ややかに見つめた。

その後スチュアート公は、わざとらしく残念な顔を作った。

「ただ、セシルはある高貴な御方との約束で、国内の貴族に嫁がせることができません。ご要望にお応えできず、誠に申し訳ない」

「それはセシルが、旧王家の血をひいているからですね」

「これはこれは、ご存じでしたか」

「王のお考えは、旧王家の血を引く者がいることを理由に、国内の貴族が結託し王位を主張することを避けるためかと思いますが、古くから王に家臣として忠誠を誓う我が家でしたら王の説得が可能です。その点は問題ありません。ただ、しばらく待っていただきたい。時間が欲しいのです」

「なるほど、そこまで自信がおありならば、多少待つくらいはよいでしょう。内密にしますのでご安心を。しかし残念ながら、ただで、というわけにはいきません」

エドワードはその後、スチュアート家の領地の森に巣食う魔獣の討伐にドラクセスと共に単身で赴くことになる。

貴族の領地内で発生した魔獣は、領民の安全を守るため、領主の責任において私費で王宮に助けを乞《こ》うか、専門の傭兵団《ようへいだん》を雇うなどして討伐する義務がある。しかし、スチュアート公はそれを秘匿し、放置していた。

「腕のいい魔法士への依頼は高いですから。私のような者にはとても払いきれませんので困っておりました。見事討伐完了いただき、感謝致します。私たちは、これから義理とはいえ親子となりますのでね。またぜひご協力お願いします」

そう言うと、セシルの父親は笑顔でエドワードに握手を求めた。

セシルを苦しめてきたこの人物に付け入る隙を与えるのは不快だったが、セシルの運命は今、この父親に握られている。現状はこの約束に縋《すが》るしかなかった。

この二つは、エドワードが、セシルを手に入れるために密かに行ったことだった。

手段を選ばず、最も確実な方法で。

エドワードは長年セシルに執着していたが、セシルにとってエドワードは、妹の婚約者というだけで特に何の感情も抱いていなかったことだろう。それなのに、エドワード一人の意思により、その腕に絡めとりウォルトグレイ家に縛り付けてしまった。

共に過ごすうちに、セシルにも自分を好きになってもらえないだろうかと淡い期待を抱いていたが、果たしてそんな日が来るのだろうかと不安だった。

ほんの少しでもよかった。自分がセシルに感じている愛情の、ほんの欠片《かけら》ほどでも。

◆

セシルと同じ寝台で眠るようになってから、一週間ほどが経過していた。

初めは緊張していたセシルだったが、日が経《た》つにつれだんだんと表情が柔らかくなり、打ち解けた様子を見せてくれるようになり、エドワードは嬉《うれ》しく思った。

しかし昨夜、セシルは突然、エドワードの腕の中で涙を流した。理由を明かすことなく「何でもない」と言い、背中を向けて眠りについてしまい、どうすることもできなかった。

再び討伐に向かわねばならぬことを伝えられたのは、翌朝のことだ。

その夜は珍しく、セシルの方からエドワードに擦り寄って来てくれた。昨日の涙の理由はわからないままだったものの、セシルが多少なりとも自分に好意を持ち始めてくれているのではないかという期待が膨らみ、この上ない幸せを感じた。

寝台の上で先に眠りに落ちてしまったセシルの滑らかな銀色の髪を撫《な》でながら、エドワードは小さく呟《つぶや》く。

「俺は、君さえいれば、何もいらないんだ」

その言葉は誰にも届くことはなく、寝台の上の薄い暗がりの中に溶けて消えていく。セシルの身体に腕を回しながら、その頬に顔を寄せ目を閉じた。心を震わせる甘い匂いが、エドワードを包み込む。

セシルが傍《そば》にいる。

この奇跡のような状況は、エドワードの長年の強い執念により、ようやく勝ち取れたものだった。

もしも叶うなら、このまま腕の中に閉じ込めて、誰の目にも触れぬようにしてしまいたい。エドワードはもう、セシルのいない生活は考えられなかった。

出会った日に感じた傍にいたいという想いは、今も変わらずエドワードの中に生き続け、日々強まるばかりだった。


翌朝早く、屋敷の入り口で、執事などの使用人たちから少し離れた場所で、セシルはエドワードを見送るために立っていた。

セシルは見送りの際、エドワードに向けて、いつも穏やかな笑顔を浮かべる。

しかし今朝《けさ》は、何かが違った。いつもの笑顔の下に、ほんの一瞬だけ泣きそうな表情が浮かぶ。

見落としそうになるほどの僅《わず》かな時間の出来事で、すぐさまその表情は消え、気丈に振舞おうとしながら普段と変わらぬ穏やかな微笑《ほほえ》みに戻った。

その瞬間を目の当たりにし、エドワードの心はぎゅっと締め付けられる。

思わずセシルの元に駆け寄ると、その肩に両腕を回し、優しく抱きしめた。

「行ってくる。帰りを、待っていてくれ」

セシルは握りしめた両手を僅かに震わせながら一歩身を引くと、上目遣いにエドワードを見上げた。

「どうかご武運を。ずっと、エドワード様がご無事であるよう、祈っております」

健気《けなげ》なセシルの姿に離れがたく思いながらも、無理やり身を剝《は》がすように向きを変え、出発を待つ馬の方向に足を向ける。そのまま鐙《あぶみ》に足をかけ鞍《くら》に跨《また》がると、馬を走らせ屋敷を後にした。

セシルがたまらなく愛《いと》おしい。

この気持ちは、結ばれてからも落ち着くどころか、増していくばかりだった。

あの一瞬見せた悲しげな表情の代わりに、心からの笑顔を浮かばせることができるなら、自分は汚れようが、傷を受けようが、どんなことだってできると思った。

セシルを幸せにしたい。

そのためには一体、どうすればいいのだろうか。

セシルは以前、長い間婚約していたシリーンのことをエドワードがまだ愛していると思っていたようだった。セシルが誰よりも大切に思っていた妹と婚約した状態で、セシルのことが実はずっと好きだったと伝えることは、不義理だと軽蔑《けいべつ》されてしまうだろうかとなかなか言い出せずにいた。

いつかもう少し、時が経ってから伝えたほうがよいだろうかと。

しかしそれは、誰にも愛されないと思い込んでいるセシルに対して、よくない事だという事に気付く。

エドワードは、今回の討伐が終わり帰ってきたら、必ず伝えなければならないと思った。

子供の頃から長い間、セシルただ一人を、ずっと好きだったこと。

今も心から、深く愛しているということを。

23.　思い出の地

舗装されていない砂埃《すなぼこり》の舞う道の上を、国境に向かう乗合馬車が走っている。王都の城壁の外に出たその馬車は、近くの村々で停車しながら人々を降ろしては乗せ、ガタガタと音をたてながら次の目的地へと向かった。

夕方近くになり馬車がとある町の停留所で止まると、フードを目深に被《かぶ》った小柄な青年が一人降り立つ。

首の上まで深く前を合わせた厚手の長い外套《がいとう》の裾《すそ》からは、細身の革のブーツが覗《のぞ》く。フードの中は濃い影になりその顔を見ることはできないが、馬車を降りる際に足元を見下ろした瞬間、その端からさらりと銀色の毛先が見えた。

人気のない停留所は、その青年の他、誰一人として降りる者はいない。

その町は観光地として有名な場所だったが、長期休暇でもない季節外れのこの時期は閑散としていて、立派な石畳の歩道の上には誰もいなかった。

セシルはかつて過ごしていた隣国に向かうつもりだった。

その途中、見慣れぬ景色が流れていくのを馬車の窓から眺めていたところ、懐かしい風景が見えてきて、ふと立ち寄りたくなり、ふらりと降りてしまった。子供の頃から時折訪れていた湖畔にある別荘地は、当時滅多に外に出掛けることのないセシルにとって唯一知っている自宅以外の場所だった。

セシルがこれから向かおうとしているのは、隣国で側室をしていた時に慰問で訪れていた修道院の施設だった。

その施設は、行き場のないオメガたちが集う場所だった。

番《つがい》を解消された者。番を失った者。用済みと捨てられた者。逃げてきた者。

そういった様々な事情を抱えるオメガたちが、終《つい》の棲家《すみか》として静かに身を寄せ合い暮らす場所だった。

当時寄付や手伝いをするために定期的に慰問に訪れていたため、神父や、施設長とも知り合いだった。そこに置いてもらえないか、頼んでみようと思ったのだ。

しかしそこは、外界から隔絶されたシェルターの役割もしており、一度入れば出ることは難しい。

最後に、大好きだったあの思い出の地に行き、一目懐かしい景色を見たいと思った。

セシルのカバンの中には、もともと実家から持って来ていた服や小物類――そして以前エドワードからもらった手紙の束が入っていた。置いて来たらきっと捨てられてしまうだろうと、厚手の防水の布でくるみ、カバンの底に忍ばせていた。今は悲しくなってしまい読むことができなくても、いずれ時が経てば、自分もかつて想われていたという唯一の大切な思い出として、読めるようになるかもしれないと思ったからだった。

その他、嫁いでからもらったものは全て置いて来た。指輪もおそらく高価なものであろうから返すべきだと思った。

それに、あの指輪はなんだかエドワードの分身のように感じられて、エドワードの存在を強く思い出してしまい、とてもではないが持って来る気にはなれなかった。

エドワードが自分と離縁することは、世間はむしろ自分のようなものとだったらと、エドワードにきっと同情的な目を向けるだろう。

あのような相手であれば仕方がない、と。

数多くの縁談がきているエドワードのことだ。すぐに別の相応《ふさわ》しい相手が見つかるに違いない。

新たに若く美しい伴侶《はんりょ》を得れば、あの時早めに離縁しておいて良かったと皆思うことだろう。

自分の父親がせっかく嫁がせたのに早々に離縁するなどと難癖をつけないかが心配だったが、あの父親のことだ。厄介払いができた上、むしろウォルトグレイ家にはシリーンのことで借りができたと思っていたところ、それをチャラにする事ができたと喜ぶかもしれない。

本当は、最初からこうするべきだったのだろう。

父親に言われるがまま、前の夫が亡くなった後に実家に戻ったのがいけなかった。それを無視して、真っ先に修道院に頼るべきだった。

そうすればエドワードに迷惑をかけることもなかったし、今までのことは何もかもが起こらなかった。

自分も愛を知らないまま生きていくことができた。もともとそこにないものは、その存在を恋しく思ったりなどしない。

次の乗合馬車が来るのは三時間後だ。

それまでにあの懐かしい湖の見える場所に行き、僅かな時間、大好きだった景色を見たいと思った。

歩いていると見慣れた野道が見えてきて、胸が高鳴る。程なくして、目的の場所である湖のほとりに到着した。

冬の水辺は寒く、ピンと空気が張りつめていて風ひとつ吹いていていなかった。

湖の周りは薄く茶色がかった草がまばらに生え、森から流れてきたくすんだ色の乾いた落ち葉が地面に散っているだけだった。

初夏にあれほどまでに見事に咲き乱れていた月灯花《げっとうか》は、今は見る影もない。辺りに広がるその景色はひどく侘《わび》しいものだった。

しかししばらく湖を眺めていると、沈みつつある夕日に照らされて辺りは金色に輝き始めた。湖の水面はキラキラと揺れ、周りの木々の葉や草も同様に、夕日色に煌《きら》めいている。

セシルはその反射する光が眩《まぶ》しくて目を細める。

ここは、夏でも、冬でも、いつ来てもセシルに幻想的で美しい姿を見せてくれる。この壮大な景色の前では、自分の胸の中の寂しさなんてほんのちっぽけなものなのだと思えたのが嬉しかった。

昔この場所で、幼いエドワードに出会ったことを思い出す。

抱き上げた小さな身体《からだ》はまだ羽のように軽く、頰に触れる子供特有の僅かに体温の高い温かな肌が心地好《よ》かった。声も高くまだ舌足らずで、その言葉のひとつひとつも何とも可愛らしいものだった。

一方、吹き抜ける夜風に混じってかすかに香ったエドワードのアルファのフェロモンの匂いに、こんなに小さくても、もうこの子は既にアルファなのだと感心したものだった。

セシルは思い出し、思わず笑みがこぼれる。

もはやこの記憶があるのは自分だけだ。大切な思い出として、再び心の奥底にしまい込む。

雲ひとつない空から夕日が沈んでいくに従い、周りの色は黄みを帯びた金色からオレンジ色がかったものに変わり、ついには燃えるような赤に染まった。湖も、辺りの木々も、地面にまばらに生える草も、皆一様に夕焼け色に輝く。

その場に一緒にいるセシルの身体も赤く染まり、その景色に溶け込んで行くかのようだった。

その色は刻一刻と変化し、紫がかった色に変わり始めると、山並みに太陽が沈むにつれて徐々に影が濃くなり夕闇が広がり始める。急激に気温が下がり、吐く息が白く染まっていく。

本格的に暗くなる前に、乗合馬車の停留所まで戻らなければ。

名残惜しく思いながらもそう思った瞬間、それまで全く風が吹いてなかったにもかかわらず、セシルの周りにふわりと風が舞い上がる。

螺旋状《らせんじょう》につむじ風が起きたかと思うと、竜巻のごとくその風は強まり、セシルの外套を、髪を、激しくなびかせる。

突然の突風に思わず目をつむったセシルだったが、風が和らいだ瞬間そっと瞼《まぶた》を開くと、目の前にひとひらの茶色い落ち葉が舞い降りて、かさりとセシルの手のひらに載った。

その懐かしい一連の出来事に、セシルは目を見張る。

「君は……、今ここにいるの？　ここまで、僕について来たの？　こんな遠くまで……？」

セシルは驚いた。屋敷で一人心細かった日々、セシルを助け、救い、そして襲った見えない何か。

この見えない何かは、味方なのか、自分を害するものなのか、結局何者なのかわからないままだった。

指輪は既に返してしまっており、自分を守る術《すべ》はもう何もない。

その時、見えない何かがセシルの腰に触れ、その固い感触がぐいぐいと横に向かって押してきたかと思うと、湖から離れて帰り道に向かうように、セシルを移動させる強い力が働く。

「え？　何？　なんなの？」

腰を押されながらつっぱる足をずるずると地面の上で引きずられ、土の上に太い蛇が這《は》ったような二本の跡がついた。

無理に腰だけ押されたためバランスを崩して足がもつれて転びそうになり、あっと気付いた時には大きく身体が傾き、セシルの目の前に勢いよく地面が迫ってきていた。

転んでしまうと思わず目をつむった瞬間、力強い腕が伸びてきてセシルの肩を支え抱きとめられる。

音もなく近づいて来たそれが、セシルの真後ろに立ち、ぐいっと後ろから傾いたセシルの身体を持ち上げた。

その時、セシルの手のひらに一瞬触れたその手は、なぜか氷のようにひどく冷たいものだった。

「何やら甘い匂いがすると思えば、ヒトのオメガか」

後ろから聞こえる、温度を持たない、静かで抑揚のない低い声。

身体を固定されているため、振り向くことができずその声の主が一体誰なのか全くわからない。

どうやらセシルをまじまじと観察しているようで、後頭部に刺すような視線を感じる。

それは突然セシルの顎《あご》を摑《つか》むと、ぐいっと持ち上げ、その銀色の瞳《ひとみ》を上から覗き込んだ。

「しかも珍しい。この血は、ただのヒトではないな。このような場所で、思わぬ良き拾い物だ」

覗き込まれた瞳で、セシルもまた、その姿を捉《とら》えた。

初めて見たにもかかわらず、一目でそれが人間でないことがわかる。

褐色の肌に、作り物の人形のように整った顔立ち。凍てついた氷のような薄青の瞳にある瞳孔《どうこう》は猫のように細長く、瞬きをするたびに色を変えながら伸縮を繰り返す。頭には上に向かって湾曲した二本の角が生え、真っ白な長い髪は緩やかにうねりながら腰の下まで流れていた。犬歯は長く先端が尖《とが》り、口を少し開いただけで唇の端から僅《わず》かに覗いた。

そしてその横から、グルルル……という低い唸《うな》り声《ごえ》が響き、馬よりも大きな、黒々とした大狼《ダイアウルフ》が、禍々《まがまが》しい気を発しながら口からだらだらと涎《よだれ》を垂らし、濃紫色の瞳でセシルを睨《にら》んでいた。

魔族と、魔獣──。

セシルは初めて見たその恐ろしい姿に恐怖で身体が固まり、その場から動くことができなくなった。

24. 涙

セシルは、後ろから強い力で肩を抱きすくめられ、全く身体を動かすことができなかった。

摑まれた顎ですらびくともせず、魔族の顔から目を逸《そ》らすことができない。

「長く生きてきたが、そなたのようなオメガを見るのは初めてだ。その血に、何やら我らを誘う呪いがかけられているのを感じる」

セシルは、魔族の言葉を聞き、耳を疑った。

誘う呪い……？

セシルが戸惑《とまど》ううちに、魔族は長く鋭い黒玉《ジェット》のような爪が生えた指先でセシルの首筋をつつ、となぞり、巻かれた革のチョーカーの端に爪の先をかける。

「となれば、番になることも可能か。果たして、ヒトとも番《つが》えるのであろうか？　やったことはないが、持ち帰り、試してみる価値はある」

セシルはそのおぞましい考えに血の気が引いた。

まさかこの魔族は、発情期に項《うなじ》を嚙《か》むつもりなのだろうか。そんなことをされるくらいなら、今すぐこの場で殺された方がましだと思った。この恐ろしい魔族の虜《とりこ》となり、飽きるまで嬲《なぶ》られ続けるなど、地獄に落ちるに等しい。

セシルはたとえ誰であっても、番になどなりたくなかった。

自分の項を噛んでほしいと思うただ一人の人物ですら、番になることを拒んだというのに。

薄青の瞳の中の細い瞳孔は、瞬きをするたびにその大きさを変え、周りの虹彩《こうさい》が不気味に蠢《うごめ》く。

鋭い視線で射すくめられ、セシルは恐怖で身体が硬直し呼吸すらうまくできなかった。背中を冷たい汗が伝う。

ここから逃げるには、どうしたら。

セシルが頭を働かせていたその時、鼻先を勢いよく突風が掠《かす》め、思わず目をつむった。

それと同時に、セシルの首に触れる魔族の手が弾《はじ》き飛ばされる。

高い音を立てて周りを吹き抜ける鋭いつむじ風は、何度も魔族の身体を掠め、その度に白い髪がなびき、身に着けた服を僅かに切り裂いた。

魔族は、弾かれた手をそのまま勢いよく振り上げると、向かってきた風に向けて鋭く振り下ろす。

バシン！　と叩《たた》きつけるような衝撃音が辺りに響き渡り、空中で手が静止した。

魔族の指は何かを摑むかのように曲がり、力が入った指の腹と手のひらの肉は潰《つぶ》れ白く変色していた。

「一人前に護衛を連れているのか。しかし、子供の蜥蜴《とかげ》など話にならん。無謀だ。哀れなものよ」

セシルは、初めて聞いたその言葉に息を呑《の》む。

こどもの、とかげ……？

セシルは驚きに目を見開き、魔族の手の中に思わず目を凝らした。

この魔族は、見えているのか……？

今、確かにいるのだ。あの子が、その手の中に。

魔族は摑んだ腕を徐々に下ろし、セシルを抱く反対側の腕に近づけていく。伸ばした人差し指の黒く尖った爪の切っ先を、手の中の何かに突き刺そうとして。

セシルはそれを見て、思わず悲鳴を上げる。

そこにいるのは、いつも自分の傍《そば》にいてくれた見えない何かだ。あのつらい日々、何度も自分を助けてくれた。

その子が今、目の前で無惨にも殺されようとしている。

セシルは暴れ、その黒い爪をなんとか見えない何かから離そうと足をばたつかせ必死に抵抗した。

魔族の腕はその動きにびくともしなかったが、セシルの必死な様子を見てふと気が変わったのか、途中でその手の動きをぴたりと止める。

まじまじと握りしめた手の先を見つめると、つまらなそうに腕を振り上げ、魔獣の大狼《ダイアウルフ》に向かって放り投げた。

「新しいオモチャだ。せいぜい楽しむがいい」

投げられた見えない何かは、空中で風を切る音も、地面に落下した音も全く聞こえなかった。

ただ投げられたしばらく後、興奮した様子の魔獣の息遣いと走り回る音が遠くから聞こえてきただけだった。

セシルはその様子に血の気が引いた。

あの子は、勝手に屋敷を出た自分について来てくれていた。

先ほど湖の前で、魔族が近づいて来た危険を察知し必死に知らせてくれたにもかかわらず、自分はそれに気付こうともしなかった。

自分を助けようとして、ずっと強い魔族を相手に必死に攻撃をしようとしてくれて。しかしそのせいで、捕らえられ、怪我《けが》をして、殺されかけている。

あの子は今、ひどい目にあっている。あの子は何も悪くないのに。僕なんかに、ついて来ていなければ。こんな自分勝手で、愚かな僕のせいで……。

あの子に、なんて、ひどいことを……。

セシルの顔は血の気が失せ、悲しみに染まり、顎が震え、唇がわななく。見開いたその大きな銀色の瞳に、みるみるうちに大粒の涙が溜《た》まっていく。

涙を浮かべ震えるセシルの顔を見た瞬間、魔族の顔は明らかな喜びの表情に変わり、セシルの顔をうっとりと見つめた。歓喜に満ち、目を輝かせながら、満面の笑みを浮かべる。

「なんと良き顔だ。私は、ヒトの絶望に満ちたその顔が、何よりも好きだ。そなたはこの上なく美しい。たまらぬ……」

そう言うと、腕の中のセシルをきつく抱きしめ、その口に無理矢理唇を重ねた。

セシルの口の中に生ぬるい舌が侵入し、セシルの上顎《うわあご》を、舌を、味わうようにざらりと舐《な》める。泥がまとわりつくかのような気色悪い感触に、セシルは思わず腹の奥から吐き気がこみ上げる。

さらに深く、舌を差し入れられようとしたその瞬間、セシルは思い切り顎に力を入れた。

「っ……！」

魔族の口に力いっぱい噛み付く。

驚いて身体《からだ》を離した魔族の口の端から、紫の血が一筋流れた。

セシルは突然拘束が解け自由となったものの、突き飛ばされた勢いのまま地面に腰を打ち付け、呻《うめ》き声《ごえ》をあげる。

痛みですぐに立ち上がる事ができない。口の中の錆《さび》の味がする液体を袖《そで》で拭《ぬぐ》いながら、銀色の瞳を大きく見開き、魔族を睨みつけた。

「抵抗するとは、いい度胸だ。しかもそなた、既に手垢《てあか》がついているな？　番《つがい》ではないようだが、別のアルファの匂いを内に感じる。全く、忌々しいことこの上ない。しかし、まあよい。どうせ、その様子では味見をされた後、みじめに捨てられたのだろう？　我が番となれば、その匂いもじきに消えてなくなる」

「僕は、お前の番になどならない……絶対に」

「随分と威勢のいいことだ。しかし、そのちっぽけな決心がいつまで続くことやら見ものだ。わが手に堕《お》ちれば、じきに自ら番にしてほしいと泣きながら乞《こ》うことになるというのに。今までの者たちは、例外なく、皆すべてそのようになったぞ？　そなたがこれからどうなるか、楽しみだ」

セシルは辺りを見回した。魔族の手から離れた今、早くあの子のところに向かい助けなければ。

何とか自分が魔獣の囮《おとり》になり、その隙にあの子に逃げてもらって……。

セシルは身を起こすと、走り回る魔獣の元に駆け寄ろうとした。

しかしその瞬間、強い力で再び腰を抱きすくめられ、セシルの口は大きな冷たい手で覆われる。

「元気なのは良きことだが、しばらくおとなしくしていてもらう。暴れられて、傷がついては困る。これから我が子を孕《はら》むやもしれぬ、大事な身体だ」

魔族は目を伏せると、僅かに口を開いて息を吸い込み、低く小さな声で詠唱を紡ぎ始める。穏やかな歌のような抑揚で、その口から滑らかに流れ出る不気味な古《いにしえ》の言葉の数々。

セシルの口を覆っていた手が顎の下に移動し、首のへこみに沿って指を這わせ、肩の上でぴたりと止まる。

その指先から、透き通った薄いベールのような帯が次々に出現し、セシルの周りをふわりと取り囲んだ。

魔族が言葉を吐き切った次の瞬間、その帯状の膜がセシルの腹に巻き付く。両腕とも後ろ手に巻き取られ、腰の上にぴたりと張り付く。

「んんっ……！」

白い膜は、セシルの顎にも何重にも巻きつき口を塞《ふさ》ぐ。口を覆われ呼吸がなんとかできるのみで、声を上げることが全くできない。

「涙が浮かんだその美しい瞳は、このままにしておこう。見ておくがよい。一体これから、ここで何が起こるか」

そう言うと、魔族はその瞳をぎょろりと動かし、セシルが元来た方角を睨みつけた。

そして再びセシルを抱き寄せると、ぴたりとその冷たい手を頬に添えた。

親指で瞼《まぶた》をなぞりながら、氷のような薄青の瞳で、嬉《うれ》しそうに涙が浮かんだセシルの銀色の瞳を覗《のぞ》き込《こ》む。

身動きが取れず、絶望に染まるセシルの脳裏によぎったのは、セシルが捨ててきた愛《いと》しい人の姿だった。

最後に見た、自分を見つめる優しい深紅の瞳。頬に触れる、温かな手のひらの感触。

目の前にいる者とは、何もかもが違っていた。

もう一度、一目だけでも、会いたい。

辺りの夕闇は濃くなり始め、薄い霧が立ちこめ始めていた。

セシルの目に浮かんだ大粒の涙は、拭うこともできずにゆっくり頬を伝うと、乾いた地面の上にぽたりと落ちた。

25. 戦闘　エドワード視点

〝この場所、綺麗《きれい》でしょ？　僕のお気に入りの場所なんだ〟

セシルを一刻も早く探しに行かなければと頭の中で細い記憶の糸を手繰り寄せるうちに、幼い頃の遠い記憶の中から懐かしいセシルの声が聞こえてきた。

その声と共に、吹き抜ける夜風に混じる草の匂いと、煌《きら》めく湖の風景が目の前にふわりと広がる。見覚えのある光景が浮かんではきたものの、その場所にセシルがいるなど何の確証もなかった。

もしも違っていたら。何もかも手遅れだったら。

しかしエドワードはそれ以外に思いつく場所がなかった。

このままセシルを失ってしまったらと考えるだけで、気がおかしくなりそうだった。セシルはオメガだ。無防備なオメガの一人旅に、邪《よこしま》な考えを持つ者が近づいたらひとたまりもない。しかも、屋敷を出たのはもう五日も前で、遠くに行くつもりであればとっくに王都を出ているはずだった。

万が一にも魔族や魔獣に遭遇したら、魔力が強いものを惹《ひ》きつけるセシルは真っ先に狙われる。むしろ、本来人里には出てこないそれらを引き寄せる可能性すらある。その身に降りかかり得る危険はいくらでも想像できた。

突然呼び起こされた湖でのセシルとの記憶を胸に、不安な気持ちでドラクセスを見上げる。

傍らの黒い竜をじっと見つめていると、エドワードの脳裏にある違和感が湧き上がってきた。

「あの竜は、どこに行った……？」

いつもセシルに纏《まと》わりつき、その姿を追っていた白い幼竜。

セシルを襲ってドラクセスから仕置きをされてからは近寄ることを止《や》め、触ってはいけない人の持ち物を見るかのようにうらやましそうに少し離れた場所からおとなしくセシルを眺めていた。

その姿が、ずっと見えない。

「まさか、ついて行った……？」

エドワードは、ドラクセスに近づき、その身体に触れる。

「その場所に、きっとセシルもいる。ドラクセス、わからないか？　自分の子の居場所が。俺が考えた場所は、合っているだろうか……？」

ドラクセスの思考が、エドワードの頭の中に次々と流れ込んでくる。その声を聞きエドワードは覚悟を決め、すぐさまその足で屋敷を出た。

馬に乗り、ドラクセスを伴い目的の場所へ向けて走り出す。数々の遠征に連れ添った体力のあるエドワードの愛馬は、本来馬車で丸一日かかる距離を半日たらずで走り切ったが、ようやく別荘地に着く頃には既に辺りは夕焼け色に染まり始めていた。

遠くに見えるスチュアート家の広大な別荘を横目に見ながら、子供の頃の記憶を頼りに細い野道を進んでいく。大小様々な石が転がり木の根がぼこぼこと飛び出した道は足場が悪く、馬で進むのが困難になり鞍《くら》から降りる。

「すまない。ここで待っていてくれ」

愛馬に伝えてその場を去り、森の奥に分け入った。徐々に陽は落ち辺りには夕闇が迫り始めていた。

エドワードが森の中を走っていると、前方のそう遠くない場所に、任務で感じ慣れたある気配があることに気付く。

魔族と、魔獣がいる。

その事実に息を呑《の》んだ瞬間、吹き抜ける風の中にふわりとかすかに甘い香りを感じる。

間違えようもない。胸を締め付けるようなこの匂いは、セシルのフェロモンに他ならなかった。

探し求めたセシルが確かにこの先にいる。この場所に来たのは間違いではなかったと安堵《あんど》すると共に、エドワードの背筋が焦りで凍りつく。

セシルがいるかもしれない場所に、魔族の気配があることは単なる偶然とは思えなかった。恐れていた事態が、既に起きてしまっている。

セシルが危ない。

傍らで空中を移動していたドラクセスに目配せをすると、ドラクセスは両翼を大きく広げ、後ろ足をばねのようにしなやかに曲げ地面を蹴《け》ると、三度羽ばたく間に空高く上空に舞い上がった。

エドワードは時折目を伏せ、共有された上空のドラクセスの視界を確認する。冬にもかかわらず葉が生い茂った木が多く、地上に生き物らしき動くものの姿は見えない。

走るうちに、魔力の気配が徐々に鮮明になってくる。

魔獣は中級種でそれほどの強さはないが、魔族はおそらく上級種だ。その魔力量の大きさゆえ、長く生きていることを窺《うかが》わせる安定した魔力。

エドワードは焦りで足が早まり、息切れをしても構う事ができず、汗が額を流れて目の端に滲《にじ》んだ。

このまま近づけば、いくら魔力が少なく気付かれにくい体質のエドワードといえども魔族はいずれその存在に気付く。

エドワードには魔族と対峙《たいじ》する時よく使う戦法があった。それを活《い》かすために、なるべく長く自分を侮ったままでいてほしかった。

全力で走るうちに、木々の隙間から大きな湖が見えてくる。この森を抜ければ湖の前に出る。開けた湖の前には遮蔽物《しゃへいぶつ》がなく、ひとたび出れば魔族の前に自分の姿が晒《さら》されることになるだろう。

木々のなくなった先は、エドワードの身長ほどの低い崖《がけ》になっていた。

エドワードは足元の草を踏みしめ地面を蹴ると、そのまま崖の下に降り立った。地面に着地したその瞬間、湖の先にいる魔族と魔獣の黒い姿を視界に収める。

魔族は既に見知らぬ人間がその場所に来るのを察知しており、視線の先に姿を現したエドワードを待ち構えていたかのように睨《にら》みつけ声を発した。

「それ以上、近寄るな」

エドワードはその声に立ち止まる。

魔族の腕の中には、エドワードが探し求めていた銀色の髪の人物の姿があった。

セシルだ。ようやく見つけた。

しかしその身体には魔力で生成された白い膜が巻かれ、魔族の腕がその腰を抱き寄せていた。セシルは振り返りエドワードの姿を目にすると、大きく目を見開いた。

セシルの顔には、涙の跡があった。それを見てエドワードは怒りに震える。

「俺の番から手をはなせ」

セシルの表情は、エドワードを見て驚き、固まったままだった。

しかし魔族の手がその顔を自らの胸に押し付け、その先の表情は見えなくなる。

せわしなく動き回っていた魔獣の大狼《ダイアウルフ》も、突然現れた見ず知らずの来訪者を見て、魔族の傍らにゆっくりと近寄る。

「何を抜かしておる。もしや番とは、この者のことか？　まだ番《つが》ってはいないようだが？」

「これから番う。俺のオメガだ」

「なるほど。この者に手垢をつけたのは貴様だな？　この者の口内で感じた忌々しいアルファの気配と、貴様は同じ匂いがする。しかし妙だな。なぜ遠方からわざわざ拾いに来たのだ？　貴様は手を出した後、この者を捨てたのだろう？」

エドワードはその言葉を聞き、怒りで頭が沸騰するかのようだった。たとえあり得ない話だったとしても、セシルの耳に入れるに耐え難い言葉だった。

「俺は捨ててなどいない……！」

「では、逃げられたか。お前は嫌われているのだ、諦《あきら》めろ。我が伴侶《はんりょ》としてもらい受けてやろうというものを、邪魔をするな」

右手に抱くセシルをさらに近くへと抱き寄せると、魔族はため息をつく。

「力なき魔法士よ。弱さとは、哀れなものだ。貴様の魔力量では、我が力の足元にも及ばぬ。あまりの差に、その場で足がすくんでいるであろう。潔く諦め、おとなしく家に帰ることだ。我が腕からこの者を奪うために無意味に抵抗するようであれば、その命もらい受けることになるが」

長々と話した言葉の後、辺りに、しん、と沈黙が落ちる。

魔族はその時、自身の向ける視線からエドワードの視線が僅《わず》かにずれていることに気付かなかった。

エドワードは何の言葉も発しなかった。エドワードの意識は既に別の場所に飛び、その視覚は全く別の視点から魔族を捉《とら》えていた。

エドワードの両眼が、紅く燃える。

風もないのに空気が動き、僅かに漆黒の髪が根元から浮き上がる。

準備は整った。

それは、一瞬の出来事だった。

遥《はる》か上空から、ドラクセスが両翼を広げ空《くう》を切り、地上に向けて降下する。

地面すれすれで翼の角度を変え反転すると、そのまま猛スピードで魔族の前を巨大な黒い影となり横切った。

その瞬きをするようなほんの短い間に起こった爆発したかのような衝撃に、魔族は初め何が起きたか理解できず、目を見開き、ただその場に立ち尽くした。

真っ黒な影が一瞬目の前を掠《かす》めた後、なぜか寒々しさを感じる自らの身体《からだ》の前を見下ろす。

抱いていたはずのオメガがいない。

しかし、それだけではなかった。

魔族の右腕が、肩の下からすっかりなくなっていた。

ふと魔族が前を見やると、前方の魔法士の腕には先程自分が抱いていたオメガが抱かれ、傍らに降り立った黒色の巨大な竜の口には子供の竜が咥《くわ》えられていた。

その黒竜の足元に転がっているのは、黒い爪が生えた魔族の右腕だった。

その右腕は、元の身体から離れたがために既にその形は端から崩れ、燃えた炭が宙に舞い消えゆくように、夕闇に飛散し始めている。

魔族は激しい怒りでこめかみに血管が浮き上がり、なくなった右腕の付け根から紫の鮮血がほとばしった。

「なんと、小賢《こざか》しい……、貴様、力のない魔法士に擬態し、精霊を遣うとは……」

苛立《いらだ》ちに震える口元が音もなく僅かに動き始め、魔族の全身の魔力が残った左手の先に集中し始めた。

ドラクセスは弱く咥えていた幼竜を静かに地面に下ろすと、その鉤爪《かぎづめ》の生えた後ろ足をしなやかに曲げ地面を強く蹴り、再び風を切り飛び立つ。

魔族と魔獣の斜め上で両翼を一度ばさりと羽ばたかせ、舞い上がった土埃《つちぼこり》と共にそのまま空中でぴたりと静止する。

大きな口をゆっくりと開くと、喉元《のどもと》から閃光《せんこう》が発せられると同時に、太く輝く槍《やり》のような炎を魔族と魔獣にめがけて勢いよく吐きだした。

雷鳴のような轟音《ごうおん》が響きわたると同時に火柱が上がり、魔族と魔獣は瞬く間に巨大な紅い炎に包まれる。めらめらと燃える灼熱《しゃくねつ》の炎と共に黒々とした猛煙が上がり、人の叫び声にも似た断末魔の悲鳴が辺り一帯に響き渡った。

少し離れた場所にいるエドワードとセシルの元にも熱風が届き、エドワードはマントを身体の前で深く合わせると、腕の中にセシルを隠し、熱い空気があたらないようその身を守った。

エドワードは、遠くで燃え盛る巨大な炎を険しい表情で見据える。

その瞳《ひとみ》は、いつもの深紅の色とは違い、鮮やかな赤に染まり、夕闇の中で鋭い光を放っていた。

マントの中で呆然《ぼうぜん》と身を固くしていたセシルは、その瞳を見て目を見開き、驚きの表情を浮かべる。

エドワードは腕の中のセシルを見下ろし安心させるように微笑《ほほえ》むと、震える華奢《きゃしゃ》な身体を守るように強く抱き寄せた。セシルを抱きその体温を感じると、大切な人がようやくこの腕の中に戻って来てくれた喜びが、じわじわと胸の内に湧き上がる。

ドラクセスは炎を吐ききりエドワードの傍らに戻ると、地上に降りて翼を閉じた。

その黒曜石に似た熱い鱗《うろこ》の隙間から煙を立ち昇らせ、酷使した身体が発する余分な熱を放出しながら、魔獣が燃える様を見つめていた。

燃え盛る炎が徐々に収まってくると、黒く焦げて爛《ただ》れた魔獣の肉が姿を現す。残り火がぶすぶすと燻《くすぶ》りながら、命を失った魔獣は既にその姿を崩し始め、肉体が徐々に空中に飛散していく。

魔獣は死んだ。

しかし、魔族の亡骸《なきがら》が見当たらない。

エドワードがそう思った瞬間、目の前で何かがきらりと光り、咄嗟《とっさ》によけたエドワードの頬を掠める。エドワードの頬が、ピリリとした痛みを発すると共に、つうと赤い血が伝う。

背後の岩場に突き刺さっていたのは、魔力で出来た鋭い氷の矢だった。

煙を上げながら消えゆく魔獣の亡骸の後ろに、ゆらりと黒い影が蠢《うごめ》くと同時に、今度は大量の氷の矢が、エドワードめがけて放たれる。

突然の広範囲の攻撃に、エドワードとドラクセスはすべての意識を前方に集中させる。

無数の氷の矢はエドワードの鼻先で一斉にぴたりと止まると、そのままじわりと溶け、熱い雨のように地面にぼたぼたと落ち、染み込んでいった。

意識を解き再び前方の魔獣の亡骸を見やると、その影に息絶えたばかりの魔族の姿があり、その半身は焦げて真っ黒に焼け落ちていた。魔力が残った左腕は僅かに元の色を保ってはいたものの、煙をあげながら徐々に原形を崩し始めていた。

エドワードは、死に際に至ってもなお放たれた魔族の攻撃への執念に息を呑む。

「あいつ、自分の魔獣を盾に、身体の一部を守り、反撃を……」

エドワードの言葉に呼応するように、ドラクセスは牙《きば》の隙間から怒りに煙を立ち昇らせながら、魔族に再び炎を浴びせようと地面を蹴ろうとする。

その動作を見てエドワードが慌てて声を上げた。

「待て！　あいつはもう事切れている、必要ない。ドラクセス、今すぐやらなければならないことがあるだろう？　お前にしかできないことが」

そう言うと、エドワードの足下に力なく横たわる白い幼竜を見やった。

幼竜はかろうじて息はあったものの、身体中から血を流し、その鱗は一部剝《は》がれ、傷付き弱っていた。

ドラクセスは、はっとすると、すぐさまその傍らに寄り添う。

傷ついた自身の子の傷口を、魔力をこめてその熱い舌でゆっくりと舐《な》める。

白い鱗の傷口の上をドラクセスが繰り返し舐めるたび、じわりと湯気をたてながら、幼竜の傷はゆっくりと癒えていく。

その姿を見てほっとし、エドワードも自身の身体の戦闘態勢を解いた。

目の色が通常の深紅の色に戻り、目の前の視界もドラクセスの視界が混ざったものから自分の目から見えているものだけに変わっていく。

腕の中のセシルを見下ろす。

魔族が息絶えてから、セシルを拘束していた薄い膜は空気中に溶けるように消え始めた。身体が自由になり声を出せるようになると、セシルはエドワードの胸の前のシャツを両手で握りしめ、必死の形相でエドワードに訴えた。

「あの、エドワード様、あの子が、見えますか？　あいつは、蜥蜴《とかげ》、と。きっと怪我《けが》をして、傷ついて……」

銀色の瞳と目が合う。その顔は悲しみに歪《ゆが》み、目には涙が浮かんでいた。

「セシル……」

「死んでしまう、僕の、僕のせいで……」

「セシル、落ち着いてくれ、大丈夫だ。あいつは無事だ。息もある。今、治療を施している」

「治療？」

「ああ。あと、蜥蜴ではない、あいつは竜だ。今は親である俺の竜が、自ら治療している。傷は消えつつある」

「竜……？」

セシルは次々と明かされる事実に頭がついていかず、驚きの表情を浮かべながらぱちぱちとその大きな目を瞬《またた》いた。

「あの子は、大丈夫なのですか……？」

「ああ、大丈夫だ。心配ない。すぐに元気になるはずだ」

セシルの目に、再びみるみるうちに涙が浮かんだ。

「そうなのですね……なんとお礼を言ってよいか……よかった、本当に……」

セシルは両手で口を覆い、嗚咽《おえつ》しながら涙を流し始めた。

エドワードはその姿を見て、下を向いたセシルの頬を両手で覆い、上向かせた。

「他の者の心配などして……。セシルは、本当に危なかったんだ。あと少しで、あいつに連れていかれるところだった」

「あの、魔族と、魔獣は……？」

「息絶えた。もう怯《おび》える必要はない。セシルは、怪我や痛いところはないか？」

「そうですか……。僕は、大丈夫です。僕よりエドワード様の方が、顔にお怪我を……」

「こんなの、どうってことない」

エドワードは顔を歪ませ、泣いているような笑っているような、どちらともつかない表情を浮かべると、セシルに腕を回し、ぎゅう、と強く抱きしめた。

セシルに寄せられたエドワードの頬の向こうから、啜《すす》るような息遣いが聞こえ、その肩は僅かに震えていた。

「無事で……本当に、よかった……」


エドワードに抱きしめられ、セシルは大きく目を見開いた。今のこの状況に、じわじわと現実としての実感が伴い始める。

エドワードが、来てくれた。

もう一生、会うことはないと思っていた。その懐かしい腕に強く抱きしめられ、セシルは戸惑《とまど》う。

自分はまだ、この人の伴侶なのだろうか。

このように助けてもらうに値する立場なのか、全くわからない。

しかし何であろうと、今この瞬間、遠くから駆けつけ、怪我を負い、エドワードが身体を張ってセシルを守ってくれたという事実に変わりはなかった。

迷った挙句、身体の脇に下ろしていた手を、おずおずとエドワードの背中に回し、指先でシャツを

きゅっと摑《つか》んだ。

その広い胸におでこをつけ、小さく呟《つぶや》く。

「ありがとう、ございます。助けていただいて……」

エドワードにますます強く、力を込めて抱きしめられる。

そのぬくもりと、大好きな匂いに包まれて、セシルの胸にじんわりと温かな気持ちが込み上げた。

もう二度と、こんな気持ちになることはないと思っていたのに。

涙が浮かんだ目を閉じて、その胸に顔を埋《うず》める。


しばらくそうした後、エドワードはセシルの両肩にそっと手を置き身体《からだ》を離すと、少し赤くなった目でセシルの顔を正面から見つめた。

「俺と、話をしてもらえないか。セシルの気持ちが知りたい。俺も、伝えたいことがたくさんある」

26. むき出しの心

セシルは、森の中をエドワードに手を引かれ歩いた。

二人は一切言葉を交わすことなく、その間には沈黙が流れ、地面を踏みしめる規則的な足音と、吹き抜ける風に揺れる木々の音だけが辺りに響いていた。

少し先を歩くエドワードの後ろ姿を見つめながら、その包み込むような大きく温かい手に触れ、セシルの胸はドキドキと早鐘のように鼓動していた。

途中合流したエドワードの愛馬に乗せてもらい、町の中心部に辿り着く。

季節外れの観光地の宿はどこも閑散としていて、町で一番大きなその宿も、最上階にある要人専用の部屋すら空室だった。

エドワードは、セシルを先に部屋に入れると、後ろ手にバタン、とドアを閉める。

仕事部屋も兼ねたその部屋は、入ってすぐに広い応接室があり、その奥がプライベートな居住空間となっていた。家族で過ごすことを想定され複数の寝室があり、そのそれぞれに浴室がついていた。

エドワードから「少し休んでからにするか？」と聞かれたものの、セシルは首を横に振る。エドワードに促され、セシルは応接用のソファに座った。エドワードはその向かいに腰を下ろす。

向かい合った二人の間に、気まずい沈黙が落ちる。

口火を切ったのは、エドワードだった。

「セシル、どうして、俺と離縁したいんだ？」

セシルは、核心をつくその質問に思わずびくりと身体を震わせるも、もうこの状況では逃げも隠れもできない。おずおずと、小さな声で話し始める。

「あの、僕、ウォルトグレイ家の妻として、何の役にも立てません。むしろ、僕がいると、邪魔なんです……」

「そんなことはない、セシルは、よくやってくれている。仕事も優秀だと」

セシルの口元が震えた。エドワードを失望させてしまうとずっと言えなかった話を、ついにしなければならなかった。

「僕、屋敷の人たちみんなから嫌われています。歳《とし》もこんなにエドワード様より上で、若くも、美しくもなく」

「嫌われている？　みんな、とは、誰だ？」

「……屋敷の人たち、全員です」

その言葉を聞き、エドワードは目を見開き、言葉を失った。

「エドワード様のご家族も、使用人の皆様も、歓迎した素振りをしているのはエドワード様の前だけです。皆、おそらく強く望んでいます。もっと、エドワード様に相応《ふさわ》しい方が、妻になるべきだと」

それを聞き、エドワードはその整った眉根《まゆね》を寄せると、表情を歪ませ怒りに震えた。関節が白く変色するほどに、強く拳《こぶし》を握りしめる。

「やはり、俺がいない間に、何かされていたのだな……？」

セシルは怒りに燃えるエドワードを見て、その銀色の長い睫毛《まつげ》を伏せた。

説明しようとしても、言葉に詰まってしまい、過去の悲しい気持ちが蘇《よみがえ》り声にならなかった。

迷った挙句、代わりの言葉を、セシルは力なく吐き出す。

「そう思われるのも仕方ないです。僕は、自信がありません。子供も、産めるかわからない。なのに……」

セシルの震える口から漏れる呼吸が激しくなり、その瞳に徐々に涙が溜《た》まり始める。

「エドワード様のことをすごく……お慕いしてしまい、エドワード様に、他のお相手の方ができることに、耐えられそうにありません。これでは、貴重な、魔法士の血が、絶えてしまう……」

セシルはついに感情が抑えきれなくなり、呼吸がしゃくり上げるようなものに変わっていく。その大きな銀色の瞳《ひとみ》には大粒の涙が浮かび、一言話すごとに、その涙がこぼれ落ちてポロポロと頬を伝った。

「だから、エドワード様には、このような、聞き分けのない伴侶《はんりょ》など、見限っていただき、もっと相応しい方を選んでいただきたく……」

セシルは涙を流しながら、激しい嗚咽でついに言葉を続けられなくなる。

エドワードは、そんなセシルを見つめながら、信じられない気持ちでその言葉を聞いていた。

「すまないセシル、今の言葉を、もう一度言ってもらえないか……？」

「見限って、いただき……」

「その前だ」

「耐えられそうに、ありません……」

「それもだが、もっと前だ」

「エドワード様のことを、すごく、お慕いしてしまい……？」

その言葉を再び聞き、エドワードの表情からみるみるうちに隠しきれない喜びが溢《あふ》れだした。深紅の瞳が、キラキラと輝き始める。

「セシルは、俺のことが、好きということか……？　俺が、嫌になったわけではなく？」

「エドワード様を嫌になったことなど、一度もありません。むしろ僕だけが、勝手に強く想いを寄せ過ぎているのが問題で……」

エドワードは思わずセシルの元に駆け寄った。

傍らに跪《ひざまず》き、そっと手をとる。冷え切ったセシルの手の上に、エドワードの温かく大きな手が重なり、すっぽりと包み込んだ。

「こんなに嬉《うれ》しいことは、他にない……セシルが、俺を想ってくれていたなんて。俺が……、俺だけが、セシルのことを、好きなのだと思っていた」

セシルは、その言葉に、驚いて目を見開く。

「エドワード様が……、僕を好き……？」

「ああ、十二年前に、ここで初めて出会った時から、ずっと」

「十二年前って……、だってあの時、エドワード様はまだとても小さくて、てっきり忘れていらっしやるものと……」

「覚えている。あの日の会話を、すべて諳《そら》んじることだってできる」

エドワードは、握った手にさらに力を込めて、セシルに伝えた。

出会ってからずっとセシルのことを想っていたこと。婚約が決まったときは本当に嬉しかったこと。

セシルはその言葉を聞きながら、戸惑いに目を瞬《またた》かせた。

「なぜ、ですか……？　あの日僕は、そんな風に想っていただけるような特別なことは何もしていません。ただ、屋敷にお連れしただけで……」

「特別なことを、セシルはしたんだ。もっと自信を持って欲しい。俺だけではない。あの日から、俺の竜もセシルが大好きだ。セシルは、とても貴重で、素晴らしい存在でもあるんだ。生きていてくれることが、奇跡であるほどに」

エドワードはセシルに説明した。セシルが知らない出生の秘密、セシルが持つ、魔力を持つものが惹《ひ》かれる不思議な力について。

セシルは全く思いもよらない事実を知ったことで驚きに目を見開いていたが、エドワードの話に耳を傾けるうちに、その顔からはみるみる血の気が引いていった。聞き終わる頃にはひどくショックを受けていて、心が氷のように冷え切っていた。

セシルは青ざめたまま、うわ言のように、ぽつり、と呟く。

「……エドワード様が、僕をわざわざ連れ戻しに来てくださったのは、そのような理由だったのですね。僕に、何か不思議な力……があるから……」

エドワードは先ほど、セシルに好きだと言ってくれた。

けれどそれは、自分が一瞬期待したようなものではなく、全くの別物だったのではないか。

エドワードがセシルを求めてくれているのは、愛によるものなどではない。自分に〝不思議な力〟があるからだ。そしてウォルトグレイ家にとって有益な、自分と同じ力を持つ子供を産ませる利用価値があるからというだけだ。

そのことを理解した瞬間、セシルは心が硬い床に叩《たた》きつけられたかのように感じた。幼い頃から孤独の中繰り返し傷を負い続けた心が、その痛みに悲鳴を上げる。

もうこれ以上傷つきたくないという気持ちは、セシルを現実に引き戻すには十分だった。

——やはり自分は、愛されてなどいなかった。

青白い顔をして遠い目をしていたセシルは突然、エドワードから強く両肩を掴まれる。

驚いてエドワードを見つめると、その瞳には焦りの感情が滲《にじ》み、口元をわなわなと震わせながら明らかに取り乱していた。

「セシル、違うんだ。不思議な力なんて関係ない。俺はずっと、セシル自身のことが好きで……」

セシルはその激しい剣幕に、思わず身体を強張《こわば》らせる。

エドワードは自分を拒絶するかようなセシルの姿に言葉を詰まらせると、その顔に激しい後悔と、深い悲しみを浮かべる。

しかし、深紅の瞳に新たに固い決意の色を灯《とも》すと、悲しみに滲んだセシルの瞳を見つめ、はっきりと告げた。

「すまない。セシルが俺の気持ちを信じられないのは、全部俺のせいだ。だから俺は、いつか信じてもらえるように、これから先、何度だって繰り返し言い続ける——セシルのことを、心から愛していると。だからどうか、傍《そば》にいてほしい。どんなことだってする。セシルが俺の傍にいて、もう二度と、苦しむことがないように」

そして、エドワードはセシルに告げた。

セシルをつらい目にあわせた、父や、弟や、使用人たちがやったことを、洗いざらい調べ上げ、それに見合った罰を与え、罪の償いをさせること。

つらい思い出のある元いた屋敷に戻るのではなく、王都の離れた場所にある別邸に移り、エドワードと共に暮らしてもらえないかということ。

そして使用人は少数に絞り、王都の使用人ではなく、領地の城の使用人の中から優秀で信頼できる者をすぐに呼び寄せる、と付け加えた。

「あと子供のことは、本当にセシルは気にしなくていい。それは当主である父が考えるべきことで、まだ幼い子もいる上、能力のある者がこの先生まれる可能性もある。たまたま今は俺が次期当主の座にあるが、セシルがプレッシャーを感じるなら、いつだって俺はその座を降りる。あと、俺に他の相手ができるのを心配しているようだが、側室について父上から何か言われたせいだな？　俺は前にも言った通り側室をとるつもりはもともとない。それはこの先も絶対に変わらない。俺の相手は生涯、セシルただ一人だけだ」

エドワードの口から次々に述べられる言葉の数々に、セシルは目を丸くしていた。有り得ないと思っていた対処法だらけで、頭がくらくらした。

「そのようなことが……可能なのですか？」

「俺はもう子供じゃない。セシルといるためなら何だってできる。だからできればもう、離縁したいなんて言わないで欲しい。俺は二度とセシルと離れたくないんだ。どんなことをしても、決して……」

エドワードは、再びセシルの手をとると、跪いたまま縋《すが》るようにおでこを擦《す》り付けた。これはエドワードからセシルへの懇願だった。

セシルは呆然《ぼうぜん》としていた。

突然のことに、頭が混乱して、どのように判断してよいかわからない。

耳から入ってきた様々な情報が頭の中でぐちゃぐちゃに混ざり合い、何も考えられなくなっていた。

エドワードは再びセシルを見上げ、その戸惑《とまど》う様子に僅《わず》かに悲しみの表情を浮かべるも、すぐさまセシルを安心させるように穏やかな笑みを浮かべた。

「すぐに答えは出ないだろう。今夜、ゆっくり考えてみてほしい。ただ、くれぐれももう、一人で黙って出て行ったりはしないでくれ」

そのまま立ち上がりセシルの手をひくと、部屋の奥にある一番広い寝室に案内した。

部屋から去ろうとするエドワードに、セシルは慌てて尋ねる。

「エドワード様は、どちらに？」

「別の寝室を使う。セシルは、いろいろなことがあり疲れているだろう？　ゆっくり休んでくれ」

そう言うと、寝室のドアをパタリと閉じた。

突然一人部屋に取り残され、セシルの頭の中は真っ白になった。

しばらくその場に立ち尽くしていたが、このままではいけないとふらふらと浴室に向かい、ぼんやりと湯浴《ゆあ》みをした。その後寝着に袖《そで》を通して、大きな寝台の端に腰かける。

すると、ぽつりぽつりと、先程のやり取りが頭に浮かんできた。

エドワードの立場を思えば、考えなければならないことは山ほどあった。しかし、セシルにとって、最も重要な、ただひとつのことに心を寄せる。

〝セシルのことを、心から愛している〟

エドワードは、セシルにそう言ってくれた。しかし、自分の心が、それとは真逆の言葉を、繰り返し耳元で囁《ささや》く。

〝自分が愛されることなど、有り得ない〟

それは幼い頃から、愛されたいと願うセシルの心が壊れてしまわないように、その周りを強固に幾重にも重なりながら、ずっと守ってくれていた言葉だった。

元から存在しないなら、自分が愛されないのは仕方がないことだと、諦《あきら》めるために。

しかし先ほどエドワードは、真剣な眼差しを向け、セシルに好きだと伝えてくれた。

エドワードは、いつだって優しく温かく、真摯《しんし》な態度でセシルに接してくれていた。器用に嘘《うそ》のつけるような人物では決してないことを、今まで過ごした日々の中でセシルは知っていたはずだ。

あの真剣で、必死な様子のエドワードが言ってくれた言葉が本物だと、どうして自分は信じることが出来なかったのだろう。

それは、〝愛されるわけなどない〟と言う、自分の心に囚《とら》われているせいだと気付く。

エドワードは、悲しげに、深く傷ついた表情をしていた。そうさせていたのは、他の誰でもない、自分自身だ。その事実に、セシルの胸の奥がズキリと痛む。

——自分が信じないせいで、この世で誰よりも大切で愛《いと》しい人を、傷つけている。

もしも、そうであるならば。

「……この言葉は、もう、いらない」

セシルはそう呟《つぶや》くと、自分のことを長年守ってくれていた、心の周りにこびりついたまま〝愛されるわけがない〟と囁き続けていた存在を、勢いよく、すべて剝《は》ぎ取った。今まで自分の心をがんじがらめに縛り付けていたその言葉が、無意味なものとなって嘘のようにほどけて消えていくのを感じる。

そして一歩、足を踏み出し部屋を出ると、エドワードのいる寝室に向かった。

ドアをノックする。

するとすぐにガチャリとドアが開き、驚いた顔で固まるエドワードが姿を現した。

湯浴みを終えたばかりのためか、前髪を下ろし、その漆黒の髪は艶《つや》めいてまだ僅かに水が滴っており、薄闇の中、目を見開き佇《たたず》む姿は普段より幼く見えた。

その表情は、遠い昔暗闇の中、湖のほとりで怪我をして打ちひしがれ、大きな瞳に涙を浮かべながらこちらを見つめていた少年の姿と重なった。

セシルは勇気を振り絞り、エドワードを見上げ口を開く。

「突然、申し訳ありません。僕は、エドワード様に今、どうしてもお伝えしたいことがあります」

強い決意を滲ませたセシルの表情を前に、エドワードの深紅の瞳には不安の色が浮かぶ。目の前に立つセシルを、緊張の面持ちで見つめる。

「エドワード様が、僕のことを好きだなんて考えは、何かの間違いではないかと、今まで、ずっと考えないようにしてきました。でもそれは、エドワード様の気持ちを、蔑《ないがし》ろにしているのと同じことでした。だから、そのような考えは、もう捨てねばと」

セシルは震える手のひらを、ぎゅっと握りしめ、エドワードを見つめる。鳴りやまない大きな鼓動を胸に、意を決して深く息を吸い込む。

「その上で、僕はもう一度、ちゃんと、聞きたくて。それで申し訳ないのですが、もう一度だけ、言っていただけませんか？　先程、エドワード様が、伝えてくださった言葉……」

エドワードは、セシルの話を信じられない思いで聞いていた。

驚きの表情を浮かべ、セシルの腕を無言でとると、ゆっくりと部屋に引き入れる。

そして静かに、セシルの背後のドアを閉めると、僅かに震える両手をとり、セシルの煌《きら》めく銀色の瞳《ひとみ》をまっすぐ見つめながら、深く息を吸い込み、はっきりと、告げた。

「セシルのことを、心から、愛している」

セシルは初めて、守るものが何もない、弱く傷つきやすいむき出しの心で、エドワードの愛の言葉を聞いた。

その言葉は、セシルの中に入りこむと、心の表面を優しく撫《な》で、温かく包み込んだ。

セシルの心は、その存在に強く掻《か》き立てられ、この上ない喜びに震える。

〝僕は、愛されている〟

生まれて初めて心の底からそう思えて、その嬉しさに、思わず涙が溢《あふ》れる。

「僕も、エドワード様を、愛しています……」

そうセシルが呟いた瞬間、エドワードに抱き寄せられる。

セシルの輝く銀色の髪に顔を埋《うず》め、首筋に熱い息がかかる。

セシルもまた、エドワードの広い背中に縋りつくように腕を回すと、その温かい胸に頬を寄せる。

お互いにぴたりと身体《からだ》を合わせ、この世で誰よりも愛しい相手の存在をもっと近くで感じたいと、その腕に、強く、強く力を込めた。

セシルは、生まれてから、ずっと一人だった。

そして、エドワードもまた、重圧の中、孤独を抱えていた。

十二年前のあの日、二人は出会い、エドワードはセシルを、セシルはエドワードを、暗闇の中で見つけ出す。

傷つき、孤独だった二人は、再び出会い、どうしようもないほどに惹かれ合い、お互いを唯一のかけがえのない存在として、今ようやく、想いを通じ合わせた。


カーテンの隙間から月明かりが僅かに漏れる薄闇の中、静かに寝台に横たわり、二人は見つめ合う。

エドワードはセシルに擦り寄ると、ゆっくりその背中を抱きしめ、薄い胸に顔を埋めた。

セシルは、少し湿ったエドワードの漆黒の髪を柔らかく抱き寄せると、そっと手のひらで包み込む。

お互いの存在を、すぐ傍に感じる。

二つの体温が混ざり合い溶け合うかのような、肌に触れる温かいぬくもりに安心した二人は、夜の静寂に包まれて、深い眠りの中へと落ちていった。

27. 居心地の良い場所

「エドワード様と共に、王都に戻ります」

翌朝、セシルはエドワードにそう告げた。

その言葉を聞いた瞬間、エドワードは本当か？　と声を上げて喜びに表情を輝かせると、セシルの両足が床から浮き上がるほどに強く抱きしめた。

セシルはその勢いに圧倒されてしまいされるがままになっていたが、そのままなかなか離してもらえなかったため、思わず「く、苦しいですっ……」と背中をぽすぽす叩《たた》くとようやくその手の力が緩み、床に下ろしてもらえた。

突然強く抱きしめられ驚いてセシルが見上げると、エドワードは目が合った瞬間、子供のように無邪気な笑顔を浮かべる。

普段とはかけ離れたその様子に、こんなにも嬉《うれ》しそうにしてくれるなんてと、セシルも思わず赤面してしまったほどだった。

しかし、気が変わったりしないかという不安が残っていたためか、部屋を出る際もセシルの手をとり腕を組んだままで、宿の入り口で王都に帰る馬車に乗り込むまで、片時もその手を離そうとはしなかった。

エドワードは乗ってきた愛馬を別の者に任せ、自身も馬車の中に入りセシルの隣に座ると、ようやくほっと息を吐き、セシルの目を見つめ穏やかに微笑《ほほえ》み、再びそっと手を握った。

馬車に乗っている間、エドワードは定期的に宙に視線を泳がせては、口の中で小さく何かを呟いていた。

セシルから怪訝《けげん》そうに見つめられているのに気付くと、精霊を介して父親と連絡を取り合い、別邸の準備や屋敷の調査を進めているのだという説明をしてくれた。

「見えないものたちの話を、僕にしてしまって良かったのでしょうか？　以前は、話せないとおっしゃっていたので」

「いいんだ。セシルにはもう隠し事をしない事にした。セシルに危険が及ぶことを懸念していたが、そうでなくともセシルを守るための手段は取るつもりだから同じことだ」

そしてぽつぽつと、精霊や、ウォルトグレイ家の力について話し始めた。信じられない話ばかりだったが、セシルは静かに耳を傾けた。

王都に着く頃にはすっかり夜になっていて、しばらく使われていなかったウォルトグレイ家の別邸の準備が整うのは翌朝とのことで、その日は二人で王都の宿に泊まった。

翌日の昼頃、馬車に乗り別邸に向かう。

王都の中心部から離れたその屋敷は、石畳の長い坂道を登った先にあり、小高い山の上の閑静な貴族街の一画にあった。

門から中に入ると、塀に囲まれたその敷地内には様々な木が生い茂る庭園があり、中央には二階建ての明るいクリーム色を基調とした石造りの大きな屋敷があった。

馬車の中で、セシルはこれから会う使用人たちの話を聞いた。

「使用人は三人だ。執事のジュードは、領地の城で俺が子供の頃から執事を務めているベテランだ。メイドのアンナは、昔俺の乳母《うば》の一人だったが、メイドや侍女を務めた後に家政婦長まで上りつめた人物だ。料理人のハリーはまだ二十代半ばで若いが、長く料理長の元で働いていて、最近は料理長が不在の際代理で料理長を務めることができるほどの実力のある者だと聞いている。三人共、経験豊富で優秀な者たちだ」

セシルはその肩書きを聞き、目を丸くする。

「そのような、上に立つ使用人の方々をこちらに突然お呼びして、領地の方は大丈夫だったのですか？」

「後で詳しく話すが、今、ウォルトグレイ家全体で使用人の総入れ替えをしていて、配置も大幅に見直している。王都で働く事になっていた者たちだから問題ない」

別邸に着くと、エドワードが言った通り、屋敷の入り口には出迎えに三人の人物が並んでいた。

セシルは、エドワードに続いて緊張の面持ちで馬車を降りる。

「皆、よく来てくれた。こちらがセシルだ。今日からよろしく頼む」

セシルも慌てて声をかける。

「はじめまして、セシルと申します。突然のことで、急にこちらに仕事場が変わり、申し訳ありませんでした。これからよろしくお願いいたします」

頭を下げていた三人がゆっくりと顔を上げると、穏やかで温かな視線がセシルに注がれた。

「セシル様」

最初に口を開いた執事のジュードは、五十代前半のロマンスグレーの髪をきっちりと固めた口髭《くちひげ》の男性で、その切れ長の瞳をまっすぐセシルに向けると、一歩前に進み出た。

「こちらこそ、よろしくお願いいたします。この度、使用人たちがセシル様に大変な無礼を働いていたとのこと、使用人を代表いたしまして、深くお詫《わ》び申し上げます」

「そんな、皆さんのせいではないので、お詫びなどしていただく必要は……」

「いえ、ご心痛はいかばかりだったかと、お詫びしてもしきれません。セシル様の信頼を取り戻せるよう、わたくしどもは誠心誠意仕えさせていただく所存です」

その後、セシル様、とメイドのアンナが柔らかな声を上げた。アンナは四十代後半の女性で、温かな色彩の茶色の瞳に柔和な笑みを浮かべながら話し始める。

「わたくしどもは、セシル様にお会いできるのを、それはそれは楽しみにしておりました。よくぞ、この家に、帰って来てくださいました。少しでもこの屋敷がセシル様にとって居心地の良い場所であるようわたくしどもは全力を尽くします。わたくしは、屋敷のことと共にセシル様の身の回りのお世話もさせていただきますので、どうぞ何なりとお気軽にお申し付けください」

セシルは二人の言葉を聞き、初めて自分を歓迎する温かい態度を感じ、嬉しさに涙ぐんだ。

「お二人とも、お気遣い、ありがとうございます……」

穏やかな雰囲気が流れる中、突然料理人のハリーが口を開いた。

「セシル様は、何か苦手な食べ物はありますかね？」

「あ、僕は、これと言って、そういったものはないので、お気遣いいただかなくても大丈夫です」

「好き嫌いがないとは、ご立派です！　エドワード様は変わらず緑色の野菜が苦手なのですか？」

「……ハリー、それは一体、いつの話をしている？」

「いつの話でしょう？　料理長が言っていたんですよ。入れるたびに器用に全部除《よ》けられたって」

「子供の頃の話だ……今は食べられる。まあ、好んで食べるというわけではないが……」

「やっぱり苦手なのですね！　でも食べられるなら、使おうと思います！　セシル様もエドワード様も、苦手なものだけでなく、好きなものとかも、リクエストがあったら言ってくださいね。俺、何でも作りますんで！」

「ハリー、さっきから言葉遣いがくだけすぎていますよ。セシル様、申し訳ありません」

「すみません！　俺、くれぐれも注意しろって言われてたんだった」

セシルは、皆のやりとりに、思わず笑みがこぼれた。

「変えなくとも、今のままで大丈夫です」

挨拶《あいさつ》を終えると、エドワードに連れられ、別室に移動しながら屋敷の説明を受ける。

二階が二人の居住スペースとなっており、寝室の大きなガラス窓の外には、広々とした立派なバルコニーがあった。

バルコニーに出ると、庭園に生い茂る木々の先には眼下に広がる王都が一望でき、さらにその先に陽光を受け輝きながらそびえ立つ王宮である白の宮殿《ホワイトパレス》が見えた。

王都の空を吹き抜ける風が、セシルの髪をなびかせる。

「エドワード様、ここは、すばらしい眺めですね」

「この邸宅は、王都の中心部からやや離れていて最近は使われていなかったが、このように景色がいいのは良い点だな」

「中心部から離れているという事は、エドワード様の王宮へ向かう際にかかる時間が以前より増えてしまいますか？」

「いや、王宮からの時間は、むしろ今までより短いくらいだ。俺の愛馬は、坂道も問題なく走るから心配ない」

「それでしたら、よかったです。僕のせいで、エドワード様の住む場所まで変えさせてしまい、申し訳ないと……」

「セシルは申し訳ないなどと思う必要など全くない。俺は、セシルが共に帰ってきてくれて、本当に嬉しいんだ。それだけで十分すぎるほどに」

そう言うと、エドワードはセシルの肩に腕を回しぎゅっと引き寄せると、銀色の髪に顔を寄せた。

セシルはエドワードの優しさを感じ、引き寄せられた腕に身を任せて力を抜くと、頭を肩にもたせかけて体重を預ける。

二人は寄り添い、お互いの温かい体温を感じながら、目の前に広がる美しい景色を静かに眺めた。

しばらくすると、エドワードが口を開く。

「父上が、今後のことについて俺たちと話をしたいと言っている。しかしセシルが同席するのが難しければ、会うのは俺だけにして手紙など書面だけのやりとりにすることも可能だ。俺は、そうした方がいいのではと思っているが……」

セシルは少し考えた後、エドワードに向き直り、深紅の瞳《ひとみ》を見つめながら答えた。

「お会いします。ローガン様と、話を」

「しかし……大丈夫か？」

「はい、今後のことは、僕たちだけで決められることではないと思っておりました。きちんと話をしなければなりません」

その言葉に、エドワードは瞳に心配そうな色を浮かべながらセシルを見つめた。

セシルは「大丈夫です」と微笑み、エドワードの大きく温かい手に細い指を絡ませ、きゅっ、と握りしめる。

セシルは、エドワードと共にいることを選んだ。

しかし、いくらエドワードとセシルの間に強い想いがあったとしても、家全体を巻き込む話であり、二人だけでこの先の身の振り方を決められないことは、今までの経験上わかっていた。

家の話は、当主であるエドワードの父親の意見が何よりも重要なことを、セシルは実家の父親や、前の嫁ぎ先で様々な貴族たちを見てきたことにより、痛いほど身に染みていた。

特にウォルトグレイ家の跡継ぎに関しては特殊であり、その血と能力が直接的に結びついているため、他家のように養子をとるという選択肢がない。

エドワードは、セシルのためなら後継者の座を降りるとまで言ってくれたが、エドワードの父親が、優れた魔法士であると共に当主としての能力の高い唯一の後継者であるエドワードを、易々《やすやす》と手放すとはどうしても思えなかった。

今回このような騒動を起こした自分が、再びこの家に受け入れられるかどうかもまだよくわからない。

自分だけならまだしも、未来のあるエドワードを巻き込むことになるならば、関係を悪くして今まで築き上げてきたものをすべて捨て去るような真似《まね》はできれば避けたかった。

◆

その日の夜。エドワードは新しい夫夫《ふうふ》の寝室にやってくると、寝台の上に二個の竜の卵が置かれているのを発見し、驚きに目を見張った。

「いつの間に二個も？　これは、ドラクセスか……？」

そういえば、いつも目の届く範囲にいるドラクセスが、その日はしばらく姿を見せない時間があった。エドワードは長い間ドラクセスと共にいるが、二年前に白い幼竜が生まれる際に見た卵が初めてで、いくら竜が前触れもなく卵を産むとはいえこのように短い頻度で複数の卵を産むとは聞いたことがなかった。

祖父の代には、ドラクセス一匹しかいなかったというのに。

二つの卵は、直径がエドワードの広げた手のひらほどの大きさで、表面に鱗《うろこ》のようなレリーフ状の凹凸があり、ずっしりとしたその重みで寝台の上掛けの中に沈み込んでいた。

形や大きさは同じだったもののその色は全く異なっており、ひとつは瑠璃色《るりいろ》、もうひとつは琥珀色《こはくいろ》で、どちらも表面に色違いの真珠のような複雑な色彩の光沢を鈍く放っていた。

「エドワード様、どうかなさいましたか？」

ドアから顔を覗《のぞ》かせたセシルが、遠慮がちに声をかけ、寝室に入って来た。

その後ろから、ドラクセスがセシルの跡を追うようにゆっくり歩いてくる。

「それが……」

エドワードはセシルに身を寄せ、今見たことの説明をする。

するといつの間にかドラクセスは寄り添う二人に近づき、とぐろを巻くように周りをぐるりと取り囲むと、セシルの腹部に鼻先を寄せ、すりすりと甘えるように擦《す》り付けた。

「わあ！　エドワード様、何かが、僕のお腹に触れています……」

セシルが驚いて声を上げたため、エドワードがドラクセスの行動の説明をすると、「この子が、あの……」と感激して目を輝かせる。

「その節は、助けてくださって、どうもありがとうございました。そして、卵を二つも産むなんて、本当にすごい……！　大変、お疲れ様でした。そして、おめでとうございます！」

セシルがふわりと花が開くような笑顔を向け話しかけると、ドラクセスはうっとりと金色の目を細め、するすると長い尻尾《しっぽ》を振った。そして嬉《うれ》しそうにさらにセシルに顔を寄せると、その鼻先を脇腹にぐりぐりと押し付けた。

その動きに、セシルはくすぐったいと言いながら声を上げて笑う。

エドワードは、セシルとドラクセスのその一連のやりとりに、思わず目を奪われた。

これから考えなければならないこと、やらなければならないことはたくさんあった。

しかし、今、この瞬間の、なんと美しいことか。

自分の愛する者たちが共に嬉しそうにしている様子を見て、じんわりと温かいものが胸の中に広がる。

今まではぼんやりとその存在を想像するだけだったが、幸福とは、このような感情のことを言うのかもしれない、とエドワードは思った。

28. 償いのかたち

翌日、エドワードの父親であるローガンが家令のルーウィンを伴いやってきた。

一階の応接室で四名が向き合うと、ローガンが眼光鋭くエドワードとセシルに交互に視線を移した後、正面のセシルを見つめ、口を開いた。

「この度は、誠に申し訳なかった」

そう言うと、深々と頭を下げた。

セシルは叱責されると思い、大声を出されることに備えて身を固くしていたところだった。想定とは真逆の突然の謝罪に驚く。

言葉を失っていると、ローガンが続けた。

「ルーウィン、例のものを」

隣のルーウィンが、カバンから既に出していた書類の束から一枚の紙を抜き出し、ローガンに手渡す。

「口頭では間違いがあってはまずいので書面にした。確認してほしい」

ローガンは、目の前のテーブルに書類を置き、すっとセシルの目の前に押し出した。

「セシルへの職務放棄を主導していた者と、それを実行した者たちの名と処分の内容だ。これは、エドワードがある方法で調べた情報から決定した内容で、信用できるものだ。ただ、セシルの受けたものと内容が間違っていたり、漏れていたりする点がないか、確認をお願いしたい」

セシルは突然のことに戸惑《とまど》い、隣のエドワードを見つめた。エドワードが深く頷《うなず》いたので、覚悟を決めて書類に手を伸ばす。

「拝見させていただきます……」

書かれていたのは、以下のような内容だった。

首謀していたのは、王都の屋敷にいたエドワードの弟のジェラルドと、執事、家政婦長、料理長で、その四名が結託し、部下に指示をしていた。そしてそれに賛同し、進んで職務を放棄した複数の使用人の名が書かれていた。

使用人の処分の内容は、〝紹介状なしで解雇〟。

「しかし……、これは、あまりにも……」

この処分は、使用人にとって最も重い制裁であることをセシルは知っていた。前の雇い主の紹介状がないということは、重大な規律違反を起こしたことを意味し、再就職がほぼ不可能になるためだ。

「言い逃れができないほど明らかなものだったため、既にこの者たちの処分は実行され、屋敷を去っている。エドワードが望まぬ結婚を無理やり押し付けられたと信じ込み、セシルを追い出そうと画策していた。この処分を言い渡す際、この婚姻はエドワードの長年の強い想いから決まったことや、セシルの実際の人柄を伝えたところ、皆顔を青くして言葉を失っていた。しかしこの者たちが私の不在に乗じて主《あるじ》たる次期当主の妻に進んで歯向かい、職務を放棄した上隠蔽《いんぺい》し、セシルを危険に晒《さら》したことに変わりはない。もう二度と我が家と関わることはない」

ローガンは書類に目を落とし呆然《ぼうぜん》とするセシルを見ながら、さらに言葉を続けた。

「この他の使用人は全体の三分の一ほどになるが、すべて下級使用人で直接加担はしておらず、立場が弱く見て見ぬふりをせざるを得ない者たちだった。情状酌量の余地を与え、誓約書を書いてもらった上で領地に異動し再教育を施している。しかし、この処分は甘すぎるか？　もしもセシルが今後もこの使用人たちが在籍していることに不安を感じるようであれば、全員解雇するが」

「いえ、解雇までせずとも……それで、構いません……」

「承知した。元々屋敷にいた使用人はほぼ全員いなくなるため、現在領地の使用人が半分こちらに来ている。残り半分は、厳正に審査した上で新しい者を順次入れている。使用人が不慣れで、本邸は今仕事が行き届かなかったり、一部混乱も見られたりする状態だ。落ち着くまでもう少しかかる」

ローガンの横で家令のルーウィンが深く頷いた。その姿を見てエドワードが怪訝《けげん》な顔をする。エドワードは、自身が仕込んだ精霊の調査結果を全て把握していた。

「ルーウィン、他人事《ひとごと》のような顔しているがお前もだ。面倒な仕事を、体調が悪いセシルに押し付けただろう」

その言葉を聞き、ルーウィンは普段の表情を崩さなかったものの、明らかに顔から血の気が引いていき、動揺が見て取れた。

「帳簿の写しは、業務の一環でしたよね……？　セシル様」

「はい？　ええと……そうですね？　勉強になりました」

セシルの言葉を聞き、エドワードはルーウィンに告げた。

「セシルが優しくてよかったな。しかし他に、同じように面倒で捨て置いている仕事はないな？　セシルに引き継ぐ際、そのような半端な仕事が残っていた場合すぐにわかるようになっている。完璧《かんぺき》な状態でセシルに引き継げ。もう次はない」

「……はい、もちろんそれは、そのつもりです。いえ、確実に、そのようにいたします」

「ルーウィンには助けられた恩もある。セシル、ルーウィンはこれで大丈夫か？」

「あ、はい、もちろん……」

ルーウィンはその言葉を聞き、ほっと胸を撫《な》で下《お》ろす。

そのやり取りが終わったのを見て、ローガンは続けた。

「息子《むすこ》のジェラルドだが、私たちが不在の間、使用人たちにセシルを冷遇して追い出せないものかと漏らしていた。あいつは昔からエドワードに心酔していてな。自分勝手な理想をエドワードに押し付けていた。奴《やつ》は今、そのエドワードからの信用を二度と取り戻せないと知り失意の中にいる。現在は屋敷を出て、王宮の共同宿舎に入っている。家からの援助は打ち切り、騎士の推薦も取り下げた。難しい立場に堕《お》ちるが、一からやり直すそうだ」

そう言うと、再び書類の束から、複数の書類を取り出す。

「最後に、誠に申し訳ないことに、この件で一番責任があるのは、この私だ。元はと言えば私がセシルの悪口を家の者に吹聴していたのが原因だった。下の息子の暴挙も、使用人の暴走も、そもそもはそこに端を発している。しかもその事に、エドワードから指摘されるまで気付かなかった。セシルが今回家を出たのも私の言葉がきっかけだったと聞いている。すべては、私の責任だ」

その書類には、ローガンが当主として負うべきだった責任が羅列されていた。

「私はその責任の果たし方のひとつとして、まずはセシルに何か望みがあればそれを叶《かな》えたいと思う。何か希望はないか。何でも良い。私にできる事があれば言って欲しい」

セシルは、思わぬ提案に目を丸くする。

息を呑《の》んだ後、口を開いた。

「僕は……」

その場にいる全員が、セシルの発言に注目した。

「もしもこのまま、エドワード様の伴侶《はんりょ》であるとするならば、この先、エドワード様が、僕とは別のお相手を持たれることを、拒否する事はできません」

深く息を吸い、ローガンをまっすぐ見据え、言葉を続ける。

「ただ、もしもそのようなご予定があれば、その前に離縁していただきたいです。今回、僕が希望したように」

その言葉を受け、エドワードが口を開く。

「父上、俺は、以前から何度も繰り返し言っていますが、セシルの他に相手を持つ気はありません。側室も愛人も、絶対に持たない。これは、これから先も絶対に変わりません。あと、子供は授かりものです。努力だけでなんとかできるものじゃない。俺たちにプレッシャーを与えるような物言いも、一切やめてください」

ローガンはそれを聞き、セシルとエドワードを交互に見据え、頷いた。

「承知した。ルーウィン、今の文言の追加を。しかしこれだけでは、私は何ら責任を負ったとは言えない」

ローガンはそう言うと、息子とよく似た深紅の瞳《ひとみ》で鋭い眼光を放ちながら、エドワードをまっすぐ見つめた。

「私は当主の座を降り、エドワードにその座を譲ることとする。王宮魔法士団の職も辞し、屋敷の使用人が落ち着き次第領地に戻る。辺境の情勢がきな臭いため、その守りに徹する」

エドワードは、ローガンのその言葉に目を丸くした。

「父上、そんな話は、初めて聞きましたが……」

「今初めて言ったからな。エドワード、私が当主になったのは二十一の時でまだ若かった。お前はさらに若く、舐《な》めてかかってくる者もいるだろう。だが、周りに実力を示して黙らせろ。私もできるだけ援助は惜しまない。準備が整い次第、王や貴族たちへの代替わりの挨拶《あいさつ》を始める」

エドワードは、固まって息を呑んだ。

「……俺たちを、この家から逃がさない気ですね……？」

「お前が跡継ぎを放棄するなどと仄《ほの》めかすのが悪い。不満があるなら、いっその事全部自分でやるといい。セシルとずっと一緒にいたいのだろう？　当主になれば思うがままだ」

ローガンとエドワードのやり取りを聞き、セシルは焦った。エドワードが当主になる場合、一番問題となるのは自分だ。

「ローガン様、当主となられるエドワード様の相手が僕では、魔法士の血を継ぐ後継ができないかもしれません。今回エドワード様に救われ、その力は素晴らしいものだとより一層強く感じました。僕は、エドワード様の伴侶であってよいものなのか、正直やはり、判断がつきません」

ローガンはセシルの言葉を聞くと、その視線を下に移動し、セシルの隣、何もない空間を見つめた。

「その件については、おそらく、大丈夫だ」

「僕はそのように、楽観的になることができません。前回の発情期も、駄目にしたことですし……」

「いや、ただの希望的観測ではない。ちゃんと根拠があるのだ。ルーウィン、少しの間、席を外してくれないか？」

かしこまりました、と言い、ルーウィンは応接室から出て行った。

ドアが閉まり、足音が遠ざかっていくのを確認すると、ローガンが口を開いた。

「セシルの隣にいる、その幼竜だ」

セシルは驚いて、思わず何もない自分の隣を見下ろす。

「今、隣に……？　子供の竜のことでしょうか……？　その子が何か？」

「そいつは二年前に生まれたばかりだ。古くからウォルトグレイ家には、魔法士と同じ数だけ竜が出現してきた。私の父が……エドワードにとっては祖父にあたるが……亡くなった際も、ドラクセスはこの家を去るかと思ったが、そのまま留まり、その二年後にエドワードが生まれている。竜には、神秘的な力が数多くある。おそらくわかるのだ。これからこの家に、どれだけの竜が必要かが」

セシルは初めて聞くその話に、驚きに目を丸くした。

「だから、まもなく生まれるのであろう。それが私の子なのか、お前たちの子なのかはわからないと思っていたが、今回幼竜がセシルについて行ったことを鑑みても、十中八九お前たちのところだろう」

エドワードも同様に、驚いて目を見開いていた。

「俺も、その話は初耳です……」

「言っていなかったか？　だから少なくとも一人は、その幼竜が契約することになる子供が、おそらく近いうちに、生まれるということだ」

エドワードは、昨夜の寝室での出来事を思い出した。

竜は、他にもいる。

「……あの、父上。実は昨夜、竜の卵を見つけまして……」

「なんだ？　では、もう一人生まれるということか？」

「いえ、卵は、二個でした……」

「二個だと？　お前たちの間には、一体何人の魔法士が生まれるのだ？　一代に三人など、聞いたことがない」

驚愕《きょうがく》するローガンの言葉を聞き、セシルはエドワードと顔を見合わせた。驚きと共に、二人してみるみるうちに顔が赤く染まる。

その二人の様子を見て、ローガンが豪快に笑った。

「なんだ、二人とも、まだずいぶん初々しいじゃないか。未来は既に決まったようなものだ。それに向けて、まあせいぜい、励むことだ」

その言葉を聞き、心なしか頬を上気させたまま、エドワードが父親を睨《にら》みつける。

「……父上、今の発言は駄目です。謹んでください」

「悪い悪い、今のはすまんが目をつぶってくれ。二人とも、想い合っているようで何よりだ」

ローガンは別室にいたルーウィンを呼び、これで話は終わりだと立ち上がったため、それに合わせてエドワードとセシルも立ち上がる。

「エドワード、これから本邸に来い。代替わりの準備を早速始める。何も持たなくていいからそのまま馬車に乗れ。セシル、悪いが少しエドワードを借りるぞ」

そう言うと、ローガンとルーウィンは連れ立って応接室を出て行った。

後に残されたエドワードとセシルは、二人が去って行った開け放たれた出入り口を呆気《あっけ》にとられ見つめていた。するとセシルが、ぽつりと呟《つぶや》く。

「エドワード様……、あの話は、本当なのでしょうか……？」

「父上は、憶測で物を言う御人ではない。確証のない話を、何よりも嫌う……」

「では……本当に……？　僕たちの子が……」

セシルは、自分の顔が、再び真っ赤に染まっていくのを感じた。僅《わず》かに潤んだ煌《きら》めく銀色の瞳で、上目遣いにエドワードを見上げる。

その視線を受け止めたエドワードは、抑えきれない愛《いと》しさが溢《あふ》れ出すかのような表情を浮かべ、セシルのほっそりとした首筋に、そっと手のひらを添える。

そして引き寄せられるかのように、セシルの唇に自らの唇を重ねた。

セシルは突然の口づけに驚きながらも、唇の隙間を割り開き侵入してくるエドワードの熱い舌を受け入れ、その動きに応える。

性急で、余裕のない動き。

エドワードは貪欲《どんよく》に、セシルの口内すべてを味わうかのように夢中で舌を這《は》わせる。

愛する人からの久々の口づけは、どこまでも甘く、柔らかく、セシルはあまりの気持ちよさに、唇を重ねれば重ねるほどに呼吸は荒くなり、どんどん熱を帯びたものに変わっていくようだった。

しかし突然、エドワードは弾《はじ》かれたようにぱっと身体《からだ》を離すと、名残惜しげに欲望の灯《とも》った瞳でセシルを見つめ、小さく呟く。

「突然すまない、我慢できなかった。でもこのまま続けたら、途中で止まれなくなりそうだ。なるべく早く帰るから、今日のことは、また後で、ゆっくり話そう」

そう言ってもう一度触れるだけの口づけをセシルに落とすと、風のように部屋を去って行った。

後に残されたセシルは、呆然《ぼうぜん》とエドワードが去っていった部屋の出入り口を見つめながら、熱い唇が重ねられた自らの唇にそっと指を触れる。

胸がドキドキと高鳴り、なかなか収まらない。途中で止まれなかったのはエドワードだけでなく、セシルも同じだった。

はっと我に返ると、見送りに出なければならないことを思い出し、ぼんやりしている場合ではなかったと、慌ててセシルも足早に部屋を出たのだった。

29. 約束

カーテンから漏れる朝の光を感じ、セシルは目を覚ました。

隣を見ると、昨夜セシルが眠った後に遅く帰って来たエドワードが、隣でまだ静かに寝息を立てていた。

シーツの上に投げ出された大きな手に、セシルはそっと触れる。

この屋敷に来てから起きた信じがたい出来事の数々に、セシルはなかなか気持ちを整理できずにいた。

今まで心の中に暗い影を落としていた様々な問題はなくなりつつあり、この先の新たな可能性が、目の前に開き始めていた。

「僕と、エドワード様の、子……」

確かな存在として、描かれた未来。

しかし、セシルはまだ、信じきれずにいた。

長い間、ずっと不安だった。こんな自分に、果たして子が産めるのかということが。

発情期は前回から不規則になり、次はいつ来るかさえわからない。いくら竜が神秘的な力を持っているとしても、未来を予知するようなことが、本当に可能なのだろうか？

エドワードの指を撫でる。セシルの細く頼りない手とは違い、長年の鍛錬で皮はごつごつと硬くなり、大きく、力強い、戦い続けるアルファの手だった。この手とドラクセスと共に、これまで数々の戦闘を乗り越えてきたのだろう。

眠っていたエドワードの瞼《まぶた》がゆっくりと開き、優しい眼差しがセシルに向けられる。眩《まぶ》しそうに眼を細め、エドワードが呟いた。

「セシル……どうして、不安そうな顔をしているんだ……？」

「昨日の話を、思い出していました。本当に、僕みたいな者がと……」

「セシルが信じられないのも無理はない。俺はずっとドラクセスと共にいたから、竜の力を、信じている。しかしセシルは、つい最近、精霊の存在を知ったばかりだ。その姿を視《み》ることもできない……」

エドワードは少し考え込むと、不安げなセシルの頬を撫《な》で、その華奢《きやしや》な手を握る。

「セシル、よかったら、幼竜に触ってみないか？」

◆

「では、ここに座ってくれ」

セシルは、身支度を整え、寝台の端に座っていた。

「エドワード様、以前、僕からはあの子に触れられませんでした。あの子から僕に触れることはできたのですけれど」

「ああ、その力を利用する。竜の協力があれば、こちらから触れているように感じることが可能だ」

エドワードから深く腰掛け、手のひらを広げるように言われる。

「セシル、目を閉じてくれ」

セシルが瞼を閉じて緊張しながら待っていると、「いくぞ？」と言うエドワードの声とともに、腿《もも》の上にずしりと硬いものが乗った感触がした。

「重くないか？」

「はい、大丈夫です。今、あの子がここにいるのですね？」

「ああ、セシルの膝《ひざ》の上で、嬉《うれ》しそうに丸くなっている」

セシルはもう、エドワードから以前もらった赤い魔石の指輪をしていなかった。

つけないと伝えた時、エドワードは少し不満そうだったが、精霊たちの正体を知った今、必要ないと思ったからだった。

「ここが腹で、ここが後ろ足だ。爪がやや食い込んでいるが、大丈夫か？」

「大丈夫です。爪は硬くて、お腹は柔らかいのですね。ちゃんとわかります。あ、今、僕の右胸に圧迫感が……」

「ああ、鼻を擦《す》りつけている」

「頭は、どの辺りでしょうか？　触れられますか？」

この辺りだ、とエドワードがセシルの右手を導いてくれた。セシルはその部分にそっと手をのせ、撫でるように動かしながら呟く。

「あの時は、命懸けで僕のことを助けようとしてくださって、ありがとうございました。ずっと、お礼が言いたかったんです。遅くなってすみません。もう怪我《けが》は治りましたか？　痛くはないですか？」

セシルに撫でられて、幼竜は少し口を開けチロチロと舌を出しながら身をよじらせた。

「嬉しそうにしている」

「本当ですか……？　よかった……」

セシルはその感触に、確かな竜の存在を感じた。

以前触れた時は、恐怖を感じていた。

しかし、今はもう、怖くなかった。

つらい時、ずっとセシルを見守り、助けてくれた、かけがえのない奇跡のような存在。

この子は、セシルがその存在に気付くずっと前から傍《そば》にいて、セシルのことを信じてくれていた。

自分がいつか出会う、大切な存在が生まれてくることを、今か今かと楽しみにしながら。

セシルは、手の上に乗る確かな重みを感じながら、ようやく信じる事ができそうな気がしていた。

この竜を。自分を。

そして、未来を。

セシルの目に、自然と涙が浮かんだ。

「……ありがとう。僕たちに、希望を見せてくれて……。君がここにいるおかげで、僕は未来を、信じる事ができる。僕の傍にいて、守ってくれていたのは、これから先、きっと生まれる僕たちの子供を、ずっと信じて、待っていてくれたからだったのですね」

セシルの目から涙が溢れ、ゆっくりと頬を伝った。

幼竜はそれを見て頭を持ち上げると、流れる涙をペロリと舐《な》める。

それを見て、エドワードが慌てる。

「おい、調子にのるな、お前には、前科がある」

「ふふ、くすぐったい。大丈夫ですよ、このくらい」

セシルは、涙を流しながら笑った。

幼竜を撫でながら、セシルはずっと気になっていたことをエドワードに質問する。

「エドワード様、この子は、その……結婚式の夜、寝室にいましたか？」

「……まあ、いたな。セシルが屋敷に来てから、ずっと傍をうろちょろしていたから」

「あの発情期の日、僕はこの子に、襲われたと思っていました。でももしかしたらこの子は、エドワード様の、その……真似、をしようとしたのではないかと」

「真似？」

「はい。僕はあの時、発情期の熱が発散できず、ずっと苦しんでいました。それを、この子なりに、なんとかしようとしてくれたのでは、と思いまして……。まああまり、エドワード様のように、その、うまくできた、とは言えませんでしたが……」

エドワードは、目を見開くと、心なしか顔を赤く染める。

「しかし、その解釈は流石《さすが》に……、セシルは、こいつをいいように受け取り過ぎてないか？」

「いいえ、それが一番、納得がいきました。この子は、優しい子なので……わっ」

幼竜が嬉しそうにセシルの胸に体重を預けたため、セシルは柔らかい寝台の上に勢いよく仰向けに倒れた。セシルの銀色の髪が、波紋のようにシーツの上に広がる。

エドワードはむっとした顔をして、セシルの胸に擦り寄る幼竜を引き離し持ち上げた。

「セシルを押し倒すとは、さすがに馴《な》れ馴《な》れしすぎるぞ。もうお終《しま》いだ。そろそろ部屋を出て行け」

エドワードが寝室の扉の前に連れて行くと、幼竜は少し不満げに部屋を出ていった。

ドアを閉め手をかざし、精霊たちが入ってこられないよう魔力を込める。

そして寝台に戻ってくると、仰向けに寝転んだセシルを見下ろし、顔にかかる銀髪を掻《か》き分《わ》けた。

驚いたセシルにゆっくりと顔を寄せ、額をこつ、とくっつけると、そのまま目を閉じ、唇を重ねる。

お互いに優しく舌を絡め合うような甘い口づけの後、ゆっくりと顔が離れていき、少しほつれた髪の中、セシルはとろりと潤む眼差しでエドワードを見上げる。

エドワードは、その表情を見つめ、耐えるように唇を噛《か》んだ。

「もうこの部屋には、他の奴《やつ》は、絶対に入らせない。セシルのこの、乱れた姿は、俺だけが見る」

「えっ……み、乱れた……？　今、僕、そんな風ですか？」

今度顔を赤らめるのは、セシルの番だった。慌てて両手で顔を覆う。

顔だけではなく、首の下まで真っ赤に染まったセシルの頬から首筋にかけてをそっと撫でながら、エドワードは呟く。

「あいつは、セシルにべたべた触りすぎだ……セシルは、俺のなのに……」

そう言って眉間《みけん》にしわを寄せながら不貞腐《ふてくさ》れた表情をするエドワードを、セシルは覆った指の隙間から覗《のぞ》き見《み》て思わず微笑《ほほえ》む。

エドワードは最近、以前に比べセシルの前で感情を露《あらわ》にすることが増えてきた。普段は年齢より大人びて見えるエドワードだが、そうすると案外、子供っぽいところもあるのだと気付く。

「大丈夫ですよ。僕は、エドワード様だけのもの、ですので……」

セシルは身を起こすと、少し腰を浮かし背伸びをして、自らエドワードに唇を触れた。まるで出会って間もない恋人同士でするかのような、唇同士が一瞬触れるだけのささやかな口づけ。

そしてセシルはエドワードを上目遣いに見上げると、はにかみながら微笑んだ。

愛《いと》しい人のその仕草に、エドワードは悶《もだ》えるように唸《うな》る。

「俺は、気が気じゃないんだ……。セシルを狙う奴は多い。精霊も、魔族も、魔法士も……」

寝台に腰かけるセシルの身体にエドワードが、ぐい、と近づき、その両手を取る。

深紅の瞳《ひとみ》が、縋《すが》るような真剣な眼差しをセシルに向けた。

窓から差し込む明るい陽の光がその瞳に入り込み、宝石のようにキラキラと輝かせる。部屋に満ちる温かい光が、漆黒の髪を艶《つや》めかせ、整った顔立ちにくっきりと陰影を作りながら、エドワードの姿を凛々《りり》しく際立たせた。

エドワードは深く息を吸い込むと、迷うことなく、はっきりと告げた。

「セシル、次の発情期に、俺の番《つがい》になってくれないか」

セシルはその言葉を聞き、銀色の大きな瞳でエドワードをまっすぐ見つめ返す。

耳にかかる銀髪がはらりと落ち、陽の光を浴びてさらさらと煌《きら》めいた。

この世界で、誰よりも愛しく想う人からの求愛に、セシルの心は喜びに震え、その瞳に、じわりと涙が滲《にじ》む。

「はい。次の発情期に、必ず」

エドワードは、セシルの返事を聞き、その表情に喜びを溢《あふ》れさせる。

「……本当に、いいのだろうか？」

セシルは涙を拭いながら、深く頷《うなず》き、笑みをこぼす。

「ふふふ、なんだか、プロポーズみたいですね。僕たちもう、とっくに結婚しているのに」

「これはプロポーズだ。まぎれもなく」

エドワードは、セシルの顔を見つめた。

セシルは今、自分の傍らで、嬉しそうに笑顔を浮かべてくれている。悲しみの欠片《かけら》もない、心からの笑顔。

自分はずっと、この笑顔が見たかったのだと思い出す。この笑顔のためなら、なんでもできると思っていた。ようやくそれを、叶《かな》える事ができたのだと。

エドワードは、恥ずかしそうに微笑むセシルを見つめる。

耐えるような表情を浮かべたものの、呆気《あっけ》なくそれは崩れ、勢いよくセシルを抱きしめた。

セシルは首筋に顔を埋《うず》められ、エドワードが大きく息を吸い込むのを感じた。

「次の発情期が、待ち遠しい」

「はい、僕も早く、エドワード様の番になりたいです」

エドワードは、セシルを一層強く抱きしめ、セシルもその背中に腕を回し、そっと抱きしめ返す。

セシルには、愛し、愛される喜びが胸いっぱいに広がった。

陽の光が差し込む輝く部屋の中で、愛しい人のぬくもりと匂いに包まれて、これ以上ないほどの幸せを感じていた。

30．運命の夜　前編

冬の終わりのよく晴れた朝、王宮の叙任の間にて、王宮魔法士団の新団長の就任式が行われていた。

最年長の団員である新しい団長は、団長の証《あかし》である金色の胸飾りを黒マントに煌めかせながら壇上に立ち、整列する団員を前に、よく通る声で就任の演説を始めた。

エドワードの同僚のルイスは、長々と続く話に湧き上がる欠伸《あくび》を噛み殺しながら、退屈そうな様子で立っていた。彼はエドワードと同じ年の魔力の強いアルファの魔法士で、候補生の頃から共に切磋《せっさ》琢磨《たくま》してきた親しい友人でもあった。

隣に立つエドワードに顔を寄せると、その金色の瞳を輝かせながら、こそこそと小声で話しかける。

「次の団長は、俺か、それとも、お前か、どちらだろうな？」

話しかけたエドワードの様子を窺《うかが》うも全く反応がなく、微動だにせずに無表情で一点を見つめているだけだった。ルイスは怪訝《けげん》な顔をしながらも少しムッとし、肘《ひじ》でぐい、とエドワードの肩を小突く。

「わっ、ルイス。いきなり、なんだ」

「エドワード無視するな。どうした？　今日はずっとぼんやりしているぞ」

エドワードは、今朝《けさ》の屋敷での出来事を思い出していた。

ここ数日、日に日にセシルのフェロモンの匂いが強まっているのを感じていた。

エドワードはその香りにぞくぞくしながらも、こちらからは敢《あ》えて何も言わずに気付かぬふりをしながら、湧き上がる欲求に耐えていた。

そして今朝エドワードを見送る際、普段頼み事などしない遠慮がちな愛しい伴侶《はんりょ》が、おずおずと恥ずかしげに、頬を赤く染めながら言ったのだ。

「発情期が、おそらく、今夜あたり来そうです。エドワード様、今日は、もし可能であれば、少し早めに帰って来ていただけませんか……？」

エドワードは思い出した瞬間、その言葉を聞いた時と同様に再び沸騰したかのように顔が熱くなるのを感じた。

隣のルイスが心なしか血色の良いエドワードの顔を見て、訝《いぶか》しげな顔で問いかけてくる。

「どうした……？　熱でもあるんじゃないのか？」

「明日から、一週間ほど休暇をとる」

「なんだ、やはり体調が悪いのか」

「いや、番休暇《つがいきゅうか》だ」

オメガの配偶者を持つ者だけが、発情期に合わせとることができる特別休暇。

ルイスは目を見開き、穴があくほどエドワードを見つめると、わなわなと唇を震わせた。

「そういうことかよ！　くそが……浮かれやがって……」

「だからたとえ何が起こっても、俺は出勤しない。すまないが、穴埋めを頼む」

「はあああ……。俺も早く美人のオメガと結婚したい……。授与式で見かけたセシルさん、滅茶苦茶素敵な人だったなあ。俺、あんな綺麗《きれい》な人初めて見た。なんかこう、華があるっていうか、キラキラして見えてさ……。実際に光ってるわけじゃないのに、ほんと不思議だよな」

「お前の魔力が強いからだろう。魔力が強ければ強いほど、そのように見える」

「俺、また会いたいな。なあ今度、会いに行ってもいいか？」

エドワードはそこで初めてぎょっとしてルイスを見返すと、期待に輝くルイスの金色の瞳を睨《にら》みつける。

「絶対に駄目だ。お前みたいな下心がある奴に、セシルは会わせない」

「いいだろ別に、減るもんじゃないし」

ぶつくさ言うルイスの言葉に被《かぶ》せて、おいそこ私語を慎め！　と、壇上の新団長から早速二人に怒号が飛ぶ。それを聞いたエドワードとルイスは、慌ててぴんと姿勢を正した。

エドワードは、その日は終始感情を抑え淡々と仕事をこなし、勤務時間が終わると同時に王宮を飛び出した。

冬の終わりの冷たい風が吹く中、急いで馬を走らせ我が家への帰路についたのだった。

◆

少し早めの夕食を終えて、セシルは徐々に熱を帯びていく身体《からだ》を湯浴《ゆあ》みで清め、夫夫《ふうふ》の寝台に横たわった。

火照《ほて》った身体に触れる、ひんやりとしたシーツの感触が心地好《よ》い。

徐々に上がっていく体温を感じながら、ふう、と大きく息を吐き出した。

エドワードには、発情期は今夜くるかもと伝えたものの、思ったより身体の変化が早いことに戸惑《とまど》う。抑制剤を全く飲まずに迎える発情期は初めてで、自分の身体がこれからどうなっていくのか予想がつかなかった。

番になると約束した日から、次の発情期は抑制剤を使用しないと決めていた。

番関係は、お互いに強い発情状態の時にアルファがオメガの項《うなじ》を噛むことにより成立する。発情期のオメガのフェロモンによりアルファの発情は起こるため、これから番になろうというオメガは発情を抑える必要はない。

番になれば、お互いのフェロモンしか感じることができなくなり、他の誰かと子を成すこともできなくなる。

ただしアルファは、自ら望めば番を解消し、その後別のオメガと番《つが》うことができる。しかしオメガは、一生のうち一人のアルファとしか番うことができない。アルファから番を解消されたオメガは、その大きすぎる喪失感に耐えることができずに、徐々に衰弱し命を落としてしまうと聞く。

そのことを思い出してもなお、セシルの想いは揺らがなかった。

暖炉で燃える赤い炎を見つめながら傷ひとつない自身の項に触れると、指先のひやりとした感触が薄い皮膚の上から伝わってくる。これからこの場所に彼の痕《あと》が刻まれることを思うと、期待と不安で胸がいっぱいになる。

今まで煩わしさしか感じることがなかった発情期を待ち遠しく感じるなんて、生まれて初めてのことだった。

そっと目を閉じて、下腹部に手のひらをのせる。その中はすでに重だるく、じんわりと熱を持ち始めていた。じわじわとくすぶる腹の底から、ポコポコと小さなあぶくのようなものが発生し、セシルの腹の内側を漂いながらさわさわともどかしく刺激する。後孔がじわりと湿り気を帯び始め、とろとろとした液体が内壁に染み出してくるのがわかった。

無意識に下肢に手を伸ばそうとした時、その動きをぴたりと止める。

今朝発情期が来ると伝えた時の、エドワードの言葉を思い出したからだ。

彼はセシルの耳元に唇を寄せ、他の者たちに聞こえないよう小声で囁《ささや》いた。

「セシルにお願いがある。セシルはこれまで俺に気を遣い、しっかり、その、準備、をしてくれていたのは、ありがたいと思っている。しかし今回は、できれば俺に、最初からやらせてほしい。俺が帰るのを、待っていてほしい」

セシルはその言葉を思い出し、思わず顔が熱くなる。自分の身体を最初から思い通りにしたいという、愛しい人からの独占欲とも管理欲とれる言葉が嬉《うれ》しい——けれど。

「何もしないで、と言われましても……」

セシルの身体は熱を帯び、外からの刺激を待ちわびてぞくぞくともどかしく疼《うず》いていた。湧き上がる下腹部の熱が、どうしようもなくアルファの存在を求め続けている。

しかしまだ陽が沈みかけたばかりで、エドワードが帰宅するまでにはだいぶ時間がありそうだった。

セシルは重たい身体をなんとか起こすと、力を入れるのが難しくなってきた手足を動かし、ずりずりと寝台の上を移動して、普段エドワードが身を横たえているシーツの上に辿《たど》り着《つ》く。

エドワードの、フェロモンの匂い。

セシルが寝ている場所にはかすかに漂ってくるだけのその匂いが、近くにくると一層濃く感じられる。とりわけ匂いを強く発するエドワードの枕に視線を移すと、セシルは欲求に耐えられなくなり、その上に、ぼすっ、と顔を埋めた。

枕を抱きしめ、思い切り息を吸い込む。

洗濯した石鹸《せっけん》の匂いと共に、オメガにしか感じることのできないアルファのフェロモンの匂いがセシルの胸をいっぱいに満たす。愛《いと》しい人の匂いを感じ、セシルの身体の熱は幾分か和らいだ気がした。

「んっ……駄目だ。ますますひどくなる……」

しかしセシルの腹の底でくすぶるオメガの欲求は、体内に侵入したアルファの気配を逃さなかった。ますます下腹部が重だるくなり、じわじわと後孔にもどかしさが募っていく。

早く、この何もない場所を埋め尽くしたい。自分の奥の奥まで貫き、隙間なく満たしてほしい。そんな卑猥《ひわい》な考えで、頭がいっぱいになる。

しかしその場所はもはや自分だけのものではない。今の自分は、入り口に触れることさえ許されない。

枕に頬を擦り付け、布の表面に鼻をぴたりとつけ息を吸い込む。その中に隠された僅《わず》かなフェロモンの匂いを探しあてるように。

「はあ……エドワード、さま……」

アルファのフェロモンに触発され、発情期のセシルの身体はオメガの本能に支配され始めていた。

寝着の上から、僅かに芯《しん》を持ち始めた自らの陰茎にそっと触れる。男性オメガのそれは、子を孕《はら》ませる能力がないためにアルファやベータの男性に比べかなり控えめなものだ。しかし、発情期のセシルの身体は敏感になり、その陰茎ですら僅かな刺激で快感を拾ってしまう状態になっていた。

やんわりと手を添えたまま、シーツの上に擦り付けると、全体をつぶすように刺激を与える。

「あっ……んっ……んんっ……」

腰に力を入れゆるく揺すれば、徐々に陰茎の硬度が増していく。

枕に顔を埋《うず》め、エドワードのフェロモンを胸いっぱいに吸い込む。その生々しい匂いはまるで、すぐ傍《そば》にエドワードがいるかのようだった。

横たわるエドワードの背後で、気付かれないように自慰行為をしているかのような背徳感がセシルに押し寄せて、さらに興奮が増していく。

徐々に腰の動きを強め、達しようとしたその時。

――ガタリ。

突然の物音に、セシルは驚いてビクリと身体を震わせた。ばっ、と起き上がると、そこには――真っ赤な顔で口を手で覆ったエドワードがセシルを見下ろしていた。

「エドワード、様?」

セシルは背筋が凍り付き、頭から一気に血の気が引いていく。

あまりの恥ずかしさに、慌ててその身を隠そうと足に絡みつく上掛けを引っ張りあげる。

「も、申し訳ありません。このように、エドワード様の寝具を勝手に……はしたないまねを……」

こんなふしだらな姿を見られてしまうなんてと、身体中が羞恥《しゅうち》に染まり沸騰するかのようだった。

上掛けに半分顔を隠したまま、あまりの恥ずかしさにじわじわと涙が浮かんでくる。

取り乱したセシルを見て、慌てたエドワードがセシルに近寄る。寝台がぎしりと沈み込み、セシルのすぐ横にエドワードが腰を下ろしたのがわかった。

「セシル、謝る必要などない。俺の方こそ、声もかけず覗《のぞ》き見《み》てすまなかった。その、あまりにもセシルが綺麗で、見惚《みと》れてしまい……どうか、泣かないでほしい」

「……軽蔑《けいべつ》、されたのでは？」

「そんなわけがない。できればもう少し先まで見ていたかったぐらいで……」

「……っ、そのようなご冗談を、言わないでください！」

エドワードは俯《うつむ》くセシルの顔を覗き込もうと顔を近づける。しかしセシルは目を合わせることができずに、エドワードから顔を背ける。羞恥で全身が沸騰するかのようで、身体が熱くてたまらない。

自分はきっと顔だけではなく、耳の先まで真っ赤に染まっているに違いない。

そんなセシルの横顔を見て、エドワードは微笑《ほほえ》み、顔を寄せ耳元で囁く。

「この先は、俺がやってもいいか？」

熱い頬にそっと大きな手が触れ、セシルは息を止めた。

31．運命の夜　後編

今夜セシルとエドワードは、想いが通じ合って初めて身体を重ねる。

これまで二人は幾度となく交わりながらも、想っているのは自分だけだと、心の奥底で悲しみと虚《むな》しさを感じ続けていた。

しかしようやく気持ちを伝え合った今、今回の発情期は、長い間すれ違い続けた二人の悲願がようやく叶《かな》う特別な日だった。

薄暗い寝室では、しんとした静寂の中、暖炉の火がパチパチと爆《は》ぜる音だけが響く。遠くで揺れる赤い炎が、寝台の上で寄り添う二人の横顔をぼんやりと照らしていた。

「セシル、こっちを向いてくれ。すまなかった」

切なさの滲《にじ》んだ声で囁かれ、セシルの耳がぞわりと粟立《あわだ》つ。

エドワードの身体が発するフェロモンの匂いが、セシルを優しく包み込む。晴れた日の新緑のようなその愛しい香りを吸い込めば、セシルの胸にじわじわと甘い疼きが広がる。

──やっと、エドワード様に触れてもらえるというのに。

番《つがい》になることを約束した後も、寝台を共にしていながらもエドワードはセシルに触れようとはしなかった。それはまだ発情期ではなく、身体の準備ができていないセシルを気遣ってのことだと知ったのは、つい先日のこと。寂しさにそっと腕に触れたセシルを切なげに見つめ、「抑えが効かなくなるから」とエドワードが苦しげに呟《つぶや》いた夜のことだった。

男性オメガのそれは、発情期でなくとも性的な興奮を感じることで多少濡《ぬ》れることがあるとはいえ、アルファの剛直を受け入れての激しい行為には危険が伴う。エドワードの優しさを嬉しく思いながらも、セシルはせっかくこんなに傍にいるのにと、密《ひそ》かにそのぬくもりを恋しく思い続けていた。

セシルは心を決め起き上がると、僅かに震える声で、エドワードに告げる。

「エドワード様、今回の発情期は、僕、初めて、全く抑制剤を飲んでおりません」

その言葉を聞き、エドワードはごくり、と喉《のど》を鳴らすと「そう……か」と奥から掠《かす》れた声を絞り出した。

セシルはエドワードに向き直ると、潤んだ瞳《ひとみ》で、じっ、とエドワードを見上げる。

「ですので、これからこの身体《からだ》がどうなっていくのか、自分でもよくわかりません。こんな風に恥ずかしい姿を、たくさんお見せしてしまうかもしれない。けれどエドワード様。これから僕と、この発情期を共に過ごしていただけますか……？」

何もかもが初めてで、自分がどうなってしまうかまるでわからなかった。はしたない姿を見せてしまうかもしれない。呆《あき》れられてしまうかもしれない。けれどそれでも、この特別な発情期をエドワードと過ごしたかった。

あなただけを愛していると、この身体すべてで伝えたかった。

エドワードは、愛しい伴侶《はんりよ》からの懇願にも似た誘いに、感極まった表情を溢《あふ》れさせる。

「セシル。俺も同じ気持ちだ。この日が来るのを、ずっと待ち焦がれてきた。今回だけではない。俺は、この先セシルに訪れる発情期すべてを、共に過ごしたい」

エドワードの手のひらが、慈しむようにセシルにかかる銀髪をすくい、そっと耳にかける。

「……セシル、触れてもいいいか？」

躊躇《ためら》いがちにそう問いかけられて、セシルの心に喜びが湧き上がる。セシルもまた同じように、エドワードに触れてほしくてたまらなかったからだ。

セシルが微笑み「はい」と頷《うなず》けば、二人の願いがぴたりと重なる。

「……やっと、セシルに触れられる」

エドワードが呻《うめ》くようにそう呟くと同時に、セシルは寝台に押し倒される。

そのままの勢いで口づけられて、熱い舌を柔らかく迎え入れる。愛しい人にようやく触れてもらえた悦《よろこ》びが身体中を駆け抜ける。

触れたくて、でも触れられなくて。セシルが耐えていたのと同じようにエドワードもずっと耐えてくれていたのだろう。堰《せき》止めていたものが溢れ出すかのような勢いに任せた口づけが、何より雄弁にそのことを物語るようだった。

セシルは嬉しくて、与えられる口づけに夢中で応える。

エドワードの厚い舌が、セシルの上顎《うわあご》を、歯列を、頬の内側を、余すことなく愛おしむように舐《な》め上げる。セシルはそのたびぶるりと震え、目にはじわりと涙が浮かぶ。唾液《だえき》を交わすお互いの水音が、卑猥な音色で耳の奥で響き合う。

擦《す》り付け合う生々しい舌の感触がたまらなく心地好《よ》くて、ぞわぞわと頭の奥が痺《しび》れて、セシルは何も考えられなくなっていく。

「んんっ、ふっ、ん……」

口づけが深くなるほどに、セシルは自分の中で、何かがゆっくりと花開くようなふわりとした浮遊感を感じた。自分を滅茶苦茶に犯してほしい、そう囁くかのようなオメガの淫《みだ》らなフェロモンが湧き出して、エドワードの鼻腔《びこう》に潜り込み、アルファの欲望を煽《あお》りだす。

エドワードの呼吸は、その甘い匂いに呼応するように徐々に荒くなる。お互いを味わうような穏やかな口づけは、やがてエドワードがセシルにかぶりつくような激しいものへと変わっていた。苦しげに呻いたエドワードが、引き剝《は》がすように唇を離す。

「んっ……、エドワード様、どうされましたか？」

離れていくぬくもりが名残惜しくて、エドワードの頭をそっと撫《な》でる。張りのある豊かな漆黒の髪が、艶《つや》めいて指の間からさらりとこぼれ出る。

「セシルは、もう、完全に発情期なのだな？　すごく、すごくいい匂いだ。こんな甘い匂いをさせて、俺を誘ってくれるなんて……いつもより濃くて、もっと甘くて。この匂いで、頭が変になりそうだ」

髪に触れたセシルの華奢《きやしや》な手を取り、エドワードが形の良い唇で柔らかく口づける。

前髪の隙間から覗く深紅の瞳は潤み、確かな欲望の火が灯《とも》る。苦しげに荒い息を吐くのに合わせ筋肉のついた胸板が上下するのが、シャツの上から見てもわかる。

暖炉の炎が照らし出すエドワードから立ち昇るような色気に、セシルは思わずくらくらした。

「セシル、どうした？　急に固まって」

「エドワード様が、素敵過ぎて……。どうしましょう、胸が、ドキドキして……」

恥ずかしくなり、エドワードから思わず目を逸《そ》らす。

驚いた顔でこちらを見つめたエドワードから「はああ……」と深く息を吐き出す音が聞こえた。

「セシルは、わざとそんなことを言っているのか？　俺を煽るために……」

「いえ、そんなつもりは……決して。だってエドワード様は、とても、その、格好良くて……エドワード様は、ご自分の魅力に、少々、無自覚すぎるかと」

エドワードはその言葉に目を見開くと、少しむっとしたようにセシルを睨《にら》む。

「……その言葉、そっくりそのままセシルに返す」

仰向けのセシルの上に、エドワードが覆い被《かぶ》さる。大きく跳ねるお互いの鼓動が重なって、ドクドクとうるさいほどだった。彼の胸の高鳴りが肌から伝わり、セシルの中に喜びが湧き上がる。エドワードもまた、自分を強く求めていてくれているのだと。

気がつけば、セシルの寝着の腰紐《こしひも》は既にほどかれ、はだけて素肌がむき出しとなっていた。横向きにされたかと思えば背後から抱きしめられて、滑らかな肌の下方へと、するりと長い指が滑る。

大きく硬いアルファの指が、セシルの控えめな陰茎を探り当てる。

「……っ、エドワード様……？」

「セシルは、途中だっただろう？　続きを、やらせてほしい」

「続き……？」

セシルは自らの顔がみるみる赤く染まっていくのを感じた。先ほどの自分の醜態を、思い出したからだ。

「わ、忘れてくださいっ。そのような場所に、触れていただく必要は……」

その言葉を無視したエドワードに、セシルの陰茎は優しく擦り上げられる。抗《あらが》おうともがく気持ちは呆気《あっけ》なく快感にのみ込まれ、目の前が白く染まっていく。

「はっ……ああ……」

その場所をエドワードの手で直接触れられるのは初めてだった。

男性オメガのそれは、アルファに比べると幼子のようにひどく頼りない。色素の薄い小ぶりな陰茎は、硬い指に撫でられ驚いたようにふるりと揺れる。ひどくあどけないながらも、与えられる刺激に健気《けなげ》に反応し、指先でさすられるたびゆっくりと勃《た》ち上がり始める。

そして同時にセシルの後孔の入り口に、エドワードの熱い指がひたりと触れる。

「ここも、いいか?」

「そこは……んっ……」

押し当てられた指先が、僅かに、つぷ、と中に入り込む。

その刺激は、セシルがずっと待ちわびていたものだった。エドワードの望み通り、長い間触れるのを耐えていた場所だ。もどかしく刺激を求めていた内壁が、ひくひくと震えながら悦んでアルファの指を受け入れる。とろとろと染み出た愛液を纏《まと》わせた指先が気持ちの良い箇所を掠めるたび、甘い疼《うず》きが身体中に広がっていく。

「んんっ、エドワード様……両方、なんて……」

「嫌か？」

「……いえ、あの……嫌、では……」

戸惑《とまど》うセシルを見て、エドワードはふっと微笑む。

「……よければ、俺に任せてほしい」

エドワードは震えるセシルの首元に、安心させるように柔らかく口づける。

初めて触れたセシル本来の後孔の狭さに一瞬息を呑《の》んだものの、そのままずぶずぶと指を埋め込ませていく。その柔らかな場所を決して傷つけまいと、浅い場所からおずおずと慎重に押し広げていく。

それはこの上なく優しく繊細な動きで、刺激を待ちわび続けたセシルにとってひどくもどかしいものだった。セシルの腹の底が、切なさにじわじわと疼く。

――もっと、してほしい。

思わず腰を浮かしその先をねだっても、エドワードの手つきはひどく優しいままだ。前と後ろを同時にしつこいほどに高められ、身体が小刻みに震えだす。

中は愛液が溢れるように染み出して、もう十分すぎるほどに柔らかくほぐれているはず。陰茎も痛いほどに張りつめているのに、達することができずひくひくとわななく。けれど繰り返し、執拗《しつよう》に、焦《じ》らされるように愛撫《あいぶ》され続け、セシルはおかしくなりそうだった。

セシルは耐えきれず、エドワードに視線を向け、切なさの滲んだ声で呟く。

「エドワード様……僕、もう……」

エドワードは余裕を失ったその声に、びくりと身体を強張《こわば》らせる。

「セシル……」

湿り気を帯びた声で名を呼ばれ、深紅の瞳と視線が絡んだ瞬間、セシルの中でくすぶる甘い疼きが外に溶け出し、オメガのフェロモンがこれ以上ないほどにぶわりと放たれるのを感じる。

エドワードはむせ返るようなフェロモンに煽られて、もう耐えられないとばかりに、とりわけ甘い匂いを放つセシルの項《うなじ》に唇を寄せる。

そしてべろりと、熱い舌で舐め上げる。

「……んっ……あぁっ……！」

込み上げる熱が耐えきれずセシルは絶頂を迎え、内壁が中の指をきゅうきゅうと締め上げる。跳ねた陰茎の先端から薄い白濁がこぼれ出て、ようやく吐精できた快感に頭の奥がびりびりと痺れる。

力が抜けて、後孔から注意深く指が引き抜かれると、中からどろりと愛液が溢れ出すのがわかった。

セシルは荒い息を吐きながら、信じられない気持ちになった。

昂《たかぶ》っていたとはいえ、まさか項を舐められて達してしまうなんて。

「……申し訳、ありません……僕、こんな……」

「なぜ、謝る？　こんなに感じてくれて、嬉《うれ》しい。セシル、とても、とても綺麗《きれい》だった……」

セシルの瞳は達した余韻に潤み、その肌は火照《ほて》って薔薇色《ばらいろ》に染まる。

エドワードは身体を起こしその姿を見て愛《いと》おしげに微笑むと、身につけていた寝着や下穿《したば》きをすべて脱ぎ捨てて、均整の取れた見事な肉体を露《あらわ》にした。

そのままセシルに覆い被さり、貪《むさぼ》るように首筋に顔を埋《うず》める。敏感な場所に熱い唇が直接触れる感触に、セシルの口から思わず喘《あえ》ぎが上がった。

「……はっ……ん……」

ふいに漏れた甘やかな声に、エドワードは、ギリ、と歯を食いしばる。

「すまない……優しくしたいが……無理だ」

荒い息で甘噛《あまが》みを繰り返す熱い口が時折、首元に、肩に、ガリ、と硬質な歯の先を突き立てる。その恐怖を感じるほどの痛みすらも、発情期のセシルにとっては震えるほどの快感になる。

エドワードに噛まれることが嬉しい。

そんな風に思うなんて自分はおかしいのかもしれないと思いながらも、自らの印を刻み込みたいという独占欲に、ぞくぞくとした快感が背筋を駆け上る。

エドワードが、苦しげに呻く。

「……もう、限界だ」

セシルは肩を押されうつ伏せになり、体重をかけてのしかかられる。

硬い塊が、尻《しり》にぐり、と押し当てられる感触。発情期のオメガに煽られながらも我慢を続けた陰茎が、早くこの中に入れてくれと言わんばかりに、接した場所がぴくりと脈打つ。

セシルもまたぞわぞわと期待に腹の奥が疼いて、誘うように濡《ぬ》れた窄《すぼ》まりを、きゅ、と押し付ければ、その感触に、ぐんと硬度を上げた屹立《きつりつ》が、もう耐えきれないとばかりにずぶずぶとセシルの中に侵入した。

「ああっ……、エドワード様のが、入って……」

「……っ、くっ……」

とろけきったセシルの雄膣は、待《ま》ち侘《わ》びたその存在を、悦んで迎え入れる。

太い杭《くい》に押し広げられる感触があまりに心地好くて、身動きがとれないままにエドワードの腕をぎゅっと摑《つか》む。何かにしがみついていないと、あっという間に気をやってしまいそうだったからだ。

エドワードとの行為は、今までももちろん気持ちが良かった。しかし今回は、今までとは比べ物にならなかった。同じことをしているはずなのにと、セシルは不思議に思う。

——ようやく、お互いの想いを知ったから……？

今までずっと、セシルは義務で抱かれていると思い込んでいた。どんなに気持ちよく身体《からだ》を繋《つな》げても、心の奥底は寂しくて切なくてしかたがなかった。けれどエドワードから愛されていると知った今、その狂おしいほどの深い愛情を感じ、身体だけではなく心までもが喜びに打ち震えていた。

彼に愛されているから。そして自分も、彼を愛しているから。

「あっ、あぁぁ……」

愛しい人のすべてを受け入れたくて、内壁が誘うように蠢《うごめ》いた。ゆっくりと時間をかけて、埋め込まれた屹立をのみ込んでいく。それはどこまでも深く優しく、愛おしい存在を迎え入れた。

エドワードが息を呑む。

「今までより奥に入っていく。こんな場所まで、俺を受け入れてくれるのか？　セシル、嬉しい……」

それはセシルにとって、初めての経験だった。

奥深くのその場所は、大事なものを守るかのように、普段は固く閉ざされていた。しかし今、初めて愛しいアルファに拓《ひら》かれて、すり、と弱く擦られるだけで、電流が流れるような激しい快感が押し寄せる。その場所すべてが敏感な性感帯であるかのようで、そのあまりの気持ち良さに、生理的な涙がじわりと溢《あふ》れ出し、思わず泣き声のような嬌声《きょうせい》が漏れ出る。

「……っは、あっ、あっ……」

ずり上がる身体は、身動きがとれぬようぎゅっとシーツに押し付けられる。さらに奥まで突き上げられて、ぐり、とエドワードの根元が尻に押し付けられるのを感じる。

「やっと、奥に届いた……」

そこにあるのは、オメガの子宮口だった。愛おしむように屹立の先端がその入り口にぴたりと触れ、この先に子種を届けたいとねだる。

揺さぶるように最奥に陰茎の先端を押し付けられて、セシルはぞくぞくと快感に震える。喘ぐセシルの背中は、エドワードにぎゅうと強く抱きしめられる。

「セシルの中が、熱くて、柔らかくて、すごく、気持ちがいい……溶けてしまいそうだ」

切なげに呻《うめ》くその声で、彼もまたひどく感じてくれているのがわかる。お互いが繋がった場所があまりに心地好くて、触れた場所からとろけていくようだった。

エドワードがゆっくりと律動を開始すると、セシルから溢れる愛液とエドワードから漏れ出る先走りがぐちゅぐちゅと混ざり合う卑猥《ひわい》な音が響く。大きく張り出した先端から掻《か》きだされたどちらのものとも言えないとろりとした液体が、セシルの腿《もも》を伝いシーツにしみを作っていく。

ゆるゆると陰茎が引き抜かれ、またゆっくりと奥まで押し込まれる。エドワードはまるで自らの形を覚え込ませるような執拗な動きで、セシルの気持ちいい場所全てを擦《す》り上げる。痺《しび》れるような甘い愉悦が、セシルの身体全体に広がっていく。

「エドワード様、僕も、すごく、気持ちがよくて……んっ……」

その言葉に、中のものがさらに膨れ上がるのを感じる。耐えるように奥で静止した陰茎が、再び引き抜かれようとしたその時、エドワードの動きが、ぴたりと止まる。

「……エドワード、さま……？」

エドワードの陰茎の根元はいつの間にか瘤《こぶ》のように膨らみ、セシルの後孔にがちりと嵌《は》まり込んでいた。それは発情期のオメガの濃厚なフェロモンにあてられたラット状態のアルファのみに現れる亀頭球《ノット》だった。

自身の身体の初めての変化に、エドワードは戸惑う。

「……っ……すまない。セシル、痛くは、ないか……？」

「痛くは、ない、のですが、すごく、大きくて……あっ、んんっ」

セシルの後孔はこれ以上ないほどに押し広げられ、エドワードの亀頭球《ノット》に気持ちのよい場所すべてが押しつぶされていた。その初めての圧迫感に目の前が白み、はくはくと喘ぐ。

エドワードの動きは、発情したアルファの本能に駆られ、執拗で抑えの効かないものに変わっていた。嵌まり込み引き抜けない代わりに、セシルは奥の奥まで穿《うが》たれて、最奥をぐりぐりと舐るように捏《こ》ねられる。

激しく揺さぶられ、強すぎる快感にどうすることもできずに、縋《すが》るように背後のエドワードを見つめれば、強い視線とバチリとぶつかる。

汗に濡れた漆黒の前髪の隙間からは、ギラギラとした深紅の瞳《ひとみ》が覗《のぞ》く。その欲望にのまれた熱い視線に、セシルは、ぞくり、と震える。

——エドワードが、激しく自分に欲情している。

その姿を見て、セシルの項が、チリチリと疼く。

それは発情した愛しいアルファを前にしたオメガの本能なのか、セシルの意思から来るものなのか、はっきりとはわからない。

けれどそれらは混ざり合い、溶け合い、湧き上がる強い衝動の波となって、一気に外に溢れ出した。心が、身体が、狂おしいほどに、目の前のアルファを——エドワードを求めている。

セシルは震える手で、うつ伏せのまま自らの後ろ髪を掻き分けた。そして真っ白で無垢《むく》な項を、エドワードの前にさらす。

「……エドワード様、どうか、噛んでください。決して、消えないように、強く、深く……」

その言葉を聞いた瞬間、エドワードが喜びに震えるのがわかった。やっと欲しくてたまらなかったものを手に入れたとでもいうような、普段滅多に表に出さないエドワードのむき出しの感情が、その身から溢れ出すかのようだった。

「セシル……」

セシルの項にエドワードの熱い息がかかる。大きく口が開き、アルファの牙《きば》があてがわれる。

そしてゆっくりと力が込められて、セシルの柔らかい皮膚が、つぷ、と破れた。

「あっ…………」

その瞬間、セシルの項に、燃えるような熱が生じる。

歯が肉に食い込むに従い、エドワードの熱が、項の破れ目から溶け出すように流れ込んでくるのがわかる。それは焼け尽くすように全身を駆け巡り、セシルの心を熱く焦がす。

「んんっ……、ああっ……！」

先ほどの射精で感じたものなど比べ物にならぬほどの強い快感にセシルは達し、雄膣が激しく収縮する。深くまで挿し入れられたエドワードの陰茎を、逃すまいとぎゅうぎゅうと締め上げる。

「っ……！」

昂り切ったエドワードの陰茎は、びくん、と大きく脈動する。力いっぱい先端が最奥に押し付けられて、大量の白濁がセシルの中にドクドクと吐き出される。

それは、今までにないほどの長い射精だった。ラット状態のアルファの射精量は多く、亀頭球《ノット》で蓋《ふた》をされたセシルの薄い腹《はら》の中はエドワードの精液でいっぱいに満たされる。セシルのオメガとしての本能は、このアルファの子を孕みたいと、その滾《たぎ》りすべてを悦《よろこ》んで受け入れる。

しばらくすると、項に嚙みついた口がそっと離れて、熱い唇が触れる感触がした。大切なものを守るかのように、セシルは後ろからすっぽりと抱きしめられる。

「はあ……はあ、はあ……」

二人は繋がったまま、荒い息を吐き合う。

真夜中の寝室はしんと静まり返り、熱い呼吸の音だけが響く。

暖炉の炎はいつの間にか消え去り、薪《まき》はすべて白い消し炭となっていた。しかしもうこの部屋に、暖炉の熱は必要なかった。

二人の身体は内側から燃えるような熱を放ち、押し付け合った汗ばんだ肌が吸い付く。まるで元からそうだったかとでもいうように、境界がなくなりひとつに溶け合うかのようだった。

そのぬくもりがあまりに幸せで、セシルの目に涙が溢れる。

「エドワード様、好き、大好きです……やっと、あなたのものになれる……」

「セシル、俺も、愛している。俺の番《つがい》。俺の運命。俺のすべても、セシルのものだ」

その言葉からもたらされる喜びが、さらに身体を熱くする。

体内にじんわりと広がる彼の熱を感じながら、どうかこの身体がこのまま、愛する人の番になれますようにと、セシルは祈る。

項から染み入るエドワードの気配が、セシルの身体を別のものへと作り変えていく。

その穏やかで、心地の好《よ》い変化に、セシルはそっと身を委ねた。

最終話　未来への期待

もう何度、口づけを交わしたか数えきれない。

抱き合った数も、つけられた噛《か》み痕《あと》の数も、吐精された回数さえも、何もかも、わからなかった。

わかるのは、すぐ傍《そば》にいる存在だけだった。

肌に触れる熱い体温、時折漏れ出る声、むせ返るようなフェロモンの匂い。

繰り返しお互いの名を呼び、身体を繋げ続ける。

セシルのフェロモンは、エドワードの発情を促し、強まったエドワードのフェロモンは、セシルの欲望を刺激した。

欲望は散ったそばから、新たに腹の底からとめどなく溢れ出る。

激しく求め合い、柔らかく混ざり合う。

寝台の上で、力尽きて僅《わず》かに眠っては、目を覚ましたそばから、再び抱き合う。

焼き尽くすほどの熱に浮かされ、息ができぬほど強く抱かれ、死にぎりぎりまで近づくほどの濃厚な交わりの中で、二人は、もはや時間の感覚すらも失い、お互いの存在だけをただひたすらに感じていたのだった。

◆

久しぶりにたっぷりと眠り、窓から差し込む陽の光を感じたエドワードは目を覚ました。

頭がクリアになり、普段の感覚を取り戻しつつあるのを感じるも、ふと湧き上がるまだ生々しく残る発情期の記憶に、思わず身体《からだ》が熱くなる。

ふと隣を見ると、寝台の上にセシルはいなかった。

部屋を見渡しても、その姿がどこにもない。エドワードは思わず血の気が引いた。

しかし、先ほど陽の光を感じたのを思い出し、窓の方を見ると閉じていたはずの長いカーテンが半分開き、その隙間から陽の光が降り注いでいた。

寝台から降り窓の方に向かうと、ガラス窓の外のバルコニーには、景色を眺めるセシルの姿があった。

エドワードは、ほっと安堵《あんど》の息を吐く。

セシルの真っ白な項《うなじ》には、真っ赤な歯型がくっきりと浮かぶ。そのむき出しの項に、エドワードはふわりと毛皮の上掛けをかけた。

「このような場所に、薄着でいては風邪《かぜ》をひく」

「エドワード様、ありがとうございます、温かいです」

セシルはエドワードを見上げ、キラキラと目を輝かせた。

「見てください。景色が」

バルコニーの下の景色を見渡す。

発情期に籠《こ》もっていたこの七日間で、辺りの景色は様変わりしていた。

庭園の固く閉じていた木々の蕾《つぼみ》は綻《ほころ》び、柔らかく開いたばかりの花が咲き乱れていた。

地面には新芽が芽吹き始め、艶《つや》のある鮮やかな新緑の黄緑が、茶色い土の上を覆い尽くしている。

王都の街路樹は眠っていた花々が一斉に目を覚ましたかのように色とりどりに鮮やかに染まり、人々が街に出て賑《にぎ》やかに花見を楽しんでいた。

王宮の庭園には溢れるような桃色の花が咲き、淡いものから濃いものまで同系色の濃淡がグラデーションを描いている。

その先の白の宮殿《ホワイトパレス》のたくさんの窓の花植えは溢れんばかりのカラフルな花で溢れ、そのひとつひとつが花束であるかのように、陽の光を浴びて輝く真っ白な壁を彩っていた。

「……いつの間にか、春が来ていたのですね」

エドワードに向かって、セシルはふわりと柔らかな笑顔を浮かべる。

その姿は、目の前に広がるどの花も敵《かな》わないほどの、美しい純白の花のようだとエドワードは思う。

次の瞬間、セシルの肩にかかる髪がなびき、一陣の風が頬を掠《かす》めた。風は二人の周りを螺旋状《らせんじょう》に旋回した後、バルコニーの下に音もなく消える。

その後ふわりと舞い上がる風と共に、たくさんの色とりどりの花びらが空中にひらひらと舞い、二人の上に降り注いだ。

「すごい……！　花びらが、いっぱい……」

セシルの銀色の瞳は、花びらの色彩を映してキラキラと輝く。

「ここに、あの子がいるのですよね？　こんなに素敵な景色を見せていただいて、ありがとうございます」

空中に舞う何ものかに向かって、セシルはお礼の言葉を投げかける。その姿は見ることができないが、風の中にいるものはその言葉を聞き、嬉《うれ》しそうに空中を跳ねる。

エドワードは、そのいたずらっぽくはしゃぐ姿を見て思わず肩をすくめるも、セシルが喜ぶ顔を見て思い直し、宙を舞う見えないものに向けて頷《うなず》き、目を細めた。

エドワードは、セシルの腰に腕を回して引き寄せる。

そして銀色の煌《きら》めく髪を掻き分けると、エドワードの痕が刻まれた白い項にそっと触れた。

「ここは、やはり痛むか？　ひどくして、すまなかった」

「大丈夫です。痛い……とは少し違うのですが、じんじんして、熱を持っているかのようです。まるでまだ、エドワード様の唇が、ずっとここに触れているかのような……」

エドワードがそれを聞き、心なしか顔を赤く染める。

セシルはエドワードの手を取り、その手のひらに頬を寄せながらエドワードを見上げた。

「ありがとうございます。僕を、エドワード様の番にしていただいて……こんな日が来るなんて、夢にも思わなかった……」

「俺は、出会った時から決めていた。番になるなら、セシルしかいないと」

「あんな、小さな頃から……？」

「ああ、その気持ちは、ずっと変わらなかった。それをようやく、叶《かな》えることができた」

エドワードは、眩《まぶ》しいものを見るような眼差しで、セシルを見つめる。

嬉しさに銀色の瞳を潤ませるセシルを見て、エドワードはセシルに腕を回し力を込めると、切なげにぎゅう、と抱きしめる。

セシルもまたそれに応え、エドワードに腕を回し、その背中にそっと触れた。

「体調はどうだ？」

「はい、おかげさまでだいぶ落ち着きました。もうほとんど、発情期は明けているかと」

抱きしめられて、心地好いエドワードのフェロモンの匂いがセシルを包み込む。番となったアルファの香りは、セシルのオメガの本能をこの上なく掻《か》き立てると共に、じんわりと染み込んでいくかのように今まで以上に身体に馴染《なじ》んだ。

「でも、このようにしていただきますと……、また再び、ドキドキしてしまいます……」

セシルは抱きしめられた胸に、すり、と顔を埋《うず》める。

「俺もだ。セシルの匂いが、これまで以上に甘く感じる。今までもかなりのものだったのに……。発情期を明けてすら、番の匂いが、これほどのものとは……」

セシルの首筋に熱く、優しく、唇が触れ、思わず声が漏れる。

「んっ……」

その甘やかな声にエドワードはびくりとすると、たまらない表情を浮かべ、セシルの耳元に唇を寄せた。

「セシル、寝台に戻ろう……」

セシルはその言葉に、ゆっくりと頷く。

舞い落ちる花びらの中、二人は見つめ合い、顔を寄せ、目を閉じる。

そして、長く深い口づけを交わす。

唇を離し瞼《まぶた》を開いた瞬間、二人が繋《つな》いだその手の上を、一枚の薄紅の花びらが風に揺れてひらひらと舞い落ち、セシルの手に触れ、僅かに光を発した。

その瞬間、セシルの目の前にふわりと風が吹き抜け、出会った時に抱き上げた、幼い頃のエドワードの姿が鮮やかに浮かび上がる。

セシルの腕に抱かれた少年は、深紅の瞳《ひとみ》でセシルを見上げると、嬉しそうに笑う。

しかし、よく見るとその少年の髪は自分とよく似た銀髪で、幼少期のエドワードとは全く違うことに気付く。

ふと前を見ると、そこにはセシルに温かい眼差しを向ける大人になったエドワードの姿が。

その両腕には、エドワードをそのまま小さくしたような、愛らしい二人の赤ん坊が抱かれている。

もしかしてこれは、自分たちの未来の姿なのだろうか。

そうあってほしいという、祈りにも似た期待を抱いた瞬間、再びセシルにふわりと風が吹き抜け、花びらが手から離れると共にその幸せな光景は一瞬で飛散し、跡形もなく姿を消した。

そしてセシルの心の中には、その時感じた温かな感情の余韻だけが残される。

不思議な気持ちになりながら、目の前で自分を見つめるエドワードの深紅の瞳をじっと見つめた。

「セシル？　どうかしたか？」

「今一瞬、何かが、見えませんでしたか……？」

「何か……？　いや、特には……」

「僕だけでしょうか……。それを見たら、なんだかとても、幸せな気持ちに……」

いつかまた、あの光景を見ることができるだろうか。

期待と喜びが入り混じった幸せの余韻に、セシルは瞳を滲《にじ》ませる。

「何だろうな？　俺も、見てみたかった」

「いつか、きっと、二人で見られるような気がします。なぜか、と聞かれても、よくわからないのですけれど」

潤んだ瞳で嬉しそうに見上げるセシルを見てエドワードは微笑《ほほえ》むと、セシルの身体に腕を回す。

そしてふわりと抱き上げ、バルコニーを後にした。

部屋に入ると、窓はピシャリと閉じられ、足音は遠ざかり、中の様子は全くわからなくなる。

二人が去ったバルコニーには、色とりどりの花びらが残り、風と共に再び空に舞い上がった。

春の温かいそよ風の中、何かが嬉しそうに見えない翼を広げ、歌うように空中を舞っている。

それは晴れ渡る青空の下、これから生まれる未来への期待に心を踊らせていた。

そして、仲睦《なかむつ》まじい二人を祝福するかのように、風に舞う花びらと共に、空を駆けていくのだった。

番外編1　はじまりの日

少し開いた窓の隙間から、新緑の匂いを纏《まと》った爽《さわ》やかな夜風が入ってくる。

セシルは自室の机に向かいながら、外から流れてきた心地好《よ》い風の匂いを感じ胸いっぱいに息を吸い込んだ。

少し前から本邸と同じ形式でこの屋敷の経費を帳簿につけ始めたところだった。しかし、途中どうにも計算が合わない部分があり頭を抱える。理由がわからずどうしたものかと唸《うな》っていると、腹にすりすりと何かが触れる。

その感触に、セシルは思わず微笑《ほほえ》んだ。

この部屋に一人で座っていると、たいてい見えない何かの身体《からだ》の一部がセシルに触れてくるのだが、今夜は珍しく腿《もも》の上に適度な重みを感じる。どうやら腹にぴたりと頭を寄せているようで、感じ慣れたその感触からそれが白い幼竜の頭であることがわかった。セシルはそっと、その上を撫《な》でるように手のひらを滑らせる。

今夜は、一週間ぶりにエドワードが帰ってくる。

今朝《けさ》来た連絡によると、無事任務が完了し予定通り帰還するとのことで、エドワードに久しぶりに会えるとセシルの胸は密《ひそ》かに高鳴っていた。

エドワードが帰って来るまでに作業をどれだけ進められるだろうかと腕まくりをし、再び数字を洗い出す作業を開始しようとしたその時だった。

ドアが軽くノックされて開かれると同時に、何よりも愛《いと》しい、待ちわびた香りが部屋に流れ込む。

「セシル、今戻った」

「エドワード様……！　お帰りになられていたのですね。お迎えできず、申し訳ありません」

慌てて立ち上がろうとしたセシルを、エドワードは制する。

「予定より早く着いた。驚かせてすまない。セシルは今仕事中だろう？　かまわないから続けてくれ」

「あ、でも、せっかく……」

葛藤《かっとう》するセシルを見て、エドワードは表情を緩ませる。

エドワードは視線を下に移し、セシルの膝《ひざ》の上に頭をのせた幼竜を見つめる。幼竜は心地好さそうに目を細めたままで、エドワードには見向きもしない。

エドワードは肩をすくめるも、その幼竜の身体をまじまじと見て、少し驚いた表情を浮かべる。

「こいつは、また少し大きくなったな」

「そうなのですか？　今どれくらいなのでしょうか」

「セシルが初めて会った時は、おそらく小さめの犬、くらいだったのだが……今は番犬や、猟犬……くらいだろうか。最近特に、成長が早くなったような気がする」

「そうなのですね。思っていたより大きいです」

セシルは目を丸くして、何もない自分の腿の上を見つめる。

幼竜は時折セシルの腹に側頭部をぐりぐりと擦《す》り付けては、腿の上でゴロゴロと喉《のど》を鳴らすように振動させている。身体は大きくなってきてはいても、相変わらず甘えるような仕草をするのは子供らしくなんともかわいらしい、とセシルは思う。

セシルは帳簿をぱたりと閉じる。

「仕事はもうよいのか？」

「はい」

セシルが立ち上がろうとすると、幼竜はそれに合わせ頭を持ち上げた。セシルはエドワードに近づき寄り添うと、その手を取り、深紅の瞳を見上げる。

「エドワード様、怪我《けが》もなく無事にお戻りになられ、本当に良かったです。お帰りになられるのを、ずっとお待ちしておりました」

セシルの言葉を聞き、エドワードの形の良い唇が緩やかな弧を描く。

「長い間待たせてすまなかった。俺も離れていた間ずっと、セシルに会いたかった」

そして二人は腕を回し、久しぶりにお互いのぬくもりを感じながら強く抱きしめ合ったのだった。


一ヶ月前、セシルの発情期が明けた後、エドワードは王宮の通常業務に戻った。そして毎日仕事から帰って来ると、どの夜も例外なく、二人は身体を重ね合わせた。

まるで、結婚式の日の初夜の後の、失われた蜜月《みつげつ》を取り戻すかのように。

番《つがい》となった二人は、離れていても常にお互いの存在を求め切なく疼《うず》く。そしてひとたび身体を合わせれば、その疼きは嘘《うそ》のように消え去り、それが本来の状態であると言わんばかりに満ち足りた多幸感が訪れた。

任務により離れ離れとなり久しぶりに寝台を共にする今夜もまた、二人は横たわってすぐにどちらからともなく手を伸ばし、口づけを交わしながらお互いの寝着を脱がせ合う。

エドワードは、開かれたセシルの寝着の隙間からするりと手を差し入れ、滑らかな肌を撫でる。その愛撫《あいぶ》の心地好さに、セシルが色めいた吐息を漏らした瞬間、その手の動きが、ぴたりと止まる。

エドワードは息を呑《の》み、口づけをしていた唇をそっと離す。

「エドワード様、どうされましたか？」

「やはり身体が、いつもより熱い……」

エドワードの瞳は欲に濡《ぬ》れながらも、心配そうな色を灯《とも》していた。気遣わしげに、セシルの頬を撫でる。

「熱があるかもしれない。おそらくそれほど高いわけではないが、体調は大丈夫か？　心配だ」

セシルはその言葉に戸惑《とまど》う。

熱い？

体調が悪い自覚はまるでなく、むしろいつもよりいいとさえ感じる。エドワードに触れられた箇所が、その後の愛撫を待ち侘《まわ》びるかのようにぞくぞくと疼き、腹の底には欲望が湧き上がり始めていた。

セシルは口を結び、気遣わしげに見下ろすエドワードの顔を、潤んだ瞳で上目遣いに見上げる。首の周りに腕を回して縋《すが》り付くと、耳に唇を寄せ囁《ささや》いた。

「僕、どこも悪くありません。エドワード様……どうか、やめないで……」

そしてエドワードのはだけた胸に、むき出しになった肌をぴたりと寄せた。

エドワードは、愛する番から悲しげにそう求められては拒めるはずもなかった。愛しさが込み上げ、再びセシルの寝着に手をかけて脱がせると、裸の身体に腕を回して強く抱きしめる。そしてセシルの懇願に応えるかのように、自らの口でその唇を塞《ふさ》いだのだった。

翌朝セシルが目を覚ますと、隣でエドワードが既に目を覚ましており、セシルの顔を不安げに見つめていた。

瞼を開けたセシルを見て反射的に微笑んだものの、エドワードの顔は心なしかいつもより僅《わず》かに緊張しているように見えた。

そのままセシルに腕を回し抱き込むと、耳元に唇を寄せる。

「セシル、やはり、体温が少し高いようだ。今日、医師を呼ぶ。俺も付き添う」

「でも僕、本当にどこも悪くないんです」

「いや、違うんだ。俺はこのことについて、最も重要な可能性について、昨夜思い至らず……」

そう言うと、セシルの頬を愛おしげに撫で、嬉《うれ》しさと不安がない交ぜになったような表情でセシルの銀色の瞳をじっと見つめた。

セシルはそのエドワードの珍しい表情を、不思議な気持ちで見つめ返す。

その日の午前中、早速本邸からやってきたウォルトグレイ家の侍医に症状を伝えると、彼の厚いレンズの奥の目が輝いた。

初めての検査をした後、嬉しそうに侍医が告げた言葉に、二人は目を見開く。

「おめでとうございます。妊娠されていますね」

その言葉を聞き、セシルは一瞬頭が真っ白になり、意味を理解するまで数秒、呆然《ぼうぜん》とする。

そしてぽつりと、医師に問いかけた。

「本当……、ですか？」

医師はにこにことしながら、間違いありません、と頷《うなず》き返す。

セシルは思わず下腹部に手をあてた。その手が、小刻みに震える。様々な想いが心に押し寄せ、言葉にすることができない。

じわじわと視界が、涙で滲んでくるのを感じる。

隣にいるエドワードを見上げると、その表情は喜びに溢《あふ》れ、この上なく嬉しそうに瞳《ひとみ》を輝かせながらセシルを見つめ返していた。

「セシル……」

最愛の人の表情を見て、セシルの目から次々と大粒の涙が溢れ出す。

エドワードに抱きしめられ、その胸の中で嗚咽《おえつ》を漏らしながらセシルは泣き崩れた。突然訪れた何よりも嬉しい知らせに、二人は沸き立つ喜びを分かち合ったのだった。

セシルが妊娠したことにより、子の誕生に慣れたウォルトグレイ家の使用人たちの動きは早く、慌ただしく準備が開始された。

料理人のハリーは、セシルに食べたいものを毎日聞いてくるようになった。味覚が変わったり食欲があまりなかったりしても少しでも食べやすいものを、という配慮らしい。

乳母《うば》や侍女としての経験豊富なメイドのアンナにより、様々な形状のクッションや、締め付けの少ない衣類が用意された。

執事のジュードは乳母の選定を始めなければなどと言い、使用人の名簿を見ながらセシルにどんな人物が良いかなどの相談を持ちかける。

空き部屋を子供部屋とするべく、部屋の改装の準備までもがいつの間にか始まっていた。

エドワードに本邸にも知らせていいかと聞かれ、よくわからないままに頷くと、すぐさま大量の花や山のような子供用品などの祝いの品が届けられ、セシルは面食らう。

周りのお祝いムードに反して、セシルの腹は今までと変わらずぺたりと薄いままで、子ができたという実感がまるでないままだった。

幸い、妊娠するとよく起こるというひどい悪阻《つわり》や貧血といった症状もそれほど感じられず普段とほぼ変わらず過ごす事ができていたため、自分は本当に妊娠しているのだろうか、と疑問に思うほどだった。

皆が、セシルの妊娠を心から喜んでくれた。

セシルは今まで生きてきて、こんなにも周りの人々から喜びの感情を向けられたのは初めてだった。

子は、セシルの努力で得たというよりは、エドワードから授かった、という気持ちの方が強かった。

忙しい周りの者たちから体調を気遣われたり、尊いものであるかのように大切に扱われたりするのは仕事を増やしているようでなんだか申し訳ない気がしてしまう。

夜、一人で寝台に横たわっていると、不思議な気持ちになった。

長い間、妊娠できるか不安で、一度は諦《あきら》めて、エドワードから離れ、一人で生きていこうとした。

しかしそんな中でも、ずっとずっと、心の奥底で強く望み続けていた愛しい人の子供。

今の状況は、その頃見ていた夢そのもののようで、なんだか現実味が感じられず、自分はもしかしたらその夢の中にいるだけではないのか、などと思えてしまう。

なんだかふわふわした気持ちのままで、これから親になるという自覚がまるで湧いてこなかった。

しかしその自覚の有るなしにかかわらず、もしも幸いにもこの先何も異変が起こらなければ、おそらく数ヶ月後にはもう既にここに赤子がいて、自分は親になっている。

その展開の早さが、信じられなかった。

身体はきっと、これからどんどん変化していく。周りは着々と、準備が整えられていく。

自分の心だけが、いつまでも同じ場所に取り残されているのを感じる。

エドワードと出会い、その優しさに触れ、セシルは初めて人を愛することを知った。愛し愛される気持ちは、丁寧に時間をかけて、エドワードが教えてくれた。

しかし、親子の情についてては。

自分は今まで、親から愛情を受けた記憶がない。それが一体どういったものか、全く想像がつかなかった。

――こんな自分が、果たして我が子を愛せるのだろうか？

ぼんやりした不安を抱きながら天井を見つめていると、寝室のドアが開き湯浴《ゆあ》みを終えたエドワードが入ってきた。薄闇の中で不安げに目を覚ましているセシルを見て、気遣わしげな表情を浮かべる。

「どうした？　体調でも悪いのか？」

「いいえ、体調はとても良いです。皆様のおかげで、毎日とても居心地良く過ごさせていただいています」

「では、何かあったか？」

「何かあった、というわけではないのですが……」

セシルはこのような漠然とした不安の話をエドワードにしてよいものか迷う。

目を伏せて言葉を途切れさせたセシルを見て、エドワードはセシルの隣に横たわり、その手を優しく握った。

「セシル、話したくないのであれば話さなくても大丈夫だ。しかし、俺たちはこれまで会話が不足することにより、心が離れ、だいぶ遠回りをしてきてしまったように思う。だからもしも迷うようであれば、話してもらえると嬉しい。俺も何かあればセシルに話したいと思っているし、セシルに何かあればその心に寄り添いたいと思っている」

セシルはその言葉を聞きはっとした。エドワードの言う通り、自分は以前から言うべきことを言わずに呑み込んでしまう癖があることに気付く。

「そうですね……申し訳ありません。本当に、今まで僕たちは随分と回り道をしてきてしまいました。では、あの、よかったら聞いていただけますか？」

「もちろんだ」

セシルは仰向けになりエドワードの温かい手に触れながら、ぽつりぽつりと話し始めた。

自分がまだ子を持つ実感を持てずにいること、親の愛を知らない自分が我が子を愛していけるのか不安に思い始めたこと。

親の愛、と聞き、エドワードは考え込む。

「確かに、それについては正直俺もよくわからない。父上は昔からとても厳しかったし、母上は社交に忙しく子供にあまり興味のない人だった。実質的に育ててくれたのは乳母たちのようなものだが、愛情というよりは、世話をしてくれる人、という感じだったし」

「エドワード様もそうだったのですね。僕らは、似ているのでしょうか」

セシルは今の話を聞いて、乳母に世話を焼かれるエドワードの姿が浮かぶと共に、出会った頃の幼いエドワードの姿を思い出した。そうしていると、エドワードへの愛《いと》しさがじわじわと募り、心に靄《もや》のように広がっていた不安が徐々に薄くなっていくのを感じた。

隣にいる神妙な面持ちのエドワードと、頭の中に浮かぶ幼い少年のイメージとの違いに思わず頬が緩み、ふふ、と声に出して笑ってしまう。

「なんだ？　今度は急に笑い出して」

「申し訳ありません。そういえば、出会った頃のエドワード様は、とても小さくて、かわいらしかったのを思い出しまして」

「まあ、あの時は、ほんの子供だったから……」

「きっと産まれてくる子も、エドワード様に似てかわいらしいに違いありません」

「そうか？　セシルに似ているかもしれないだろう？　俺はそっちのほうがいい。その方が絶対かわいい」

「いえ、エドワード様似です」

「随分と、言い切るな」

「はい、僕にはわかるんです。今から会えるのが、とても楽しみで」

セシルは腹に手をあてる。具体的なイメージが湧くと共に、じんわりとした温かさが心の中に広がっていくのを感じる。そしてこの温かい気持ちはお腹の子に向けられたものだということに気付く。

この気持ちがこれからどうなっていくのか、今はまだはっきりとはわからない——けれど。

セシルは手のひらに触れる温かく大きな手のぬくもりを感じながら、口を開く。

「親の愛については、申し訳ないことに、僕にもまだよくわかりません。だからこれから、それがどんなものであるのか、よかったら僕と、一緒に探していただけませんか？　そしていつか、この子と共に、僕たちなりの答えを見つけられるように」

セシルは隣に横たわるエドワードを見つめ、その手を握り返した。

エドワードは微笑《ほほえ》み、頷き返す。

「そうだな、共に、力を合わせて」

二人は見つめ合い、微笑みを交わした。

その後も会話は続き、心地好《よ》い春の夜の寝室には、穏やかな時間がいつまでも流れていたのだった。

◆

春が終わり、暑い夏がやって来ると、いつしかそれも過ぎ去り、秋が訪れた。

セシルがウォルトグレイ家に嫁いでから一年が過ぎしばらく経《た》った、ある日のこと。

その日は秋の終わりの夜にしては珍しく強い風が吹き、嵐が訪れていた。激しい雨が降り、時折厚い雲の向こうが光ると、雷の音が轟《とどろ》くと同時にガラス窓が揺れる。

そして気が遠くなるような、暗く長い夜を経て、東の空が白んでくる頃になってようやく、元気な産声が辺りに響き渡る。

部屋の中には複数のバタバタと動き回る足音が響いていたが、やがて静かになり、しばらくするとドアを開けて医師や使用人たちが仕事を一区切りさせ部屋を出ていく。

そして広い部屋には、エドワードとセシル、そして生まれたばかりの赤ん坊の三人が残された。

いつの間にか外の嵐は過ぎ去り、部屋の中には雲間から覗《のぞ》く明るい陽の光が降り注ぐ。

寝台の上に腰掛けたセシルの腕に抱かれた赤ん坊は、まだ少し湿ったぺたりとした銀髪をおでこに張り付けて、その小さい身体《からだ》を時折ぴくりと震わせながら、瞼《まぶた》を閉じてすやすやと眠っている。

その柔らかくふくふくとした温かい頬を、恐る恐る、セシルはそっと撫《な》でる。

その瞬間、セシルの心の底に、今まで感じたことのない新しい感情が芽生える。

親の愛を知らない自分が、我が子を愛せるのか不安だった。

しかしそれは全くの杞憂《きゆう》だったことを知る。

セシルは今、自分の中に生まれたこの温かな感情は、我が子への愛しさであることに気付く。

それはこの子を守るためであれば、喜んで命を捨てようと思えるほどの強い感情だった。

初めて知るその感情は、新しく生まれては溢れ出し、セシルの瞳に浮かぶ涙となって現れ、次々と頬を伝い流れていく。

「エドワード様、僕、この子が、とても愛おしいです。エドワード様がいて、この子がいて、こんなにも幸せで……いいのでしょうか……」


隣に立つエドワードは涙を流すセシルを優しい眼差しで見つめながら、その肩をそっと抱き寄せる。

セシルと同様に喜びの感情で満ちたエドワードは、ずっと寝台の横で心配そうに様子を窺《うかが》っていた幼竜がひたひたと静かに近づいて来たことに気付く。初めて出会った赤子の顔をまじまじと見つめながら、そのオーロラ色の瞳をキラキラと煌《きら》めかせ、その顔に明らかな喜びの色を溢れさせている。

エドワードが幼竜の様子を伝えると、セシルは涙を拭《ぬぐ》いながら口を開いた。

「ずいぶんとお待たせしてしまいましたね。ようやくあなたたちを会わせる事ができました。これからどうか末永く、仲良くしてあげてくださいね」

幼竜はその言葉を聞き嬉《うれ》しそうにセシルの方を見つめると、視線を赤子に移し、おずおずと柔らかな頬に鼻先を寄せちょんちょんとつつく。その刺激がくすぐったかったためか赤子が突然ふわっと口を開けたため、幼竜はびくりと顔を離し驚きの表情で見つめる。そしてむにゃむにゃと赤子が眠り出すと、再び顔を近づけ、すりすりと頬を寄せた。

エドワードはその様子を見て、眩《まぶ》しさに目を細める。

これからこの二人は、固い絆《きずな》で結ばれながら、共に助け合い、長い時を過ごしていくことになる。

今日はそのすべてのはじまりの、記念すべき最初の日だった。

ふと見た窓の外では、薄い雲の切れ間から眩しい太陽が覗き、まばらに残った雲から霧雨が降り注いでいる。その光と雨を受けて、広い空いっぱいに鮮やかな弧を描きながら、大きな七色の虹《にじ》が架かる。

それは単なる偶然か、あるいは精霊の仕業かはわからない。

しかしその光景はまるで、加護を受けた子の誕生を祝した神々からの贈り物であるかのように、幻想的な色彩で空を彩りながら燦然《さんぜん》と輝いていた。

その虹を目にし、エドワードは以前王宮で読んだ旧王家の本の一節を思い出す。

——子が生まれると、空に虹が架かる、だったか。

まるで古《いにしえ》の力が甦《よみがえ》ったかのようだと、しばしその不思議な光景に目を奪われた。

そして再び目の前に視線を戻し、愛しい人たちの姿を見つめる。

幸せに溢《あふ》れたその光景は、外に広がる虹色の景色も敵《かな》わぬほどの、何よりも完璧《かんぺき》な、この上なく美しい瞬間だった。

愛しい人の温かなぬくもりを抱きしめ、光溢れる部屋の中で今、新たな幸福の訪れを確かに感じていたのだった。

番外編2　聖火祭

一年でもっとも大気中の魔力が強まる初夏のこと。
太古から続く黒い森の中で、そこに住まう精霊たちは今、繁殖の季節を迎えていた。
あるものは胞子をばら撒《ま》き、あるものは卵を産み落とし、あるものは番《つがい》と睦み合う。そしてあるものは、伴侶《はんりょ》を探し求め、広い森を彷徨《さまよ》う。
草が風に揺れる音に混じり、活気に満ちた精霊たちがひそひそと囁《ささや》き合う声が聞こえる。
楽しみだね
もうすぐだよ
待ちきれないね
やっと会えるよ
期待に満ちた眼差しで、うっとりと森の外を見つめる。
待ち望み続けた新しい者たちの来訪を待ち焦がれながら、高鳴る期待に胸を躍らせていたのだった。

◆

揺れる馬車の中で、大きく見開かれた深紅の瞳《ひとみ》がキラキラと輝く。

小さなむくむくとした手が、ゆらゆらと揺れる白い尻尾《しっぽ》を追う。手のひらが、ぱし、と尻尾の先を握ることに成功すると、嬉《うれ》しそうな声が上がる。ぎゅっと握った手を緩めた途端、尻尾はするりと離れ、再び揺れ始める。そして小さな手はまた、尻尾の軌跡を追い始める。

エドワードは、目の前で繰り広げられる我が子と幼竜の楽しげなやりとりに目を奪われていた。愛する人とよく似た銀髪を揺らしながら楽しそうにころころと笑う我が子は、世界で一番可愛いのではないかなどと本気で思えてしまうほどだった。

そしてその素晴らしい赤子を抱くのは、この世で誰よりも愛《いと》しい、自らの伴侶だった。腕の中の我が子を見つめていた銀色の瞳が、隣にいるエドワードの視線に気付き柔らかく微笑《ほほえ》む。

エドワードはその笑顔の眩《まぶ》しさに、思わず目を細める。

長年恋焦がれてきたこの愛しい人が、伴侶となり傍《そば》にいてくれて、その上深く愛してくれて、しかも自分との子供まで産んでくれたことを思うと、奇跡のようなこの状況に震えるほどの喜びを感じた。

この素晴らしさを世界中に自慢したいような、それでいて誰にも知られたくないような、相反する感情がエドワードに押し寄せる。

そんなエドワードの気持ちを知ってか知らずか、愛しい伴侶はくすくすと笑みをこぼす。

「エドワード様も、リチャードも、全く同じ顔。二人とも、何やら随分と嬉しそうですね」

リチャードと名付けられた息子《むすこ》は、生後半年の生誕記念を先日迎えたばかりだ。

エドワードの深紅の瞳と、セシルの銀色の髪を受け継いだ息子は、神秘的な色彩を持つ美しい赤子で、親の欲目を差し引いたとしても、将来はきっと多くの人々を虜《とりこ》にする青年に成長するに違いない、などと思えてしまうほどだった。

幼竜はリチャードに興味津々で、最近では生後間もない頃に比べて反応が得られる遊びが徐々にできるようになり楽しそうだ。馬車での長い移動時間、ずっと二人はこのような調子で遊んでいる。

エドワードたちは今、王都の北に位置するウォルトグレイ家の領地に向かう馬車に乗っていた。これから向かうのは、ウォルトグレイ家の城である北の牙城《ノースファング》だ。

今回の目的のひとつは、城で行われる「聖火祭」に参加することだった。

一年に一度城の門が開け放たれ、夜に城の前の広場に領民たちが一堂に集い、黒色楓《ダークメープル》の枝に放たれた炎を囲み秋の豊穣《ほうじょう》を願う。その聖なる炎が、今回の来訪の大きな目的だった。

セシルは自らの子の楽しげな様子を見つめながら、エドワードに尋ねる。

「今夜、竜の卵を孵《かえ》すのですか？」

「ああ、もう産まれて一年が過ぎ、しばらく経《た》つから丁度いい頃合いだ。聖火祭の高温の炎で二個の卵を孵す」

「卵を直接炎の中に入れるのですよね？　焼けてしまったりはしないのでしょうか？」

「竜の身体《からだ》は炎を吐くため熱に強く問題ない。むしろこの炎がないと、いつまでも卵は孵らない。幼竜も三年前に同じ方法で炎の中から生まれた」

北の地では、王都の一神教とは違う数多《あまた》の神々への信仰が今も息づいており、聖火祭で炎を放たれる黒色楓はその神々の依代《よりしろ》とされていた。役目を終えた枝の山に竜が火を放ち、その魂を大気に還《かえ》す。

北方のみに生育するその木は、通常の楓とは違い真っ黒な葉を持ち、幹の内部も同様に黒曜石のように黒い。その木の繊維に含まれる黒い油脂こそが竜の炎を高温に保つ理由で、その炎を利用して、以前ドラクセスが産んだ瑠璃色《るりいろ》と琥珀色《こはくいろ》の二つの卵を孵すつもりだった。

エドワードがふとセシルを見ると、なぜか嬉しそうに銀色の瞳を輝かせており不思議に思う。

「どうした？　何かセシルも嬉しそうだが」

「僕は楽しみなんです。エドワード様の勇姿を見るのが。ドラクセスを使役しているときのエドワード様のお姿は、それはそれは素敵なので」

エドワードはセシルに素敵と言われ、その言葉に顔が熱くなる。

聖火祭の炎を最初に灯《とも》すのはウォルトグレイ家の当主の役目とされている。これまではエドワードの父親と、父親の竜のヴィセルが行っていたが、今年からはエドワードとドラクセスの役目になっていた。

エドワードは数ヶ月の準備期間を経て、年が明けると同時に正式にウォルトグレイ家の当主となった。

既に半年ほどが経過しており、通常の魔法士の業務に加え、当主としての務めも増え多忙な毎日を過ごしている。なかなか思うように家族の時間が取れない三人だったが、城に馬車で向かうこの三日間は、久しぶりに親子水入らずで過ごすことができる貴重な時間だった。

北の牙城《ノースファング》は見晴らしの良い丘の上に建ち、高い石造りの城壁にぐるりと囲まれ長く辺境の城として他国の侵略からその土地を守ってきた強固な城だった。

太陽が真上から少し傾き始めた頃になってようやく馬車が城の前に到着すると、エドワードは開かれた扉から城の前の広場に降り立つ。

普段は固く閉ざされている城門が開け放たれ、多くの人々が祭りの準備で賑《にぎ》わっており、久しぶりの見慣れた光景に懐かしさがこみ上げる。

長年の習慣から、新しい場所に来た際エドワードは危険がないか瞬時に周りを見渡す。祭り前の喧《けん》騒《そう》の中、見慣れた光景の中にいつもと違う点があることに気付き、違和感を覚える。

毎年祭り当日は、その活気のある雰囲気に惹《ひ》かれていつもより多くの精霊が城内に集まっているのだが、今日はその姿がまるで見えなかった。

精霊が、城の前に一匹もいない。

もともと北方の地は王都より精霊の数が多い。しかし今、エドワードの目が届く範囲には自分たちの竜がいるのみで、その他の精霊の姿は一切見ることができなかった。たくさんいすぎても困るが、全くいないというのも妙だった。城内を漂う異様な空気に息を呑《の》む。

何だか、胸騒ぎがする。

しかし、一瞬心に浮かんだ違和感は、出迎えてくれた多くの人々の歓迎の声に掻《か》き消《け》された。

エドワードはその表情を当主としての外向きの笑顔に切り替えると、久しぶりに会う父親や他家の当主たちに声を上げ挨拶《あいさつ》を交わす。

エドワードの父親のローガンは、エドワードの後ろに立つセシルが抱く赤子を見つけると、身を乗り出して嬉しそうに眼を細めた。

「この子がリチャードだな。随分と元気そうだ。この瞳はウォルトグレイ家の瞳を継いだな。何とも喜ばしいことだ。この銀髪はセシルからだな。母親の髪色を受け継いだ子は初めて見る」

そう言って、傍らに並び立つ自分の子供たちを見やった。

出迎えに来てくれた十人ほどのエドワードの兄弟たちは、皆一様にエドワードと同じ漆黒の髪で、深紅とまでは言えない赤みがかったブラウンの瞳を持っていた。

聖火祭のために正装に身を包み、男児は上品な半袖《はんそで》のサックスブルーのブロードシャツにやや光沢のある濃紺の膝丈《ひざたけ》のズボン、女児はシャツと同素材のフレアワンピースを着用していた。

お揃《そろ》いの服の左胸にはウォルトグレイ家の紋章である五芒星《ごぼうせい》を抱いた竜の刺繡《ししゅう》が施され、一目でこの家の子供だとわかる服装をしていた。エドワードとセシルに向かい、礼儀正しく挨拶をする。

エドワードがローガンや他家の当主たちと話をし始めると、セシルとリチャードはエドワードの兄弟たちの好奇心いっぱいの輝く瞳に囲まれた。

「この子の瞳の色、父上や兄上とおんなじだ。赤い」

「この髪、すごい色だな。真っ白だ」

「白じゃないだろ、銀色だ」

「セシルさん、その髪、本物？」

北の地の人々の髪色は黒か濃い茶色で、セシルとリチャードの銀の髪色はかなり珍しいようだった。よほど目立っていたのか、馬車から降りるとちらちらと覗《のぞ》き見《み》る人々からの奇異の視線を感じるほどだった。

セシルは子供たちの純粋な疑問に微笑ましく思い、口を開く。

「はい、この子も僕も、もともとがこのような色なのです。この子はリチャードと言いまして、皆さんの甥《おい》っ子《こ》です。これからよかったら、仲良くしてくださいね」

「うん！　リチャード、よろしくね」

一番年長の子供が声を上げ頬をつつくと、リチャードはキラキラとした深紅の瞳を向けて嬉《うれ》しそうに声を上げて笑った。

エドワードは複数の年配の男たちに捕まり、なかなか話が終わりそうになかった。

どうしたものかとセシルが考えていると、リチャードが時折口の周りをぺろぺろと舐《な》め、お腹《なか》をすかせた様子を見せ始めた事に気付く。

そろそろ食事を与えなければと、セシルは傍に控えていたメイドのアンナに声をかけた。

◆

アンナはセシルとリチャードを連れて、古巣であるウォルトグレイ家の城内に久しぶりに入った。すれ違いざまにかつての部下だったメイドに声をかけ、離乳食を食べさせた後に授乳を行うことを見越し、使用人たちに誤ってこれから向かう部屋に入らないよう周知するよう頼む。

客間にセシルとリチャードを案内すると、アンナは部屋から出て足早に調理場に向かった。あらかじめ到着時に合わせて作っておくように料理人に頼んでおいたリチャードに与える粥《ポリッジ》をもらってくるためだ。

アンナは廊下を移動しながら、思わず感嘆の息を漏らす。エドワードとセシルに仕えるようになってから、驚くことばかりだった。

アンナはかつて多くのウォルトグレイ家の子供たちを担当していた乳母《うば》だったが、リチャードのような赤子は初めてだった。

リチャードはいつも機嫌がよく、全くと言っていいほど泣くことがなかった。寝かしつけすらも必要なく勝手に一人ですやすやと眠ってしまうし、起きた後もいつの間にか好奇心いっぱいの瞳できょろきょろと周りを見回しながらご機嫌に過ごしている。

お腹がすいても、おしめが汚れてもほとんど泣くことがないので、時間を決めて世話をするようにしていたほどだった。

今回の遠出においても、環境が変わっても知らない人に会っても機嫌がいいままで、こんな赤子は初めてだと改めて感心する。

セシルについても、仕えて一年と少し経つが、名家の令息であるというのに尊大なところが一切なく、穏やかで心優しく、アンナはとてもありがたいと思っていた。

しかも何もせずにいるわけでもなく、注意深く周りを見渡し控えめながらも適切に指示を出しながら、滞りなく物事が進むよう配慮してくれて、その態度の端々から元々の頭の良さが見て取れるようだった。

そして一番驚くべきことは、セシルを伴侶《はんりょ》として迎えてからのエドワードの変わり様だった。

子供の頃からその整った顔に常に暗い影を落とし、思いつめた表情で周りに刃《やいば》のような鋭さを向けていた彼が、セシルという伴侶を得た後、表情が柔らかくなり、人当たりも穏やかになり、性格が丸くなっていったのだ。

幸せそうな笑顔を浮かべながらセシルに優しい眼差しを向けるエドワードを見て、本当に良い人が嫁いできてくれたものだと、かつてのエドワードを知る執事のジュードと共に声を上げて喜び合ったものだった。

そんなことを考えながら調理場に着くと、頼んでおいた粥《ポリッジ》と小さな匙《さじ》を料理長から受け取る。芋や野菜をすりつぶしたものも入っており見た目にも色鮮やかで、大人の自分から見てもなんともおいしそうだ。好き嫌いをしないリチャードの見事な食べっぷりが目に浮かぶようで、アンナは思わず笑みを浮かべる。

セシルのための新鮮な水や軽食も同時に受け取ると、アンナは来た道を戻り、客間のドアをコンコン、とノックする。

「セシル様、アンナです。ただいま戻りました」

耳を澄まして返事を待ったものの、部屋の中はしんと静まり返り、返事は返ってこなかった。怪訝《けげん》に思ったものの、眠ってしまわれたのだろうかと、音をたてないようにそっとドアを開ける。

広い客間の中を見渡す。部屋はがらんとして、誰一人いなかった。待っていたはずのセシルとリチャードは、その場から忽然《こつぜん》と姿を消していた。

◆

アンナが部屋を後にしてから、セシルはリチャードをあやしながら客間のソファに座り待っていた。するとすぐに、ドアをコンコンとノックする音が聞こえた。戻ってくるのが随分と早いなと思いながらも、どうぞ、と声をかける。

ガチャリとドアが開くと、その場所にいたのはアンナではなく、背格好のよく似た三人の男の子だった。年の頃は十歳前後といったところだろうか。先ほど会ったエドワードの兄弟の誰かだろうか、とセシルは思う。三人とも漆黒の髪と赤みがかったブラウンの瞳《ひとみ》を持ち、胸にはウォルトグレイ家の紋章の刺繍が施された服を身につけている。

セシルはにこにことするだけで口を開こうとしない少年たちに疑問が湧き、優しい声色で尋ねる。

「何か、御用でしょうか？」

一番背の高い男の子が答える。

「アンナからね、頼まれたんだ。セシルさんを呼んで来てって。だからさ、ついて来てくれない？」

セシルは不思議に思いながらも聞き返す。

「アンナが？　僕を呼んでいたのですか？」

「うん。そうだよ。一緒に行こう」

話をしていた子供が部屋に入ってきて、セシルの腕をぐい、と引っ張るため、セシルは呆気《あっけ》にとられながらもリチャードを抱いたまま立ち上がる。

子供に腕を引かれながら進むと、後から他の二人の子供たちも笑顔を浮かべながら小走りについて来る。そのまま行くといつの間にか裏口から屋敷の外に出ていて、庭園を横切る細い道を進んでいた。

なぜこんな場所にアンナが自分たちを呼んだのだろうかと怪訝に思いながらも、どうしたらよいか判断がつかない。

何かがおかしい、と疑念がわく。

セシルは立ち止まり、子供の腕を振り払う。

「すみません、本当にこの先の場所に、アンナが来いと言ったのですか？」

セシルが止まると同時に、子供たちもまたぴたりと足を止めた。

庭園の周りには文字が刻まれた複数の石碑と共に、鎧《よろい》とマントを纏《まと》った男たちの姿をかたどった石像が並び立つ。

ここは墓所だろうか。

木がたくさんあるというのに虫の声ひとつせず、不自然なほどに静かだ。

先導する子供がくるりと振り返り、セシルに向ける目を半月形に変形させながら微笑《ほほえ》む。

「うん、もう少し先だよ」

セシルはなぜか目の前の子供の気配にぞっとし、理由の知れぬ根源的な恐怖を感じた。嫌な予感がし、全身に緊張が走る。

胸に抱いたリチャードを抱き寄せ、ぎゅっと腕に力を込める。

「……僕は行きません。部屋に、戻ります」

そう言い放ち後ずさるセシルに、後ろからついて来ていた二人の子供が行く手を阻む。

「どこへ行くの？　行く場所は、そっちじゃないよ」

顔の上に不気味な笑顔をはり付けて、じりじりと子供たちが近づいて来る。子供たちはお互いに目を見合わせ、くすくすと笑い合いながら、ひそひそと囁《ささや》き合う。

「やっぱり、この人だよ」

「聞いてた通りだ」

「これで決まりだね」

ひとしきり話すと、子供たちはぴたりと止まり、年長の子供が口を開く。

「ねえ、僕たち、あなたみたいな人が来るのを、ずっと待ってたんだ。本当にあなたはぴったり。僕たちの、母さまに」

三人は同じ顔で一斉にセシルを見つめる。

セシルはその不気味な言葉に、背筋が凍りつく。

「一体、何を……？」

同じ形のブラウンの瞳がセシルを見つめる。その瞳孔《どうこう》の色は底知れず暗く、吸い込まれるような虚無の色を湛《たた》えている。

「あっちにね、父さまが待ってるの」

子供の指さした方向には、背の高い木々が折り重なった影が作る暗闇がどこまでも広がっているのみだ。その先には、何も見えない。

その時、一番小さな子供がいつの間にかすぐ横に立ち、にこにこと笑みを浮かべながらセシルの手首を摑《つか》んだ。

そのひたりとした無機質な肌の感触に、思わずぞわりと鳥肌が立つ。子供の小さい手だというのに握力が恐ろしく強く、振り払おうとしてもびくともしない。

「僕、こういうの得意だから、大丈夫だよ。準備は、ちゃんとしてあげるからね」

握られた手は徐々に熱くなり、密着した皮膚を通じてその熱がセシルの内部に染み入る。

侵入した熱はセシルの芯《しん》を捉《とら》えると素早く全身に広がり、炙《あぶ》るかのように腹の奥底をじわじわと刺激する。

セシルの息が、徐々に荒くなる。

久しぶりに訪れたこの下腹部の重だるさは、感じ慣れた馴染《なじ》みのあるもので、もはや間違えようがなかった。

――発情《ヒート》が誘発されている。

腹の底が疼《うず》き、膝《ひざ》が震え、力が抜ける。リチャードを抱きながらも立っていられなくなり、ぺたんと地面にへたり込む。

「うん、うまくいった。いい感じだ」

子供たちが、にっこりと笑顔を向けたその時だった。

遠くからかすかに、アンナがセシルを呼ぶ声が聞こえた。セシルはその声の方角を向き、力いっぱいアンナの名を叫ぶ。足音が近づき、駆けつけようとしたアンナを子供らが暗い瞳で睨《にら》みつけると、まるで金縛りにあったかのように、びくりとその場で立ち止まる。

セシルは離れた場所で固まる怯《おび》えた様子のアンナを見つめ、荒くなった息で口を開く。

「アンナ、エドワード様の、ご兄弟の、様子が、おかしい……」

アンナは冷や汗をかきながら、セシルを取り囲む子供たちの顔を見回す。そしてその目に恐怖の色を浮かべ、ぶんぶんと激しく首を横に振った。

「セシル様、この子らは、ウォルトグレイ家の子供ではありません。誰です？　あなた方は……」

セシルはその言葉に驚愕《きょうがく》する。ウォルトグレイ家の子ではない？　同じ髪色と瞳の色、服装も全く同じだというのに。

ではこの子たちは、一体……？

子供たちは何も言わず、くすくすと笑い合う。

セシルは子供たちの姿を見上げ、目を凝らしてまじまじと見つめた。至近距離でよく見れば、ぴくぴくと皮膚が引き攣《つ》り、目や口などの顔のパーツが落ち着くことなく僅《わず》かに位置を替えながら蠢《うごめ》く。皮膚が波打ち、蠟《ろう》がとろけるように一瞬どろりと垂れ、また元に戻る。

その異様な姿に、セシルは以前対峙《たいじ》したことのある魔族と魔獣の姿を思い出す。

——この者たちは、人間ではない。

何かはわからないが、人に擬態した何かであることは間違いがなかった。

「アンナ、今すぐ、エドワード様か、ローガン様を呼んできてください」

「し、しかし……、セシル様と、リチャード様を置いては……」

狼狽《うろた》えるアンナを見つめ、セシルは強い剣幕で叫ぶ。

「行きなさい！　アンナ」

珍しく大きな声を上げたセシルの切羽詰まった雰囲気に気圧《けお》され、アンナは涙目になりながら弾《はじ》かれたようにその場から走り去った。

遠ざかる足音を聞きながら、セシルは子供たちを睨みつける。

自分はここから動くことができそうにない。守るべきものがいるというのに、こんな状態になるまで危険に気付くことができなかった自分が情けなくて涙が出そうだ。しかし、泣いている場合ではない。助けが来るまで、なんとかこの場でリチャードを守らなくてはならない。

子供らの興味はセシルとリチャードのみに注がれ、うっとりと二人を見つめながらゆっくりと手を伸ばす。

「ね、早くあっちに行こう？　父さまが待ってる。あなたはこんなに綺麗《きれい》な子を産んだんだもの。僕たちの父さまとなら、きっと、もっともっと素敵な子が生まれる。どんな子かなあ。とっても楽しみ」

静かに呟《つぶや》きながら、セシルの腕に触れる。

セシルは力の入らない身体《からだ》で、拘束しようとする動きに全力で抗《あらが》う。

「僕らは行きません。離して、ください」

「その子も一緒に連れて行っていいからさ。僕たちが、可愛がってあげる」

ぬっと伸びてきた手がリチャードを掴もうとしたことにぞっとし、セシルは反射的に腕を振り払う。

「触らないでください！」

守るようにリチャードを胸の中に隠し、身を丸くする。

弾かれた手をじっと見つめた赤みがかったブラウンの瞳が、徐々に怒りに歪《ゆが》む。

「面倒だな。もうこのまま、連れて行っちゃおう」

子供らが一斉にセシルに手を伸ばした、その時だった。

セシルの周りに、竜巻が起こる。

巻き上がる強い風に思わず目をつむった瞬間、子供らの顔が仰《の》け反《ぞ》り、吹き上がる風に弾かれたように放射状に吹き飛んだ。

吹き荒れる竜巻の中心で、セシルとリチャードの銀色の髪が激しく靡《なび》く。リチャードを全身で包み守りながら、ぎゅっとつむった瞳の奥でセシルは考える。

エドワード様……？　それにしては、随分と早い。それとも、幼竜が……？　こんなにも、強い風を……？

次の瞬間、雷鳴のような轟音《ごうおん》が辺りに響き渡った。

突如空中から放たれた紅い炎は、強風に煽《あお》られ鞭《むち》のようにしなり、尻餅《しりもち》をついた子供らに襲いかかる。絡め取られた一番年長の子は、一瞬で紅い炎に包まれる。

叫び声をあげながら燃える顔は蠟のようにどろりと溶け、剝《は》がれた表面の中から黒い塊が姿を現す。

それを見て恐れ慄《おのの》いた残りの子らが走り出し、逃げ惑う背中に容赦なく炎の鞭が振り下ろされる。

子供らは瞬く間に炎上し、人の姿を捨て黒い塊となり、形を変えながら地面の上を苦しげにのたうち回った。

炎は留まることなく、紅い雨のように空中から地面へと降り注ぐ。落ちた炎は舐《な》めるように草の上を這《は》うと、その軌跡に躍る炎は瞬く間に木に燃え移る。煙を噴き上げながら炎は絡み合い、木々を燃やしながら猛々《たけだけ》しく一層強く燃え上がった。

森を焼く熱風がセシルに届き、頰を熱く撫《な》でる。

しかしセシルには、辺りに広がる猛炎は全く目に入らなかった。

ただ驚愕《きょうがく》しながら、腕に抱いた我が子の両眼が放つ、鮮やかな赤い光に目を奪われていた。

◆

エドワードは城の前で、古くからウォルトグレイ家に仕える当主たちに捕まり長い話を聞いていた。

突然、遠くから息を切らしたアンナが泣きながらエドワードの名を叫ぶのが聞こえた。

「エドワード様、セシル様とリチャード様が……!」

話を聞いた瞬間、エドワードの背筋が凍り付く。それと同時に素早く墓所に向かって走り出した。

違和感があったというのに、二人から目を離してしまった自分の愚かさを悔やむ。

あの二人の存在は精霊を惹《ひ》きつける。その精霊自身の力が強ければ強いほど、二人の姿は魅力的に映り、その身を欲することだろう。今城内に精霊たちが見当たらないのも、強い精霊の気配を感じ逃げ出したと思えば説明がつく。

――その邪悪な精霊が、セシルとリチャードに魅入られ、その身を攫《さら》おうとしているとするならば。

エドワードは以前セシルが魔族に狙われた時を思い出し一瞬で冷や汗が噴き出した。まさか到着してすぐの瞬間を狙ってくるとは。

エドワードは墓所に駆けつけると、目の前に広がる信じられない光景に息を呑《の》む。

「これは一体、どういうことだ……?」

白い幼竜が、辺り一帯に狂ったように炎を撒き散《まち》らしている。炎の中には、逃げ惑う背後から炎を放たれ、既に事切れて残り火が燻《くすぶ》る三体の精霊の亡骸《なきがら》が横たわっていた。炎は森の木々に広がり続けており、このまま行けば城に燃え移る。

炎を吐き出しながら空中を猛進する幼竜を止めるために、ドラクセスが素早く跡を追う。しかし、強い力で使役され暴走する幼竜に速度で劣り、追いつくことができない。

炎の中、一部だけぽっかりと守られるように何もない空間があり、その中央にリチャードを抱いたまま呆然《ぼうぜん》と座り込むセシルの姿があった。

エドワードは急いで駆け寄る。

「セシル！　大丈夫か!?」

エドワードの声に気付き、振り返ったセシルの目は戸惑《とまど》いに潤み、肩を上下しながら荒い息を吐く。辺りには熱風が吹き荒れているにもかかわらず、その身体はカタカタと細かく震えている。

「エドワード様、リチャードの様子が……」

セシルの腕の中の我が子に視線を移すと、その両眼は燃えるような赤に染まり、一点を見つめたまま鮮やかな光を放っていた。

その異様な姿に、エドワードは一瞬息を呑む。

「リチャードが、幼竜を使役しているだと……？」

まだ言葉すら話すことができない我が子が、竜と契約を結べたことが信じられなかった。しかし、いくら信じがたいことだとしても、今現実として、目の前でそれは起きてしまっている。

この状況を収めるにはリチャードを止めなければならない。しかしまだ意思の疎通ができない赤子に、どのように伝えたら？

迷っている暇はなかった。エドワードはリチャードの肩を摑み、鋭い光を発する赤い瞳《ひとみ》を覗《のぞ》き込《こ》むと大声で叫んだ。

「リチャード、戻って来い！　竜を止めろ！」

その叫び声を聞き、リチャードがびくりと身体を跳ねさせると、空中を飛び回る幼竜の動きがぴたりと止まった。

羽ばたきが止《や》みそのまま地面に落下しようとした幼竜を、すんでのところでドラクセスが受け止める。地面にもつれ合いながら倒れ込んだ二匹は、土埃《つちぼこり》を巻き上げながら静かに着地する。

リチャードの瞳の色が、徐々に元の深紅の色に戻っていく。意識を取り戻した大きな瞳が、険しい表情で覗き込む父親を見上げる。

鋭い眼差しを感じ、銀色の睫《まつ》毛《げ》に縁取られた深紅の瞳を不安げに瞬かせると、下瞼《したまぶた》の上に透明な涙がじわじわと浮かぶ。

小さな口が耐えるようにへの字に結ばれ、大粒の涙がこぼれ落ちた瞬間、堰《せき》を切ったような大きな泣き声が、辺り一帯に響き渡った。

それは、普段めったに泣くことのないリチャードの、この上なく悲しげな泣き声だった。

初めて聞く大きな我が子の泣き声に、エドワードは慌てて小さな身体を抱き上げると、揺らしながら背中をぽんぽんと叩《たた》く。

「すまないリチャード、大きな声を出して。そうだよな、お前は、母上を助けようとしただけなのだよな。悪いことなど何もしていない。怖かったよな。よくやった、えらかったぞ」

エドワードの腕の中で泣き止む気配のないリチャードに、セシルは荒い息を吐きながらも手を伸ばす。座ったまま我が子を受け取るとその胸に抱き、泣きじゃくり頬を濡《ぬ》らす涙を拭いながら、銀色の柔らかな髪の生えた丸い頭を、優しくそっと撫でる。

「ありがとうございますリチャード。母上はあなたのおかげで、この通り怪我《けが》もなく無事です。傍《そば》にいますからね。大丈夫ですよ」

セシルが撫でるごとに、リチャードの泣き声は徐々に小さくなっていく。

ひぐひぐとしゃくりあげるほどになってくると、おでこを撫でられた動きに合わせ徐々に目がとろんと微睡《まどろ》む。

呼吸も穏やかになり、涙で濡れた銀色の睫毛が重たく落ち始め、瞼から力が抜けゆっくりと閉じられると、泣き疲れたリチャードはすやすやと寝息を立て始めた。

眠る姿にほっと息を吐くと、セシルの身体が一気に脱力した。

エドワードはセシルからリチャードを受け取り抱きかかえると、後ろから人を連れて戻ってきていたアンナを呼ぶ。

「すまないが、リチャードを頼む。眠っているから、このまま部屋で休ませてくれ。セシルの具合が悪い。俺はセシルを運ぶ」

周りでは、聖火祭のために城内に訪れていたウォルトグレイ家の領内の魔法士たちが、ローガンの指揮のもと水魔法や氷魔法を用いて燃え盛る炎の消火にあたる。

体調の悪そうなセシルのもとに、医師や治癒魔法士が駆けつける。

セシルは震える唇で小さくエドワードに耳打ちし、その言葉に息を呑んだエドワードが、彼らに治療の必要がないことを伝える。

つらそうに身体を強張《こわば》らせるセシルを自らの上着で包み腕を回し抱きかかえると、エドワードは立ち上がり城の中に向けて走りだした。

エドワードの腕の中、セシルが苦しげに口を開く。

「エドワード様、申し訳ありません。僕の不注意のせいで、リチャードを、危険にさらしてしまいました」

「何を言っている。悪いのは、精霊たちだ。セシルのせいではない」

「リチャードは、大丈夫でしょうか。初めてのことで、怖い思いをしたに違いありません。しかも、お腹《なか》をすかせたまま眠らせてしまい、可哀相《かわいそう》なことをしました」

「よく眠っていたしアンナもついている。だから心配ない。それよりもセシルだ。セシルは、発情期がきたのだな？」

「はい……あの者たちの、何か不思議な力で……。そのせいで、動けなくなってしまい」

「このまま、部屋に向かう」

セシルの身体は熱を持ち、呼吸が荒い。エドワードの首筋に唇を寄せ、セシルは小さく呟く。

「エドワード様、ありがとうございます……」

かかる息の熱さに、思わず息を呑む。セシルの首筋からは、エドワードにしか感じることができないフェロモンの匂いが漂う。この甘い匂いは番《つがい》である自分にしかわからないとはいえ、発情するセシルの姿を他の誰にも見せたくなかった。

一刻も早く、セシルを部屋に連れて行かなければ。

エドワードはセシルを抱いたまま、足早に城の中に向かった。

◆

エドワードはセシルを抱いたまま城の廊下を駆け抜け寝室に辿《たど》り着《つ》くと、寝台の上にセシルを注意深く横たえる。

苦しげに呻《うめ》くセシルの、きっちりと着込まれた上衣の首元を緩める。隙間から覗く淡い薔薇色《ばらいろ》の肌はしっとりと汗に濡れ、表面が僅《わず》かに光沢を放つ。その官能的な色に、エドワードは思わず喉《のど》を鳴らした。

ドクドクと鼓動が、早まっていくのを感じる。

これまで共に過ごした発情期は僅か二回。そのいずれも、自分は全くと言っていいほど抑えが効かなかった。

目の前の愛する番になすすべもなく理性を失い、時が経《た》つのも忘れ、セシルの反応に構う余裕すらなく、ただひたすらにオメガの身体を求め続けた。その温かな胎の中に何度精を吐き出しても、張り詰めた昂《たかぶ》りは収まることはなく、新たに欲望が生まれ続けた。

ひとたび触れてしまえば、抗《あらが》うことができないのはわかっていた。

意を決して離れようとした瞬間、セシルがエドワードの袖《そで》を、きゅ、と掴《つか》む。とろりと潤む銀色の瞳が、縋《すが》るような眼差しを向ける。

「エドワード様、お願いが、あります。僕の荷物の中に、抑制剤が、あります。それを、取っていただきたいのです」

愛する番から漂うフェロモンに冒され、ぼやけ始めた思考の中、耳から入ってきた単語の意味を何とか理解する。

セシルのこの甘い匂いは、この世界でただ一人、自分を誘うためだけに作られた特別なものだ。そして自分の欲望を掻《か》き立てられるのもまた、セシルだけ。お互いのためだけに放たれた匂いが、容赦なく身体《からだ》を襲い、暴力的なまでの情欲が湧き上がっていく。

セシルの荷物から錠剤の入った瓶を取り出したものの、エドワードは悔しさに、ぎゅっと拳《こぶし》を握りしめた。

「抑制剤なんて……本来ならば、使う必要なかった。せっかく、セシルがこんなにも、俺のために甘い匂いをさせてくれているというのに。こんな日でさえなければ……」

思えば二人が完全に番になってからの、初めての発情期の訪れだった。

普段控えめなセシルがこの時だけ見せる、淫《みだ》らに乱れ喘《あえ》ぐ姿。自分を求め必死に縋り付くその様は、羞恥心《しゅうちしん》を捨て去ったセシルが見せてくれる何よりも特別な姿だった。

本来であれば、湧き上がる激しい情欲に身を任せ、よがるセシルを組み敷き、熱にとろけた奥の奥まで入り込んで、熟しきった熱い身体を思い切り味わいたかった。

しかし今セシルに触れたら、確実に自分は抑えが効かなくなる。

発情期の番への執着は凄《すさ》まじく、盛った獣のごとくセシルを犯し続け、おそらく数日はこの寝台から出られなくなることだろう。

既に自分は、このむせ返る甘い匂いを嗅《か》いでいるだけで、今にも意識が飛びそうになっているくらいなのだから。

「エドワード様は、今夜、当主としての責務を、果たさなくては。なのに、このような大切な日に、ご迷惑をおかけし、本当に申し訳ありません……」

「セシルは気にする必要はない、そのような身体で、リチャードをよく守ってくれた。抑制剤とは、これだな。さあ、飲んでくれ」

背中に手を差し入れ、セシルの華奢《きゃしゃ》な身体を抱き寄せる。熱に喘ぐ艶《つや》めいた唇を割り開き、つまんだ錠剤を指ごと差し入れる。指で触れるセシルの口内は熱くぬかるみ、この上なく柔らかい。薬を探るセシルの薄い舌が、エドワードの指を、ぬる、と撫《な》でた。

その瞬間、ぞわりとした欲望がエドワードの背筋を這《は》い上がる。

口内を擦られセシルも感じているのだろう。差し入れられた指を失うまいと、反射的に吸い付こうとした柔らかな舌が絡み、エドワードの指を、きゅ、と締め上げる。

恐ろしいほどの指先の快感に怯《ひる》み、閉じようとするセシルの唇から、思わず慌てて指を引き抜く。

「あっ……」

物欲しげに潤んだ銀色の瞳が、切ない色に滲《にじ》む。思わず漏れたかすかな声には、失ったものに対する深い悲しみが込められているかのようだった。

エドワードはその表情を見て、歯を食いしばる。

このような顔を、させたくはなかった。自分だって久しぶりのセシルの熱い粘膜の感触に、腹の奥底を焼き尽くすほどの欲望を感じているというのに。

このまま自分を求め震えるセシルを強く抱きしめ、心のままに艶めいた唇に吸い付き、甘い口の中を思う存分味わい尽くしたかった。

しかし、今、それは決して許されることではない。

エドワードは焼ききれてしまいそうな理性を振り絞り欲望を抑え込むと、僅かに震えるセシルの口に、水の入ったグラスをあてがう。

「んっ」と苦しげに呻いた次の瞬間、セシルは勢いよくゴホゴホとむせる。飲み込めなかった小さな錠剤が水とともに唇からこぼれ落ち、ぽろりと落下した床の絨毯《じゅうたん》の長い毛足の中に埋もれて消える。

「も、申し訳ありません。せっかくの、抑制剤が……」

垂れた水に濡れるセシルの艶めく口元を見ながら、エドワードはごくり、と喉を鳴らす。

耐えるように顔を歪《ゆが》ませると、新しく瓶から抑制剤を取り出し、自分の口に放り込む。そしてグラスの水を含ませ、そのままセシルの濡れた唇に勢いよく口づけた。

唇を強く押し付け、ぬるい水と錠剤をセシルの口に注ぎ込む。セシルの歯列を舌で割り開き、喉奥へ向けて舌先から錠剤を落とすと、深く差し入れた先端が、セシルの舌にぬるりと触れる。

その荒々しい作業のような口づけの感触すら、溢《あふ》れ出す情欲を必死に堪《こら》えるエドワードにとっては耐え難いものだった。

セシルの喉が動き、こく、と小さく音がする。

抑制剤を飲み込んだことを感じることができたものの、この上なく心地好《よ》いこの場所から動くことができない。

ひとたび唇を合わせたら、離れられないことはわかっていたのに。

何かがぷつりと頭の奥で弾《はじ》ける。溢れ出した情欲にエドワードは耐えきれずに、セシルの身体を強く抱きしめると、熱い舌を貪《むさぼ》るように、そのまま夢中で唇にかぶりついた。

「んっ、ふう……ん……」

セシルから漏れる、甘やかな声。その声からセシルもまた、舐《な》めあげられるたびにビクリと身を震わせて、快感に喘いでいることがわかる。この耐えきれず口の端から漏れ出る吐息すら、心から愛《いと》おしく感じる。

普段の遠慮がちな姿からは想像もできないセシルの官能的な声に、エドワードの頭の奥がぞくぞくと痺《しび》れる。絡め合った互いの舌すべてが熱くとろけるようで、夢中で口づけに酔いしれる。何度も角度を変え、口の中全てを犯し尽くすほどに、執拗《しつよう》に。

さらに口の奥深くまで口内を堪能しようとしたその時、エドワードの口から突然、セシルの唇が勢いよく離れる。

「い、いけませんっ」

セシルがエドワードの胸を強く押し、何とかその身を引き離す。

セシルの顔は茹《ゆだ》るかのように紅潮し、その瞳《ひとみ》にはうっすらと涙が浮かぶ。

「申し訳ありませんエドワード様。今夜の大事なお役目のためには、僕は今、エドワード様から、離れることしかできない。本当ならば、もっと、この先まで……」

「セシル、俺も今、同じ気持ちだ。こんな日でさえなければ……。俺は、本当ならばセシルを、このまま離したくなどない……！」

エドワードは耐えるように身体を強張らせ、セシルの肩を強く摑む。

「しかし、俺には抑制剤がない。これ以上続けては、この後ここから何日も、セシルを離してあげられなくなる……」

セシルはその言葉を聞き、ぴくりと身体を震わせる。

「……抑制剤？」

涙で濡れた睫毛《まつげ》を、ゆっくりと瞬く。エドワードのギラギラとした欲望に駆られた深紅の瞳を、とろりとした眼差しで、じっと見つめ返す。

「……そういえば、抑制剤が、あるのでした」

「ああ、でもそれは、セシルのものだろう？」

「いえ、エドワード様の……アルファの、抑制剤を、購入しておりまして……すっかり忘れておりました」

「なんだって？」

「お医者様が、旅先であれば、万が一のために、番の分も備えておいた方がよいと。一瞬でもフェロモンにあてられれば、おつらいだろうからと……しかし、アルファの抑制剤とは、どういった？」

アルファの抑制剤を、エドワードは以前、オメガの王族の警護中に一度だけ服用したことがあった。

オメガの抑制剤のように深い眠りに誘い発情を抑えるのとは違い、アルファの抑制剤はオメガのフェロモンにより引き起こされた自らの発情を、その名の通りそのまま抑制する効果を持つ。

——であれば、たとえ、発情期であったとしても。

「それで十分だ。備えがあるとは、セシルは、なんとよくできた伴侶《はんりょ》だ」

エドワードは荷物から抑制剤を取り出し、包装材に書かれた文字に目を走らせる。

効果が現れるまでの時間は、およそ一時間。その一時間は、愛し合う二人のために用意された、何よりも貴重な時間だった。

潤んだ銀色の瞳でエドワードを見上げながら、セシルが口を開く。

「僕はおそらく、抑制剤の影響で、もう間もなく眠りに落ちることでしょう。短い時間だけですので、エドワード様、せめてそれまでの間だけでも、どうか……」

エドワードは、深く頷《うなず》き、抑制剤である水薬の瓶を一息にあおった。

「セシル……」

荒々しく抱きしめ合い、寝台の上に倒れ込む。番である二人はたがが外れたように、身体を絡ませながら口づけを交わし合う。

限られた時間の中、一層強く燃え上がる想いに身を任せ、愛し合う二人はお互いの存在の奥深くまで、欲望のままに感じ合ったのだった。

◆

エドワードは、セシルが深く眠りについてしばらくすると寝室を後にした。そのままリチャードの元に向かう。部屋に入ると、赤子用の寝台の中ですやすやと眠るリチャードの姿が目に入った。

心配そうな面持ちで傍らに控えていたアンナと乳母《うば》たちに、セシルは無事眠ったことを伝えると、皆は安堵《あんど》して喜びを分かち合う。

エドワードはリチャードの傍らに立ち、寝息をたてる小さな顔を見つめた。安らかに眠るその愛らしい顔は、先ほど竜を使役した驚くべき赤子であるなどとは信じられなかった。こんな幼い頃から能力に目覚め、一体この先、どんな魔法士になっていくのだろうか。

六歳でようやくドラクセスと契約できた自分とは違い、おそらくもっと深い部分で竜と繋《つな》がり、お互いを感じながら感覚を成長させていくことができるだろう。その柔らかな頭が自然と言葉を覚えていくのと同じように、自分の手足を使うのと同じ感覚で竜の能力も自《おの》ずと使いこなしてしまうに違いない。それはまるで想像もできない、新たな力を身につける大きな可能性を秘めていた。

エドワードは視線を周りに移し、幼竜がリチャードの身体の周囲をぐるりと丸く取り囲むように身を横たえて眠る姿を見つめる。

リチャードはその小さな手のひらで、幼竜の尻尾《しっぽ》の先端をぎゅっと柔らかく握りしめていた。寄り添い合いながら眠る二人の様子から、もうすでにお互いを信頼し、固い絆《きずな》で結ばれていることがわかるかのようだった。

寝台の上でもぞもぞと音がしたためリチャードを見つめる。銀色の長い睫毛がぴくぴくと動き、ゆっくりと瞼《まぶた》が開くと同時に、宝石のような深紅の瞳が現れる。そして父親であるエドワードの顔を見つけると、キラキラと瞳を輝かせ、嬉《うれ》しそうににこりと微笑《ほほえ》んだ。

普段と変わらないリチャードの姿に、エドワードはほっと安堵の息を吐く。

リチャードの食事の準備が始まると、エドワードの元にローガンの使いとして鳥の精霊が現れた。

エドワードはその内容を聞くと表情を険しくし、部屋を出て先ほどの墓所に向かった。

周囲の森を調査していたローガンは、今回の騒動の発端となった精霊を見つけ出していた。エドワードは、使いの精霊に導かれ森の奥に分け入る。

墓所の奥の黒色楓《ダークメープル》の根元に力なく横たわっていたのは、魔力を体内に取り込み過ぎたためにでっぷりと肥え太り動けなくなった巨大なシェイプシフターだった。

ローガンはため息混じりに、攻撃をしても再生が早いため自分たちだけでは弱らせるまでしかできなかったとこぼす。息子《むすこ》の力を借りなければならない今の状況が不満そうだ。

この肥満のシェイプシフターは、強い魔力で人の目に見えるよう自らの子の身体を変化させ、セシルとリチャードを連れ去ろうとした。

エドワードはその醜い姿を見て、強く拳を握りしめる。

こいつは、自分が何よりも大切にしている者たちを危険に晒《さら》し、許されないことをしようとした。

その罪は、命をもって償ってもらう。

ドラクセスとヴィセルが、羽ばたきながら陽の光を背に空から舞い降りる。二匹は同時に大きく口を開けると、紅く燃える炎を吐き出し、邪悪な精霊を一瞬で燃やし尽くしたのだった。

◆

陽の光が落ち、夜が訪れた。城の前の広場には松明《たいまつ》の炎が灯され、人々の顔を明るく照らしながら、辺りでは楽隊による美しい音楽が響き渡る。

溢れかえる人波の中、セシルはエドワードと共に乳母車を押して歩いていた。リチャードは物珍しげにきょろきょろと周りを見渡し、揺れる炎を映した深紅の瞳を輝かせている。

普段と変わらないリチャードの姿にエドワードは安堵の息を吐き、今日リチャードに起こっていた出来事をセシルに話す。

「リチャードがこの年で能力に目覚めたことは、ウォルトグレイ家の歴史の中でも前例がない。この子は、幼竜と共にこれまでにない大きな力を得るかもしれない。正直俺にも、この先どうなっていくのかわからない」

「そうですか……。この子がそんな力を。僕にも、わからないことだらけで……」

セシルは言葉を詰まらせたものの、リチャードを見つめながら呟《つぶや》く。

「でも、ただひとつわかる事は、この子は、とても優しい子だということです。この小さな身体《からだ》で、強い力を持つ精霊たちに立ち向かってくれたのですから」

「ああ。それにとても勇敢だ」

「本当に、その通りです。優しく、勇敢。リチャードはやはり、エドワード様に似ておりますね？」

セシルはエドワードを見つめ、ふわりと微笑む。エドワードはその笑顔と向けられた言葉に、じわりと温かいものが胸の中に広がるのを感じた。セシルの柔らかな笑顔をエドワードはじっと見つめる。

「セシルは、あれから、体調はどうだ？」

「はい、抑制剤がよく効いています。今夜もまた服用して、翌朝もまたと繰り返していけば、問題なく過ごしていけるかと」

エドワードはぴたりと足を止め、傍らのセシルを見下ろす。

「今夜も……？」

「はい。えっと、何か、問題でも……？」

暗がりで揺れる炎を映すエドワードの深紅の瞳は僅《わず》かに欲を含んでおり、その眼差しの意味を察すると、セシルは思わず頬を赤く染める。エドワードの瞳の色は、今夜再び発情期を共にゆっくりと過ごしたいという誘いを、セシルに向けて囁《ささや》いているかのようだった。

「では……あの、はい。今夜は、薬をお休みしまして、また翌朝から……」

「ああ、そうしてもらえると、とても、嬉しい」

エドワードはセシルの腰を抱き寄せ、その首筋に、熱い唇を寄せる。

再び歩き出し、人々が取り囲む木々の近くの天幕に辿り着く。ここで見ていてくれと言い残し、エドワードはセシルから離れ、中央に進み出る。

それに合わせて、翼を広げたドラクセスが地上に向けて降り立ち、組まれた木々の中央に、後ろ足で摑《つか》んだ自身が産んだ二個の竜の卵をコトリ、と置いた。

炎を灯せば、聖火祭が始まる。

エドワードは立ち止まり、静かに瞳を閉じる。

ゆっくりと瞼を開くと、鮮やかな赤の両眼が姿を現す。

ドラクセスの金色の瞳を見上げ頷くと、その巨大な黒竜はばさりと翼を羽ばたかせ再び夜空に舞い上がった。

空中を移動しながら、口を開き喉《のど》奥から閃光《せんこう》を発すると、闇を貫く飛矢のような炎を連続して吐き出す。その紅く輝く無数の炎は、すぐに黒色楓《ダークメープル》の油分を含んだ枝に引火し、組まれた木々を飛び移るように瞬く間に燃え広がった。

人々は暗闇の中、夜空を切り裂くように燃え上がる炎を、魅入られたようにうっとりと見つめる。

炎は衰えることなく、大気を熱し、闇が揺らめく。高温の枝が赤く染まりパチパチと爆《は》ぜ、炎と木は、やがてひとつに溶け合う。

親から吹きかけられた息のように、温かな炎が柔らかく二つの卵を包み込む。

その時、唸《うな》りを上げる火の音と共に、エドワードは何かが砕ける音を確かに耳にした。渦巻く炎を透かして、エドワードは見た。

殻を破り、割れた隙間からしなやかな首をもたげた、瑠璃色《るりいろ》の竜と、琥珀色《こはくいろ》の竜の姿。小さな二匹の竜が持つ金色の瞳は、上空から見下ろす親であるドラクセスを見上げる。そしてそのまだ歯の生えていない口を開き、僅かに煙を吐き出しながら「ピィ」と小さく声を上げた。

その鳴き声を聞き、ドラクセスと白い幼竜が、生まれたばかりの赤子に近づく。四匹は炎の中、顔を寄せ、互いに温かい視線を交わし合う。

親と子。兄弟。そして、家族。

仲睦《なかむつ》まじい竜たちの姿に、エドワードは目を細める。

竜の誕生を見届け役目を終えたエドワードが天幕に戻ると、愛《いと》しい伴侶とその胸に抱かれた我が子が迎えてくれる。二匹の竜が無事生まれたことを伝えると、セシルは「よかったです」と嬉しそうに微笑んだ。そして少しはにかんだ表情を浮かべ、エドワードを見上げた。

「エドワード様、とっても素敵でした。まるで炎を、操っているかのようで」

僅かに頬を染めながら話す伴侶の言葉に、エドワードも思わず顔が熱くなる。愛しさが込み上げセシルを抱き寄せると、自分に向けられる優しい銀色の瞳《ひとみ》と、その腕の中で嬉しそうに輝く深紅の瞳を見つめ、微笑んだ。

人間と竜、二組の家族が、聖なる炎に照らされて寄り添い合っていた。

その瞬間は、長い歴史の中において、ウォルトグレイ家が最も多くの竜を有する時代の幕開けとなったのだった。

番外編3　月と星々の下

「……エドワード様？」

自分の名を呼ぶ声が聞こえ、エドワードは目を覚ました。

視線の先には見知らぬ天井、見慣れぬ部屋、肌触りの違う寝具、いつもと違う窓から差し込む日差しの色。果たしてここはどこだったかと、寝起きのぼんやりした頭で考える。

エドワードは夢を見ていた。その記憶は朧《おぼろ》げながらも、ひどく悲しい夢だったことだけは覚えている。腕の中の銀色の瞳はひどく悲しげな色を浮かべていて。そして静かに触れていた身体《からだ》が離れていって。何よりも大切なものが失われる恐怖。まるで自分の半身が引き裂かれていくような……。

「……すまない、夢を見ていた」

「大丈夫ですか？　ひどく、うなされていたものですから」

気遣わしげな手のひらに、そっと頰を撫《な》でられる。普段と何もかも違うその空間で、ただひとつ変わらぬ優しいぬくもり。番《つがい》から漂う嗅《か》ぎ慣れた愛《いと》しい香りを胸いっぱいに吸い込んで、その温かな背中に腕を回し強く抱きしめた。

「大丈夫だ。何でもない」

それは最近、エドワードを苦しめていた悪夢だった。

その夢を見始めたきっかけは、ほんの些細《ささい》な出来事だった。ある日珍しくウォルトグレイ家の仕事で王宮に来ていたセシルが、アルファの税務官と向かい合い言葉を交わすのを見た瞬間、心にじわりと不安が生まれた。他家の当主と親しげに話していた時、応対した騎士と笑い合っていた時、セシルの世界が屋敷の外へ、自分とは別の人へと少しずつ広がっていくたびに、その小さな不安は紙の上にぽたりと垂れたインクのしみがじわじわと広がっていくように、エドワードの心を黒く染めていった。

その澱《よど》みは、やがて夢に出てくるようになった。セシルが去って行くその悪夢は、まるでかつて彼を失いかけた時の絶望が息を吹き返したかのようで、ひどくエドワードを苦しめ、悲しみの中目を覚ますと決まってその後は眠れなくなった。しかしエドワードは、セシルにその夢の内容を言えないでいた。こんな自分勝手な妄想のせいで、セシルの気を煩わせたくなかったからだ。

自分の巣の中から番を出したくないというアルファの本能からくるものだろうか、セシルを自分の守りの行き届いたウォルトグレイ家の屋敷に閉じ込めておきたいという願望が強まっていくのを感じた。けれどそんな独りよがりな考えを、日々ウォルトグレイ家の仕事に勤《いそ》しむ彼に押し付けるわけにはいかない。しかしセシルを愛しく思えば思うほどに膨れ上がっていくこの真っ黒な感情を、どうしたらなくすことができるのか自分自身でもまるでわからなかった。

抱き慣れたぬくもりを感じ、ほっと安堵《あんど》の息を吐く。セシルはすぐ傍《そば》にいる。その幸せをしみじみと噛《か》みしめていると、腕の中のセシルがもぞもぞと身じろぎをし始める。

「セシル、どうした?」

「あの、そろそろ起きなくては、と思いまして」

その言葉に、エドワードは一気に現実に引き戻される。

かつて王族も新婚旅行で訪れたというこの豪奢《ごうしゃ》な宿は、もともとは休暇の予定だったこの旅行に無理矢理仕事をねじ込んだせめてもの償いのためか、王宮がわざわざ手配してくれたものだった。

今は異国への移動の途中で、昨夜は国境近くのこの宿にセシルと一晩泊まったのだ。息子《むすこ》のリチャードはウォルトグレイ家の乳母《うば》たちに預けてきており、このような二人きりの旅行は子供が産まれてから初めてのことだった。

セシルの声は少し掠《かす》れて、昨夜の情事の激しさの余韻を残していた。まだ記憶に新しいセシルの淫《みだ》らに乱れた姿が呼び覚まされ、エドワードは思わず腹の底が熱くなる。

しかし、ぴたりと触れた身体が離れようとした瞬間、急激な不安がエドワードに押し寄せる。

「まだ、行かないでくれ」

反射的に、腕の中のセシルを夢中で掻《か》き抱《いだ》く。

そっとセシルの項《うなじ》を指先でなぞり、かつて自らがつけた噛み痕《あと》を確認しエドワードは安堵する。情事のたび自分がついセシルにつけてしまう噛み痕は、しばらくすると跡形もなくその滑らかな肌の上から消え去ってしまう。しかし番となったその傷痕《きずあと》だけが、まるで昨日つけたばかりのように生々しく残っている。

甘やかな匂いを発するその場所は、オメガであるセシルがとりわけ敏感な場所のひとつだ。エドワードは耐えきれずに、目の前の真っ白な項にかぶりつくように口づける。

自分を感じて欲しい。夢中になって欲しい。そんな願いを込めながら熱く舐《な》め上げるたび、セシルの息が徐々に荒くなっていくのを感じる。その湿り気を帯びた喘《あえ》ぎを耳元で聞くたび、ぞくぞくとした快感が背筋を駆け抜けて、屹立《きつりつ》が痛いほど張り詰めていく。疼《うず》く熱い塊をぐりぐりとセシルの腹に押しつければ、彼がはっと息を呑《の》む。

「……あの、エドワード様、今から、ですか……？」

「ああ。今すぐ、したい」

セシルも自分も、今は何も身につけてはいない。昨夜の情交の後、力尽きて何もせずそのまま眠ってしまったからだ。

上掛けの下仰向けのセシルの上に乗り、手探りで裸の腿《もも》を割り開く。その中の濡《ぬ》れた窄《すぼ》まりに、固く張りつめた屹立の先端を押しあてる。

その場所は、昨夜の営みの名残でまだ温かくぬかるんだままだった。少し先端をあてがっただけで、ずぷりと奥まで入り込んでしまいそうなほどに。

このままこの中に、硬く兆した自らのものを押し込めたらどんなに気持ちいいことかと、思わずごくりと喉が鳴る。

「あっ……」

「まだ、柔らかいな」

その言葉に、ひくり、とわなないた後孔から、とろりと温かな液体が漏れ出したのがわかった。ツンとしたアルファの香りと甘やかなオメガの香りが、上掛けの隙間から漏れ出て鼻腔《びこう》に流れ込む。その液体は、昨夜吐き出した自分の白濁と、セシルの蜜《みつ》が混ざり合ったもので、それは今溢《あふ》れながら二人の潤滑剤となり、少し先端を押し付けただけで、ぬるりと陰茎が入り込んでいく。

「あっ、あの、エドワード様、僕たち、今日は用事が……」

「まだ時間はある」

慌ただしい日々においてセシルと共にいられる時間は限られたものだ。眠りから覚めて起きるまでの、この僅かな時間すら惜しいほどだった。

セシルを身動きのとれないようきつく抱きしめ、そのままずぶずぶと柔らかな後孔に硬い杭《くい》を埋め込んでいく。昨夜抱かれ尽くされたセシルの雄膣は、難なくそのすべてをのみ込んでいく。セシルは快感によがりながら、エドワードの背中に回した指先にぎゅっと力をこめて、僅かに爪の先を肌に突きたてる。

「んっ……昨夜も、あんなに、しましたのに……」

張りつめた屹立が温かく柔らかな場所に包み込まれ、とろけるような快感が押し寄せる。

緩やかに腰を揺すれば、中から卑猥《ひわい》な水音が響く。昨夜自分が注ぎ込んだ精液と、セシルから滲《にじ》みだした愛液が混ざり合っているのだ。繰り返す律動の中、陰茎を浅い場所まで引き抜くたび、それらはこぷりと溢れ出て、自分の腿と、セシルの股《また》を濡らしていく。

「はあっ……エドワード、さま……」

セシルは喘ぎながら徐々に乱れていく。普段控えめなセシルが、段々と快感にのまれていく様を見るのがエドワードはたまらなく好きだった。

もっと見たい。もっと乱れてほしい。

自分が気持ちよくなるのと同じように、セシルにも気持ちよくなってほしい。普段貴族の妻として慎み深くあろうとするセシルを、ぐちゃぐちゃに啼《な》かせたいという欲望が、ぞくぞくと腹の奥から湧き上がり歯止めが効かなくなる。

幾度となく身体を繋《つな》げているため、セシルの気持ちの良い場所はすべて把握している。

それをひとつひとつ丁寧に撫でて、潰《つぶ》して、摺《す》り上げる。

繰り返すたびセシルは、あえやかな声をあげながら、きゅうきゅうと中を締め上げて、身体全体で必死に快感を伝えてくれる。

その反応に気を良くして、エドワードはさらに奥深くまで欲望の滾《たぎ》りをねじ込む。

「んっ、あっ、エドワード、さま、そこ、だめ、ですっ……」

セシルの身体が強張《こわば》ると同時に、つま先がピンと伸びて、気持ち良さそうにビクビクと痙攣《けいれん》する。

達しながらぎゅうぎゅうと収縮する内壁を、ひと際奥まで突き上げて、熱い飛沫《ひまつ》をセシルの胎の中にドクドクと注《そそ》ぎ込《こ》む。あまりの快感に目の前が白んで、思考が遠くに押し流されていく。

強すぎる愉悦の中、熱く火照《ほて》った華奢《きやしや》な身体を強く抱きしめる。

果てた余韻に浸りきり、何も考えられなくなる。わかるのは、目の前の番への溢れるような愛しさだけだ。

セシルが傍にいるだけで、触れたくて、抱きしめたくてたまらなくなる。

どれだけ強く抱きしめても、幾度となく身体を繋げても、身体が、心が、常にセシルを求め続ける。

――いくらしても、足りない。

欲を吐き出した直後であるというのに、セシルの中で再び芯《しん》を持ち始めた自身の屹立を感じながら、エドワードは耐えることができずに、再び温かなぬくもりの中で律動を開始したのだった。

◆

予定より起きるのが少し遅れたセシルとエドワードは、慌ただしく身支度を済ませ慌てて馬車に飛び乗った。

セシルは座席に座ると、ふう、とひとつ深呼吸をする。二人きりの遠出がひどく久しぶりに思えて、気持ちが昂《たかぶ》り羽目を外しすぎてしまったと少し反省する。知らないうちに自分はこんなにもエドワードのぬくもりに飢えていたのかと、思わず顔が熱くなる。

隣に座るエドワードをちらりと横目で覗《のぞ》き見《み》ると、まっすぐ前を見つめるその顔はいつもと同じ涼やかなものだったが、少しだけ頬が紅潮しているように見えた。普段エドワードを見慣れたセシルにしか気付けないほどの、ほんの僅《わず》かな違いではあったが。

火照った身体を冷ますために手のひらでぱたぱたと顔を扇《あお》ぐも効果がない。身体が熱いのは、きっとこの国の温暖な気候のせいだけではないのだろう。

気休めになればとセシルは馬車の窓を開けると、吹き込んだ爽《さわ》やかな風が頬を撫でた。その匂いを胸いっぱいに吸い込めば、僅かに潮の香りが混じり海が近いことがわかる。馬車は既に国境を超え、海岸沿いの砂が混じる石畳の道を走っていた。

ここはセシルたちの住む国――ハイライル王国の南に位置する、太陽と海の国サンドラール。

昨日の朝からエドワードと二人馬車に揺られはるばるこの地にやってきたのは、ある重要な目的があるためだ。

間もなく目的地に到着するため、いそいそと馬車を降りる準備を始めたセシルを、エドワードは不安げに見つめる。

「本当は俺も付き添いたかったのだが、すまない」

「いえ、エドワード様がお仕事のところ、僕だけ申し訳ありません。エドワード様も、本当は会いたかったですよね」

「二人だけで積もる話もあるだろう。まあ、そのうち会う機会が必ずくるから大丈夫だ。それよりセシル、本当に一人で大丈夫か？」

「はい。そう心配なさらなくとも大丈夫ですよ。以前エドワード様がおっしゃられていたのではありませんか。街中など人が多い場所には、魔族や精霊は現れないと」

「心配しているのは、それだけではないのだが……。やはり誰か人を付けるべきだったか？　オメガ二人だけで外出など……」

エドワードはため息をつくと、ひとり馬車から降りようとするセシルをぎゅっと抱きしめ、首筋に唇を擦《こす》り付け「これは仕上げだ」と小さく呟《つぶや》いた。心なしかいつもより長い抱擁にセシルが不思議に思っていると、エドワードは名残惜しげに身体を離す。

「俺はサンドラールの王宮に向かう。セシル、後でまた必ず会おう」

エドワードは休暇を申請する際、一時的に国を出ることを王宮に届け出たところ、丁度いいという事で急遽《きゆうきよ》サンドラールの魔法士団長と打ち合わせの任務を言い渡されていた。「せっかく休暇になると思ったのに」と不満げに口を尖《とが》らせるエドワードに「でも昨夜の宿はとても素敵でしたね？」とセシルが微笑《ほほえ》むと、エドワードは満更でもなさそうな表情を浮かべる。そんなエドワードと別れ、セシルは遠ざかる馬車に笑顔で手を振り見送った。

塗り込められた白い漆喰《しつくい》の壁と鮮やかな青い屋根のコントラストが印象的な明るい店内に入ると、品のいいウエイターが出迎える。

緑豊かな庭園に面したテラス席に通されると、その先の白いテーブルの前にセシルが会うのを心待ちにしていた見覚えのある後ろ姿が見えた。近づく足音に気付き、その輝く亜麻色の髪がくるりと振り返ると、セシルを一目見て花が開くようにその顔が綻《ほころ》んだ。

「お兄様！」

そう叫ぶと同時に勢いよく立ち上がり弾むように駆け寄る華奢な身体を、セシルはふわりと抱き止める。

「シリーン、会いたかった……！」

セシルと全く同じ背格好のその美しい女性は、数年前に想い人と姿を消した、妹のシリーンに他ならなかった。久しぶりの再会に、セシルの目に思わず涙が滲《にじ》む。

上質なサテンのような流れる亜麻色の髪に、春の新緑を思わせる煌《きら》めく緑色の瞳《ひとみ》。キラキラと輝くまるで妖精《ようせい》のような姿で、その美しさは最後に目にした日からまるで変わらない。

唯一変わったことと言えば、かつて陶器のように真っ白だった肌が南国の明るい太陽の光を吸い込んだようにうっすらと日に焼けていること。その健康的な姿はシリーン本来の明るい気性を表すかのようで、今の彼女にとてもよく似合っている。

シリーンの首には流行の白いアンティークレースのチョーカーが巻かれていて、そのほっそりとした首を繊細に彩っていた。番《つがい》のいないオメガは、ヒート事故でのアルファの牙《きば》からその項を守るために革や金属など強度のある素材のチョーカーを身に着けることが多い。透け感を感じるほどのその薄地のチョーカーは、既にシリーンが夫と番になったことを表していた。

「シリーン、マルカス様と番になったんだね。本当に、よかった」

「ええ。もう二人して待ちきれなくて。家を出てすぐのことだったわ」

「すぐだなんて、すごく情熱的だ」

シリーンは微笑むと、セシルの首へと視線を落とす。首に巻かれた透かし模様の施された薄手の織地のチョーカーを見て、その緑色の瞳が好奇心いっぱいに輝く。

「お兄様も、エドワードと番になったのね！　エドワードはもう、すぐにでもお兄様を番にしたいみたいな気迫がムンムンしていたけど、大丈夫だった？　襲われたりしなかった？」

「え？　襲われる……？」

その言葉に一瞬、セシルはドキリとする。

初めてエドワードと迎えた発情期をちらりと思い出し、もしも項に歯を突き立てようとしたエドワードから自分が項を守らなければどうなっていたのだろう？　という疑問がふと頭をよぎる。

そんなもうひとつの未来に想像が膨らみかけたものの、ぶんぶんとその考えを振り払い、エドワードの名誉のためにとセシルは反論する。

「いや、まさか、襲われるだなんて」

「何か今、変な間がなかった？　お兄様、本当に？」

「ほ、本当だよ！　僕らは、その、いろいろあって、シリーンたちのようにすぐに、というわけにはいかなかったけど……」

訝《いぶか》し気な視線を送るシリーンを前に、セシルは思わず目を逸《そ》らせ、頬を赤らめる。

そんなセシルを見て、シリーンがふふ、と笑みをこぼす。

「お兄様。相変わらずかわいらしいこと」

それを聞き、セシルが目を見開く。

「揶揄《からか》わないでよ。こんな年上の、兄に向かって。シリーンのほうがよっぽど」

「こういうのはね、年とか性別とか関係ないのよ」

にこにこと可憐《かれん》な笑顔を向ける妹を見てセシルも思わず頬が緩む。二人が会うのは数年ぶりだというのに、まるで毎日顔を合わせている仲の良い兄妹のように瞬く間に打ち解けてしまったのだった。

シリーンは「立ち話もなんだし、座りましょ」と言って、セシルに奥の白い椅子を勧めその向かいに腰かけた。

セシルの希望を聞きながらてきぱきと注文を済ませると、瞬く間に白いクロスの上が華やかなティーセットや美味《おい》しそうなケーキや菓子などで彩り豊かに埋め尽くされる。シリーンは薫り高いお茶の注がれたティーカップを手に恍惚《こうこつ》とした表情で大きく息を吸い込みながら、何から食べればとどぎまぎしているセシルを見て「この店はお兄様の好きなレモンケーキが絶品なの」と皿を前に差し出し優雅に微笑んだ。

これではどちらが年上かわからないなと思いつつ、しっかり者の妹に感心しながらセシルは礼を言う。勧められた黄色がかったスポンジを一口頬張れば、口の中にレモンの爽やかな酸味としっとりとしたバターと砂糖の甘みが広がる。その幸せな味に「本当に、絶品だ」とセシルが感嘆の声を上げると、シリーンは満足げに満面の笑みで頷《うなず》き返した。

二人は今日会うまでに、何度か手紙を交わしていた。

連絡を取り始めたのは最近のことだが、実はセシルはシリーンの居場所を前々から把握していた。シリーンの秘密の恋の相手がマルカスだということをなぜかエドワードだけが知っていて、そのマルカスがサンドラールの騎士団にいると知っていたからだった。

魔法士団員として情報を入手したのか、はたまた情報収集に長《た》けた精霊の力かはわからないが、行方がまるでわからなかったシリーンたちの居場所を知る事ができ、とてもありがたいと思った。

シリーンの夫のマルカスはハイライルの王家であるグランヴィル家に忠誠を誓う貴族——レスリー家の次男だ。

貴族の結婚はどんなに身分が低くても、例外なく貴族名鑑にその名が記載される。ひとたび記されてしまえば、万が一にも目敏《めざと》いセシルの父親がマルカスとシリーンの存在に気づいた場合、居場所を突き止められ何らかの報復を受けることは目に見えていた。そのためシリーンとマルカスは、市井の人々が一般的に行うサンドラールの国内のみでのみ夫婦と認められる届け出だけしかできなかった。

しかしそれは貴族の夫婦としては不完全なもので、近々ようやく家名を記した届けをすることにより、二人は晴れて名実共に悲願であった正式な夫婦になることができるとのことだった。

「やっと正式な婚姻の届け出ができるから、今度ね、待ちに待った結婚式をするの。お兄様にも、よければ家族でぜひ来てほしいのだけれど、どうかしら？　忙しい？」

「まさか。シリーンの花嫁姿が見られるなんて夢みたいだ。絶対に行くよ！　すごく楽しみ」

「嬉《うれ》しいわ！　お兄様たちにはぜひ来てほしいと思っていたの。後日お屋敷に正式な招待状を送らせてもらうわね。結婚式はね、サンドラール式で挙げるの。ずっと、夢だったから」

そう微笑む彼女はとても幸せそうだ。

この開放的な南国――サンドラールの伝統的な結婚式は有名だ。この国の神は人の形をしておらず、夜空に浮かぶ月であり、星々だった。人々は嬉しいことがあれば月に感謝の言葉を捧《ささ》げ、心配事があれば輝く星々に祈った。そして人生において大事な事柄はすべて、それらの下で誓わなければいけないと信じられていた。

それは婚姻も例外ではなく、サンドラールの結婚式は必ず夕刻に始まり、日が沈み月や星々が輝く頃に、祭壇の上の花婿と花嫁は、その開けた夜空の下で愛を誓うのだった。

縫製業が盛んなこの国の花嫁衣装は特に美しいと有名で、結婚式で花嫁が纏《まと》うベールは、空気を含むような軽やかなチュールレースに星の意匠の銀糸の手刺繡《ししゅう》やビーズがあしらわれ、まるで夜空の星々を纏ったかのように花嫁を彩り煌めくと、世界中の名だたる王侯貴族から注文が入るほどのものだった。そんな美しいに違いない愛する妹の花嫁姿をこの目で見ることができるなんてと、セシルは嬉しさに涙が浮かぶほどだった。

シリーンとマルカスには娘が二人いると聞いていたので今日はどうしているのかセシルが尋ねると「ゆっくり話したいから今日は乳母《うば》に預けてきたの」とのことで「今度またお互いの子供たちと一緒に会いたいね」などと話しながら、シリーンは身の上話を始めた。

「今私たちは、王宮から騎士に支給される屋敷に住んでいるわ。私知らなかったのだけど、叙任された騎士って常に人手不足らしくて、マルカスもこの国に来てその日のうちにすぐ働くことになったの。びっくりだったわ」

「それはマルカス様が優秀だからだよ。ハイライルにいた時も何度か勲章を受けたって聞いた」

「まあお兄様、ご存じなのね！　私のマルカスの活躍を。彼ってね、ほんと素敵なの。よかったら聞いてくれない？」

そう言ってシリーンは「こんな話は他の騎士の奥様方にはできなくて」と言いながら、いかにも話したくてうずうずしていたという様子でマルカスの話を始めた。夫への愛《いと》しさを語る彼女は僅かに頰を紅潮させ緑色の瞳をキラキラと輝かせている。セシルは耳を傾けうんうんと頷きながら、番を深く愛するシリーンの想いを感じ、温かな感情が胸いっぱいに広がる。

「シリーン、幸せそうだね。本当に、よかった」

ずっと、彼女の身を案じてきた。

初めての環境できっと苦労も多かっただろうに、それを感じさせずに逞《たくま》しく家族の居場所を築いた彼女に尊敬の念が浮かぶ。シリーンはオメガ特有のその儚《はかな》げな雰囲気とは裏腹に、心の中に前向きな思考としなやかな強さを併せ持つ、昔も今も変わらずセシルにとって自慢の妹だった。

「ずっと心配していたんだ。父上は最初、怖いくらい血眼《ちまなこ》になってシリーンを探していたから。せっかく自由になれたのに、もしも見つかってしまったらどうしようって」

シリーンはその言葉を聞くと、セシルの目を見つめ、緑色の瞳を僅《わず》かに潤ませた。

「お兄様。私たち、あの家でよく耐えたわ。でももう、終わったのね」

セシルもシリーンの目を見つめ、静かに頷く。

セシルがこうして異国で息をひそめて暮らしていたシリーンと再び会えるようになったのは、父親であるジョージ・スチュアートが亡くなったからだった。

セシルの父親は領地の鉱山の視察中に、討伐を放置し狂暴化した魔獣に突如襲われたという。魔族や魔獣は領民の身を危険に晒《さら》すため、見つけ次第速やかに討伐の手配をすることは領主の義務とされている。それを長い間怠っていた父親の死は、周りの人々から自業自得とされた。

セシルは嫁いだとはいえ第一子だったにもかかわらず、義母との遺恨により葬儀に行くことすら許されなかった。しかしその葬儀も、とても質素なものだったと後から伝え聞いた。

スチュアート家は古くから続く名家であることに加え、三十年前ほど前に領内の鉱山で偶然発見された魔石の鉱脈により一代で莫大《ばくだい》な富を築き上げていた。しかし魔石はなぜか数年前にぴたりと採れなくなり、収入源の大半を失うと共に多額の負債を抱えたスチュアート家は王都のタウンハウスを手放し領地へと戻っていた。しかしその領地も財政難により年々他家の手に渡り、縮小の一途を辿《たど》っているという。

ジョージ・スチュアートの後に残されたのは、その影に長らく存在を埋もれさせ母親に溺愛《できあい》された力のない後継ぎだった。スチュアート家は財力も地位も失い、転がり落ちるように没落し貴族社会から消えつつある。

シリーンは遠い目をして呟く。

「スチュアート家が一番豊かだったのは、お兄様が家にいた間だったわね。お兄様があの家からいなくなったら、なぜだか待ち構えていたみたいに魔石が採れなくなってしまったんだもの」

セシルも暗い顔をして俯《うつむ》いた。スチュアート家には子供の頃からひどく冷遇され続けていたとはいえ、その不幸な行く末を思うと心が痛んだ。しかし自分はあの家から強く拒絶されておりできることは何もなかった。

「スチュアート家を継いだジェームズも気の毒だ。絵を描くのが好きな大人しい子だったのに、無理矢理辞めさせられて厳しい当主教育を受けていたから。思えばシリーンが一番、兄妹の中では利発で話すのもうまいし、当主に向いていたのかも」

「まあ！　お兄様ったら。褒めていただき光栄だわ。でも確かに、兄妹の中では私が一番、あの口達者なお父様に似ていたのかもしれないわね。口喧嘩《くちげんか》で打ち負かしたこともあったもの」

シリーンはそう言うと、突然何かを思い出したかのように眉《まゆ》をひそめ、その緑色の瞳にめらめらと怒りの色を滲ませた。

「でもお父様ったら、私を死んだことにするなんて本当にひどいわ。これじゃあ私、ハイライルに入ることさえできないじゃない？　自分に逆らった私への嫌がらせに違いないわ」

わなわなと怒りに震えるシリーンを見て、セシルは話を切り出す。

「それなんだけどね、シリーン。今日はその話をしたくてここに来たんだ。調べてみたら、なんとかできるみたいで」

「え、そうなの？」

シリーンは目を丸くした。セシルはそのエメラルドのような緑色の瞳を見つめ、言葉を続ける。

「うん、過去によく似た事例を見つけたんだ。同じように手続きすれば、シリーンの死亡届の取り消しができる。シリーンさえよければ僕の方で手続きしたいと思っているんだけど、どうかな？」

「いいの？　でも、書類とか、法律とか、よくわからないけど大変なんじゃない？」

「大丈夫だよ。こういう作業は結構得意なんだ。あ、もちろん法律的な部分はちゃんと専門家に相談するし、間違いのないようにするからさ。もっと早くにこの方法がわかれば良かったのに、気付くのが遅くなって、本当にごめんね」

シリーンは驚き、ぱちぱちと蝶《ちょう》が羽ばたくように目を瞬《またた》かせると、その長い金色の睫毛《まつげ》をゆっくりと臥《ふ》せる。

「謝らなければいけないのは、私のほうだわ。私ね、お兄様にずっと謝らなければと思っていたの。いくらお兄様を想うエドワードがいたとはいえ、お兄様一人にすべてを押し付けて、自分さえ良ければと家から逃げ出したわ。それなのに……」

セシルは俯く妹を見つめ大きく目を見開くと、優しい声色で「シリーン」と呼びかける。

「そんな風に思う必要はちっともないんだよ。シリーンがいたおかげで、僕はエドワード様と出会えた。それにね、僕はシリーンに返しきれない恩があるんだ」

「恩？」

セシルは頷くと、腕を伸ばし、妹の手をそっと握る。

「僕は今まで、シリーンの存在にどれだけ心が救われてきたことか。スチュアート家で孤独だった僕に、シリーンだけが笑いかけてくれた。僕が最初の結婚で隣国に行った後も、ずっと気にかけて手紙をくれた。そのおかげで、僕は今まで生きてこられたんだ」

「だってそれは、ただ私が、お兄様が好きだったからってだけで……」

「そのことが、本当に嬉しかったんだ。だから僕は、そんな大切なシリーンには悲しい思いをして欲しくないし、いつだって幸せでいて欲しい。そのためなら僕は、どんなことだってする」

シリーンは微笑《ほほえ》む兄の優しい銀色の瞳《ひとみ》を見つめると、じわじわと涙で瞳を潤ませる。

「お兄様……私ね、もう二度と、帰れないと思っていたの。全部自分のせいだって、諦《あきら》めていたわ。でも、夢みたい。娘たちにも、故郷を見せることができるのね」

「うん。これからいくらだって、好きなだけ見せられるよ」

「お兄様たちの息子のリチャード君にも、ぜひ会いに行きたいわ」

「うん。家族みんなでぜひ遊びに来てよ。それでよかったらまた、こんな風にシリーンと話せたら嬉しいな」

シリーンは目尻《めじり》に滲《にじ》んだ涙をハンカチで拭《ぬぐ》いながら、セシルを上目遣いに見つめる。

「そうよ。まだまだ話したいことがたくさんあるの。お兄様が話すエドワードの惚気《のろけ》話もぜひ聞きたいわ」

「それは……どうだろう……かなり恥ずかしいな」

セシルははにかみながら笑みを浮かべた。

二人の座るテラス席には、海から庭園に向かう爽《さわ》やかな風が吹き抜け、シリーンの長い亜麻色の髪とセシルの銀髪を幸せな色に煌《きら》めかせていた。

その後も仲のいい兄妹は、会話に花を咲かせながら、久しぶりに二人だけの午後の時間を楽しんだのだった。

◆

シリーンとセシルは店を出ると、その足でサンドラールの王宮に向かった。シリーンの復籍の申請に必要な書類を本人と共にこの機会に取得するためだ。

窓口で書類を待っている間、セシルはふと違和感を覚える。

屋内だというのに、時折セシルの周りに風が吹く。その気配はウォルトグレイ家の屋敷で感じ慣れたもので、自分の周りに見えない「何か」がいることは確かだった。風を吹かせるほどの力があるということは、可能性はただひとつ。おそらくいるとするならば、エドワードの竜――ドラクセスだ。

しかし普段エドワードの傍らにいるこの竜が、なぜ今日に限って自分の周りにいるのかがわからない。エドワードが魔法士団の仕事であれば、ドラクセスも伴う必要があるだろうに。そのエドワードからは、今日ドラクセスをセシルに付き添わせるなどとは特に何も聞いていない。

怪訝《けげん》に思いながらも手続きを済ませると、シリーンは「お兄様、マルカスに会ってくれない？」とセシルの腕を引いた。セシルは笑顔で頷《うなず》き、二人で王宮内にある騎士団棟の訓練場に向かった。


騎士団棟の入り口には厳《いかめ》しい顔つきをした一人の衛兵が立っていた。

「部外者は立ち入り禁止だ」と立ちはだかり、伸ばした腕がセシルの肩に偶然触れようとした瞬間、それは起こってしまった。

セシルが「まずい！」と思った時にはもう遅く、バチン、という衝撃音が響き渡り、気づけば衛兵が後ろに大きく仰《の》け反《ぞ》り尻餅《しりもち》をついていた。突然の衝撃に呆然《ぼうぜん》とする衛兵に、セシルは慌てて駆け寄り「大丈夫ですか!?」と声をかける。

衛兵は幸い怪我《けが》などはなかったものの、何が起こったのか理解できず混乱している様子だった。セシルが謝罪すると、彼はなぜ謝られるのかと不思議そうな表情を浮かべながら立ち上がる。

衛兵にシリーンがマルカスの名を出すと、「失礼いたしました」と中に通される。

セシルは自分のせいで彼に迷惑をかけて申し訳なかったと思いながら「あの人、足でももつれたのかしら？」と訝《いぶか》しげな顔をするシリーンとその場を後にする。

完全に油断していた、とセシルは反省する。

これは自分が気を付けなければいけないことだった。ドラクセスがいるならば他の人にはなるべく近づかない方がよい。竜が誤って人との接触に過剰に反応し、セシルを守る行動に出ることがあるからだ。

そんなことを考えながら騎士団の訓練場に入ってすぐに、奥から体格のいい騎士が表情を輝かせ、ずんずんと嬉《うれ》しそうに駆け寄ってくるのが見えた。

おそらく彼がシリーンの夫のマルカスで、番《つがい》であるシリーンが近くに来てすぐに匂いでわかったのだろう。キラキラと顔を綻《ほころ》ばせ「どうした？」とシリーンの手を取った。

シリーンが後ろにいるセシルの腕に抱きつき「兄のセシルよ」と紹介すると、セシルを見た途端、そのアルファの騎士は蒼色の目を大きく見開く。

「お兄様紹介するわ。夫のマルカスよ」

マルカスは口をあんぐりと開け、セシルを凝視したたまゆっくりと後ずさりすると、そのまま跪《ひざまず》き騎士の忠誠の姿勢をとる。

三人の間に、一瞬しん、と気まずい沈黙が流れる。

そう言えばこの場合自分から声をかけなければいけないのだとセシルは貴族の作法を思い出し、慌てて口を開いた。

「マルカス様。これまで妹のシリーンを愛し守ってくださり本当にありがとうございました。正式にご結婚されるとのこと、おめでとうございます」

「ウォルトグレイ夫人！　今日妻とお会いすることは聞いておりましたが、申し訳ありません、まさかこちらにいらっしゃっていただけるとは……あの、お言葉、光栄です……」

そのアルファの騎士は、筋肉が訓練着からはち切れんばかりの大きな身体《からだ》に似つかわしくないほどにおろおろと慌てていて、セシルは先触れもなく押しかけてしまい申し訳ない気持ちになる。

可哀相《かわいそう》なほどに縮こまるマルカスを見下ろしていると突然、セシルの後ろからぬっと背の高い影が差し、跪いたまま見上げたマルカスの顔が暗く染まる。

マルカスの蒼《あお》い瞳が再び大きく見開いて、そのうちにみるみる怯《おび》えの色が広がっていくと、驚きすぎて作法も何もかも吹っ飛んだマルカスの口から、視線の先の人物の名が思わず飛び出した。

「ウォルトグレイ公……！」

セシルが振り返ると、そこにはマルカスを見下ろすエドワードの姿が。

今日シリーンと王宮に行くかもしれないとは伝えていたとはいえ、まさかこんなにすぐに自分を見つけることができるなんてとセシルは驚きの声を上げる。

「エドワード様！　よく僕たちがここにいるのがわかりましたね」

「俺もこの近くにいたからな。魔法士団棟は隣だ。それにセシルが近くにいれば、まあ、わかる」

「あらエドワード、久しぶりね」

「シリーン。元気そうで何よりだ」

親しげに言葉を交わすこの中でただ一人、マルカスは血の気が引いて顔面蒼白《そうはく》になり、唇がわなわなと震え出していた。

その姿を見て、セシルは思い出す。

真実はどうであれ、かつてマルカスはエドワードの婚約者であるシリーンと駆け落ちをしたのだ。この人のよさそうなアルファの騎士は、愛するオメガのために行動したとはいえ、自分が婚約者を奪ったエドワードに対して、間違いなくひどく罪悪感を抱いている。

マルカスは冷や汗をだらだらと垂らしながら、喉《のど》の奥から絞り出すように声を上げる。

「ウォルトグレイ公……わ、私はかつて、貴方《あなた》様の、婚約者を奪うような真似《まね》をし、誠に、申し訳なく……」

跪いたまま謝罪の言葉を述べ始めたマルカスの言葉を遮って、エドワードが簡潔に告げる。

「全く問題ない。気にしないでくれ」

「え？　問題、ない……？」

エドワードのあまりにあっさりとした物言いに戸惑《とまど》ったマルカスは、シリーンを見上げる。

「だって、シリーンとウォルトグレイ公は、子供の頃から長い間婚約していただろう……？」

「ねえマルカス。だから前からずっと言っているじゃない。エドワードは全く何とも思ってないって」

「でも……俺たちのしたことを思えば、謝らないと駄目だろう？」

「……あのね、マルカス、教えてあげるわ」

シリーンは一瞬、セシルとエドワードにちらりといたずらっぽい視線を投げかけた後、大きく息を吸い込みはっきりとした口調で告げた。

「エドワードはね、子供の頃からず――――っと私と会うたび、セシルはどうしている？　セシルは元気か？　セシルからの手紙にはなんて書いてあったか？　って、何度も何度もうんざりするほど聞いてくるくらいお兄様に夢中だったの。だからむしろ、私たちがいなくなってチャンス到来、くらいに思っていたんじゃないかしら。ねえ、エドワード？」

シリーンの言葉に、セシルは驚く。

知らなかった子供の頃からのエドワードの積年の想いを妹の口から聞かされて、顔から火が出そうになる。

きまり悪そうにむっとした表情で目を逸《そ》らしたエドワードを見て、思わず尋ねる。

「エドワード様、そうだったのですか？」

「まあ、そういうことだ……だからマルカス、全く気にする必要はない」

「は、はい？　あの、お許しいただき、ありがとうございます。正直、お会いしたらどうなることかと思っていたもので、まさかこんな日がくるなんて……でもそうか。なるほど、どうりで……」

独り言のように呟《つぶや》いたマルカスの最後の言葉の持つ違和感を、シリーンは耳敏《みみざと》く感じ取った。好奇心にキラキラと瞳を輝かせ、笑顔でマルカスに詰め寄る。

マルカスは「しまった」というような顔をして慌てたが、もはや何もかも手遅れだった。

「何？　マルカス。気づいたことがあるのなら、教えて？」

「いや、俺の口からはとても……」ともごもごと言い訳をしながらちらちらとエドワードの表情を窺《うかが》うマルカスの姿にシリーンはますます疑いの目を深めていく。愛するシリーンからじっと煌めく緑色の瞳で見つめられ、その魅力にうっと唸《うな》ったマルカスが、観念したように小さな声を絞り出す。

「夫人の周りの、その、アルファの威嚇《いかく》フェロモンがすごすぎて……ここまでのものには、なかなかお目にかかれないから……そういうことならなるほど、シリーンの話も納得だなと」

「え？」

セシルとシリーンが、驚いて同時によく似た声をあげる。

〝威嚇フェロモン〟とは、アルファが意中のオメガに自分以外の他のアルファを寄せ付けないためにつける言わばマーキングのようなものだ。

そのフェロモンはアルファしか感じることができないため、たとえ番であったとしてもオメガには全くわからない。

セシルは思ってもみなかった言葉に、目を丸くする。

「エドワード様、どういうことです……？」

「そのままの意味だ。マルカスの言葉は正しい」

「そのようなことをなさらなくとも、僕のような者に、わざわざ興味を持つ方なんて……」

「ここは王宮だ。アルファが多く、その上魔法士もいる。そのような場所で俺から離れるならば、必要な措置だ」

皆の前で躊躇《ちゅうちょ》なく堂々と言い放ったエドワードを見てセシルは面食らう。

姿の見えぬドラクセスを密《ひそ》かに伴わせるだけではなく、他のアルファにわかる形でもさらに自分を守ろうとしていたなんて。

「一言だけでも、言ってくだされればよかったのに……僕、何も知らずに……」

アルファの威嚇フェロモンは通常、意中のオメガが他のアルファにちょっかいを出されている時など差し迫った時につける緊急予防措置のようなもので、他のアルファにとっては好意を寄せるオメガの魅力が霞《かす》むほどにひどく不快なものであると聞く。

シリーンが呆《あき》れたように言う。

「エドワード、あまり束縛が過ぎるとお兄様に嫌われるわよ？」

「なっ……これは束縛などではなく、セシルを守るために……」

二人が傍《そば》で話すのを聞きながら、そういえばとセシルは思い返してみると、先ほど担当してくれたおそらくアルファであろう文官があまり目を合わせてくれず、暑くもないのに吹き出す汗を拭いながら応対してくれていたのを思い出す。あれは自分のせいだったのかと思い至り、職務上対応してくれていただけだったのにと申し訳なさが募る。

もしも自分がそのようなものを纏《まと》っていると知っていたならば、迷惑をかける可能性の高いアルファの職員を避けることもできた。

それなのに自分はこれまで何も気づかないままに、エドワードの牽制《けんせい》を周囲にまき散らしながら、何食わぬ顔で店でお茶を飲んだり、王宮の文官たちと話をしたりしていたというわけだ。

セシルはいつの間にかエドワードに肩を抱き寄せられ、シリーンの腕から引き離されていた。エドワードの腕にぐいっと引き寄せられて、押しつけられた胸の中で縮こまる。

「あらあら。惚気《のろけ》話を聞く代わりに、いいものを見せていただいたわ」と生暖かい目で見つめるシリーンの視線を受けて、セシルは自分の顔がこれ以上ないほどに赤く火照《ほて》っていくのを感じた。

こちらを見つめる誰の顔も見ることができずに全身を羞恥《しゅうち》に染めて、ただただ身を固くしていたのだった。

◆

「今日は、いろいろな話を聞いて、びっくりしました……」

エドワードの隣で、セシルがぽつりと小さく呟く。宿に着いた二人は湯浴《ゆあ》みを済ませ、窓の外の庭園に面したテラスに並び心地好《よ》い夜風にあたっていた。

エドワードはセシルの顔をちらりと盗み見ると、いつもより心なしか頬が赤いことに気付く。それはこの国の温暖な気候のためか、いつもより幾分か長かった湯浴みで少しのぼせたためか、あるいは先ほど聞いたシリーンやマルカスの話を思い出したためか。

「久しぶりに妹に会えてよかったな。敬語じゃないセシルは新鮮だった。あれはあれでなかなかよいものだ」

「なんだか恥ずかしいです。シリーンとはいつも、あのような調子で。シリーンとマルカス様は、お互いを好きでたまらないといった様子のお似合いの二人でしたね。幸せそうでほっとしました」

瞳《ひとみ》を僅《わず》かに潤ませながら嬉しそうに微笑《ほほえ》むセシルの隣でエドワードも密かに安堵《あんど》する。セシルと一緒になりたいばかりに、シリーンとマルカスをこの地に向かわせたのは自分がそう仕向けたようなものので、少なからず二人の人生に影響を与えてしまったという負い目をずっと感じていた。

そのため今日想い合う二人の幸せそうな姿をこの目で見ることができて、もしかしたら自分はセシル以上にほっとしているかもしれないと感じる。

「俺も、二人が幸せそうで本当によかったと思っている」

「エドワード様のおかげで、ようやく二人に会うことができました。ありがとうございます」

シリーンとマルカスの二人に別れの挨拶《あいさつ》をした後、エドワードとセシルは馬車に乗り込み帰路についた。今夜この宿に一晩泊まり翌朝早くに出発すれば、サンドラールの国境を越え、明日の夜にはウォルトグレイ家の屋敷で待つ我が子の顔を見ることができるだろう。

かわいい笑顔に早く会いたいと思うものの、セシルと二人きりのこの旅が終わるのも名残惜しく、相反する感情がエドワードの中でせめぎ合う。

海の近くのこの王侯貴族専用の宿は、広い敷地の離れた場所にぽつぽつとコテージが点在しており、その中のひとつに今夜二人は宿泊する。広いテラスに立つと周りには夜の闇が広がり、部屋から漏れる僅かな灯《あか》りと、夜空に輝く月と星々の光だけが二人を照らす。

遠くからかすかに波の音が聞こえるだけで、周りに人の気配は全く感じることができない。

「あの、エドワード様……ひとつお聞きしてもいいですか？」

「ああ、何だ？」

「今日、僕の周りにはずっと、ドラクセスがいましたよね？　僕の体質が悪いものを呼び寄せてしまうばかりに、いつもエドワード様にご心配をおかけして申し訳ありません。ただ今日の、その、威嚇フェロモンといい、ドラクセスといい、異国であることを差し引いても、随分と、その、いつもより厳重だったなと思いまして……」

そこで言葉を切ると、セシルの瞳は僅かに緊張の色を孕《はら》む。

「それに最近エドワード様は、夜中によく、僕の名を呼びながらうなされていらして。それらはすべて、僕のせいなのでは？　と心配しています。よかったら、理由を聞かせていただけませんか？　もしも僕にできる事があれば、何でも、したくて」

気遣わしげな色を灯《とも》したセシルのまっすぐな眼差しを、エドワードは受け止める。

自分の抱く不安にセシルは気付いていて、この優しい人を思い悩ませていたという事実に罪悪感が募る。

エドワードは、最近よく見る悪夢について考えを巡らせた。そしておそらくその原因となっている漠然とした不安についても。

自分に向けられた銀色の瞳を見つめれば、包み込むようなセシルの温かさを感じ、思わずその優しさに身を委ねてしまいたくなる。

湧き上がる想いに身を任せ、ゆっくりとセシルに腕を回し、ぎゅうと強く抱きしめた。

「……聞いてもらえるか？　でも、本当に馬鹿みたいな話なんだ」

「そんなことはありませんよ。よかったら、話してください」

エドワードは甘えるようにセシルの髪に頬を寄せると、ぽつぽつと話し始めた。最近、セシルが傍にいないとひどく不安になること。セシルが屋敷の外に出ていたり、他の誰かと話していたりすると特にその想いが強まること。そして夜、セシルが自分から去っていく夢を見て、どうしようもない気持ちになること。

　静かにその話に耳を傾けていたセシルが、優しい声色で囁《ささや》く。

「エドワード様。僕はもう、自分からいなくなったりはしませんよ？」

「わかっている……。わかってはいるのだが……」

　セシルはぐりぐりと頬を押し付けるエドワードの頭を、我が子を宥《なだ》めるように優しく撫《な》でる。

「でも、不安なのですね？」

　エドワードは頷《うなず》く代わりに、セシルを抱きしめる腕に強く力を込める。その腕の中で、セシルが口を開く。

「今日シリーンから、今まで知らなかった昔のエドワード様の話をたくさん聞きました。エドワード様は、とても小さな頃から、長い間ずっとお一人でがんばってくださっていたのですね。それなのに僕は……」

　セシルもまた、エドワードに回した腕に力を込めて、きゅっと抱きしめ返す。

「僕はいつも、エドワード様からいただいてばかりで……そのエドワード様にいただいた分を、僕はきっと、まるで返せていない。エドワード様の不安は、全て僕のせいです」

　そう言ってエドワードを見上げたセシルの銀色の瞳には、確かな決意の色が灯されていた。

　両手を握られ、エドワードはテラスの端へと導かれると、大きく柔らかそうな寝椅子の上に軽く、とす、と押されて腰を下ろす。背中を大きなクッションに支えられ、セシルを見上げる体勢になる。

　そして寄りかかるエドワードの下腹部の上に、セシルが両足を広げ、ゆっくりと跨《また》がる。

「セシル、一体、何を……」

「エドワード様、ご存じですか？　この国では、大切なことはすべて、開けた空の下、この国の神である月や星々に誓うのだそうです。けれど言葉だけでは、きっと足りない。僕はここで証明します。目に見える形で、この想いが、確かなものであると」

そう口にしたセシルの上に広がる夜空からは、白い月と無数の星々が見下ろしていた。その輝きを纏《まと》った銀色の髪を耳にかけると、華奢《きゃしゃ》な指先がエドワードの唇に触れ、その形をそっとなぞる。

「エドワード様に、僕の気持ちを感じていただきたいのです。よろしければ、そのまま楽になさっていてください。あの、嫌、ではないですか？」

「……そんなわけが……ない」

エドワードはいつになく積極的なセシルを見て、これ以上ないほどに自分が昂《たかぶ》っていることに気付く。腹の底から熱が生まれ、じわじわと固く兆していくのを感じる。

そこからは、夢のような時間が始まった。

僅かに緊張した面持ちで微笑んだセシルが、恥ずかしげにおずおずと寝着を脱いでいくと、艶《なま》めかしい白い裸体が薄闇の中に浮かび上がる。

唇から始まった遠慮がちな口づけは、やがて寛《くつろ》げられた寝着から露《あらわ》になった素肌へと、降り注ぐようにエドワードの身体全体へと広がっていく。柔らかな唇と華奢な指が肌を這《は》うもどかしい感触に、ぞわぞわとした快感が背筋を駆け抜けていく。

しかし受け身でいることに耐えきれず少しでも動こうものなら「だめですよ？　力を抜いて」と優

しく咎《とが》められてしまう。その言葉はエドワードにとって完全に逆効果で、行き場を失った込み上げる熱が、ますます大きく膨れ上がっていくのを感じる。

目の横に落ちる銀髪をゆっくりと耳にかけ、小さな口に屹立《きつりつ》を含まれた時にはもうたまらなかった。温かな粘膜に包み込まれる快感と、無垢《むく》な口を犯している背徳感、愛《いと》しい人が舌で舐《な》めてくれている悦《よろこ》びが混ざり合い、頭がおかしくなりそうなほどに気持ちが昂る。

エドワードは押し寄せる快楽になす術《すべ》もなく、ようやくセシルの中に迎え入れられようとする頃には、陰茎は痛いほどに張りつめて脈打つほどになっていた。

セシルはエドワードの瞳を覗《のぞ》き込《こ》みながら、ゆっくりと腰を落とし、柔らかく受け入れていく。

そのあまりの気持ち良さに、エドワードは思わず呻《うめ》き声《ごえ》を漏らす。

目の前の華奢な身体《からだ》を抱きしめながら、温かく柔らかなぬかるみに陰茎がのみ込まれていく耐え難いほどの快感に、今にも果ててしまいそうな射精欲をぐっと耐える。

セシルはゆっくりと腰を揺らめかせ始め、瞳を潤ませながら「んっ」とあえやかな声をあげる。その淫《みだ》らな姿を見ているだけで、挿し入れた陰茎が中でさらに硬くそそり勃《た》つのを感じる。

今にも達してしまいそうで、エドワードは快感を逃すために荒い息を吐きながら、眉間《みけん》に皺《しわ》を寄せ、顔を顰《しか》める。

その苦しげな表情をセシルが覗き込み、愛おしくてたまらないとでも言うような眼差しで、エドワードの頬を両手でそっと包み込んだ。

「ここからだと、エドワード様がよく見えます。僕は、たまらなく好きなんです。この瞳が、唇が、声が、匂いが……エドワード様の存在全てが。僕がどんなにエドワード様を好きか、この気持ちを全て、伝えることができればいいのに」

セシルから流れ込む想いに共鳴するかのように気持ちが昂り、耐えきれずセシルの細腰を摑《つか》んで突き上げれば、強く密着したセシルの雄膣が悦んできゅうきゅうとエドワードのものを締め付ける。

セシルの腰が深くまで落とされて一際奥まで挿し貫いた瞬間、セシルはエドワードの首にしがみつきビクビクと達する。

エドワードもまた腹の底から込み上げる情欲のままに、セシルの温かな胎の中に熱い飛沫《ひまつ》を思い切り弾《はじ》けさせた。

上に乗るセシルの心地好い重みを感じながら、エドワードは荒い息を吐き、多幸感に包まれる。

セシルから与えられた確かな愛情が、心にじんわりと染み渡っていくのを感じる。

細い指が頭へと移動し、慈しむようにエドワードの髪を撫でた。達した余韻の残るまだふわふわとした柔らかなセシルの声が、エドワードの耳をくすぐる。

「エドワード様。シリーンたちは今日、幸せそうでした。僕も同じように、今、とても幸せなんです。エドワード様に出会えて、こうして傍に居られて。だから不安になる必要など、まるでないのですよ。僕はもう、エドワード様から離れることなんて、できないのですから」

そう呟《つぶや》いたセシルの上の夜空には、降るような満天の星々が瞬いている。

ある星が一瞬、燃えるような光を放つと、それはまるで空を駆ける竜のように暗闇を切り裂き長い光の尾を引いた。その光跡がセシルの銀髪を撫で、煌《きら》めきを纏ったままセシルは呟く。

「僕は傍にいます。エドワード様が望む限り、ずっと」

その誓いを聞き届けたとでも言うように、流れる星は暗い夜空に溶けて消えていく。

その残光と耳元で囁かれた言葉が、心に巣食う真っ黒な不安を嘘《うそ》のように消し去っていくのを感じる。

この不安は、エドワードがどう足掻《あが》いても自分一人ではどうすることもできなかったものだ。けれどセシルの手にかかれば、こんなにも綺麗《きれい》に、跡形もなく消え去ってしまう。

我ながら単純なものだ、とエドワードは小さく笑みをこぼす。

抱きしめたセシルの身体は、容易《たやす》くすっぽりとこの腕におさまってしまうほどに小さく華奢だ。

けれどその存在は、自分の中でとてつもなく大きい。

もはや彼なしには、生きていけないと思えるほどに。

エドワードもまた、夜空を見上げ心の中で祈る。願わくはこの誓い通りに、この先もずっとセシルの傍にいられるようにと。

セシルと共に夜空を見上げると、輝く月と無数の星々が、地上で寄り添う愛し合う二人に微笑みかけるように、遥《はる》か上空から温かく見守ってくれていた。

そして不思議と、エドワードはその夜から悪夢を見ることはなくなった。

寝台で隣に横たわるセシルを抱きしめ瞼《まぶた》を閉じれば、夢の中でも変わらず、その愛しいぬくもりを感じ続けることができるのだった。

あとがき

この度は「身代わりで結婚した邪魔者のオメガは、年下魔法士のアルファに溺愛《できあい》される」をお手に取っていただき、誠にありがとうございました。多賀りんごと申します。

今作は、私が初めて書いた長編作品です。

四苦八苦しながらWEBに投稿していたところ、お声がけいただきまして書籍化していただくことになりました。このように本になるとは夢にも思っていなかったので、大変ありがたく思っています。

切ないBL作品が好きで、自分で書くならどんな物語がいいかな、と考え始めたのがこの話を書くきっかけでした。どうせ書くなら好きなものでいっぱいにしようと、ファンタジー、オメガバース、不思議な存在などいろいろ詰め込んで、大変思い入れ深い作品となりました。

主人公のセシルは、私が好きな儚《はかな》げで健気《けなげ》な主人公を体現したような存在です。心優しい性格の一方で自分に自信がなく、エドワードとの境遇の違いや周囲の妨害などもあり、エドワードを愛する気持ちと自分のとるべき行動との間で苦悩します。

それに対してエドワードは、初恋の相手であるセシルを真摯《しんし》に愛し続けており、強い執念でセシルを妻として手に入れますが、愛されないと思い込むセシルにその気持ちを上手《うま》く伝えることができず、二人は想い合っていながらもすれ違い続けます。
そんな二人が離れ離れになりかけた時、重要な役割を果たすのが見えない存在たちです。彼らの力を借りながら、お互いの想いを知り、孤独だった二人が共に幸せを摑《つか》むまでのこの物語を、お読みいただいた方に少しでも楽しんでいただけましたら、これ以上嬉《うれ》しいことはないと存じます。

書下ろしは、つらい期間が長かった二人なので、その後の仲睦《なかむつ》まじく幸せに過ごす様子をお見せできたらと思い書かせていただきました。本編に入れることができず心残りに思っていた他の登場人物たちのその後もお伝えでき、とてもありがたく思っています。
この先の二人ですが、共に過ごしていく中で再び何者かに狙われてしまったり、子供たちが成長して未知の力を得たりと、おそらくこれからも様々なことが巻き起こることでしょう。しかし紆余曲《うよきょく》折《せつ》を経て固い絆《きずな》で結ばれたこの二人ならば、お互いを想い合いながら、力を合わせそのすべてを乗り越えていけるに違いない、などと思っております。

最後になりましたが、お忙しい中この作品がより良いものになるようにご尽力くださった担当様、美麗なイラストで登場人物たちに鮮やかに命を吹き込んでくださったＲＥＯ先生、素敵な装丁を手掛けてくださったデザイナー様、的確なご指摘をくださった校正担当様、編集部の皆様と流通に携わってくださったすべての皆様、この作品をムーンライトノベルズで応援してくださった皆様、そして今、数ある作品の中からこの本をお手に取っていただいた上、お読みくださっている貴方様《あなた》に、心より感謝を申し上げます。

本当にありがとうございました。

多賀りんご

Ruby collection

身代《みが》わりで結婚《けっこん》した邪魔者《じゃまもの》のオメガは、年下《としした》魔法士《まほうし》のアルファに溺愛《できあい》される

2024年11月1日　初版発行

著者　多賀りんご
©Ringo Taga 2024

発行者　山下直久

発行　株式会社KADOKAWA
〒102-8177
東京都千代田区富士見2-13-3
電話：0570-002-301（ナビダイヤル）
https://www.kadokawa.co.jp/

印刷所　株式会社暁印刷

製本所　本間製本株式会社

デザイン フォーマット　内川たくや（UCHIKAWADESIGN Inc.）

イラスト　REO

初出：本作品は「ムーンライトノベルズ」（https://mnlt.syosetu.com/）
掲載の作品を加筆修正したものです。

ISBN 978-4-04-115617-9　C0093　　Printed in Japan